BARBARA

MICHAELS

Dunkel der Erinnerung

BARBARA

MICHAELS

Dunkel der Erinnerung

ROMAN

BECHTERMÜNZ VERLAG

Titel der Originalausgabe
THE CRYING CHILD

Aus dem Amerikanischen übersetzt
von Hilde Linnert

Genehmigte Lizenzausgabe für
Bechtermünz Verlag im
Weltbild Verlag GmbH, Augsburg 1996

Umschlagmotiv: Mauritius, Mittenwald/Ridder
Umschlaggestaltung: Adolf Bachmann, Reischach
Gesamtherstellung: Presse-Druck Augsburg
Printed in Germany
ISBN 3-86047-520-7

Für Kay,

bei der ich mich für meine Bemerkungen
über das Wetter
in San Francisco entschuldige.

ERSTES KAPITEL

1

Wenn man die Insel aus der Luft sieht, bezweifelt man, daß ein Flugzeug auf ihr landen kann, so klein wirkt sie. Der Anblick ist so bezaubernd, daß er alle möglichen poetischen Assoziationen weckt — ein leuchtender, braungrüner Achat, der in Falten aus meerblauem Satin gebettet ist; ein Klumpen bunter Knetmasse, den ein vergeßliches Kind in einem Waschbecken liegen ließ; ein ovaler, geflochtener Vorleger auf einem grünen Glasboden.

Oder eine Hand in einem braungrünen Fäustling. Die Hand ist zur Faust geballt, und an einer Seite ragt ein Vorgebirge wie ein Daumen hervor. An dem breiten Ende der Faust befindet sich eine Hügelkette, die man mit etwas gutem Willen als Knöchel bezeichnen könnte; am anderen Ende verengt sich die Insel zu einer Halbinsel, die an ein Handgelenk erinnert. Es gibt Strände, die wie der Pelzbesatz auf der Stulpe des Fäustlings aussehen; der Rest der Insel ist dicht mit Bäumen bestanden, hauptsächlich dunkelgrünen Föhren und Fichten. Das Haus ist aus der Luft überraschend gut zu erkennen. Das hellere Grün der Rasenflächen und die grauen Dächer und Schornsteine heben sich von den dunklen Nadelbäumen ab. Sonst gibt es nur noch einen ausgeprägten Orientierungspunkt: die Häusergruppe des Dorfs auf dem Vorgebirge und sein Hafen, der an dem Berührungspunkt von Daumen und Hand liegt.

Und hier hört der Vergleich auf. Das Haus könnte man noch mit einem seltsam geformten Ring oberhalb der Knöchel vergleichen, aber das Dorf erinnert an überhaupt nichts; eine krankhafte Fantasie könnte an Schwären oder Warzen denken, aber St. Ives hatte nie etwas Verwesendes an sich. Es ist einfach ein bezaubernder Ort in Maine, und daran konnten auch die Ereignisse dieses Frühlings nichts ändern. Im Dorf lauerte nichts Schreckliches; es beschränkte sich auf jenes Haus.

An diesem Maimorgen bemerkte ich jedenfalls nichts Grauenerregendes. Ich hatte zwar Sorgen, sogar eine ganze Menge, aber sie waren relativ geringfügig. Damals wußte ich noch nicht, wie geringfügig sie waren.

Zum Glück gehörte Angst vor dem Fliegen nicht zu diesen Sorgen. Sonst hätte mich nämlich das Flugzeug, in dem ich saß, in ein zitterndes Nervenbündel verwandelt. Es war das kleinste Fortbewegungsmittel mit Flügeln, in dem ich je gesessen hatte. Nach dem großen Jet, der mich von San Francisco nach Boston gebracht hatte, sah dieser Flugapparat wie ein vierschrötiger Käfer mit Stummelflügeln aus. Der Pilot flog es wie einen Feuerstuhl; er hatte lange, gelockte Haare, die ihm bis zum Nacken reichten, und einen blonden Bart, der die untere Hälfte seines Gesichts beinahe vollkommen verdeckte. Einem ängstlichen Passagier hätte er bestimmt nicht viel Vertrauen eingeflößt.

Obwohl ich möglichst rasch auf die Insel gelangen wollte, war der Charterflug nicht meine, sondern Rans Idee gewesen. Ein Schwager, der im Nebenberuf Millionär ist, hat gewisse Vorteile. Er setzte mir auseinander, daß die normale Reiseroute wesentlich mehr Zeit erfordert hätte: von Boston nach Portland ein Flugzeug, dann mit Bus oder Bahn oder Taxi nach Richmond, die der Insel nächstgelegene Hafenstadt; dann ein privat gechartertes Boot. Die Fähre verkehrt nur einmal täglich — im Sommer; im Winter müssen die Inselbewohner vermutlich schwimmen.

Sie hätten verdammt weit zu schwimmen. King's Island ist die äußerste Insel in der Casco-Bucht; sie liegt so weit draußen, daß sie sich nicht auf der normalen Route des Fährbootes befindet, das wie ein Pendlerbus zwischen Portland und den übrigen zwischen Cap Elizabeth und Cap Small liegenden Inseln herumtuckert. Die Bewohner von King's Island behaupten, daß sie nichts dagegen haben und daß die Touristen, die sie während der drei Sommermonate zu Gesicht bekommen, ihnen reichen. Das Gasthaus ist das einzige Hotel; es hat zwanzig Zimmer. Einige Privathäuser nehmen Pensionsgäste auf, aber es gibt kein einziges Motel oder Strandhotel. Der größte Teil der Insel gehört der Familie Fraser; die Frasers haben sich immer geweigert, Grund an Baufirmen zu verkaufen, deshalb gibt es keine Holzhäuschen und keine Ferienhäuser.

Ihre Besitztümer geben den Reichen wahrscheinlich das Gefühl, daß sie menschliche Wesen genauso leicht manipulieren können wie leblose Gegenstände. Ran neigte ebenfalls dazu. Darauf lief ich von zu Hause weg, und seither versucht er nicht mehr, über mich zu bestimmen. Ich war damals zwanzig und hatte den Collegeabschluß, doch ich hatte zehn Jahre lang bei Ran und Mary gelebt, und er führte sich auf wie ein viktorianischer Vater, dessen Tochter eine Karriere in einem Bordell anpeilt. Ursprünglich hatte er sich vorgestellt, daß ich nach meinem Collegeabschluß auf der Heimstätte der Familie auf Long Island herumlungern würde, bis es mir gelänge, einen der wohlhabenden jungen Männer an Land zu ziehen, die er der Reihe nach anschleppte. Als ich darauf bestand, einen Beruf auszuüben, bot er mir vierzehn (vierzehn — ich habe sie gezählt) verschiedene Posten in Manhattan an, von der stellvertretenden Herausgeberin in einem Verlag, in dem er die Aktienmehrheit besitzt, bis zu einer Firma für Innenarchitektur, die er mir kaufen wollte. Ich mußte buchstäblich um zwei Uhr früh mit dem Koffer unter dem Arm davonlaufen — aber nicht mit einem Mann. Mein Begleiter auf dieser Flucht war kein Mensch, sondern eine seltsame Eigenschaft, die man als Stolz bezeichnet.

Ich nahm einen Posten in San Francisco an, weil ich

dort am weitesten von Ran und Mary entfernt war, und ich brauchte diese Entfernung, um nicht nach Hause zurückzukriechen. Während der ersten drei Monate hatte ich solches Heimweh und war so pleite, daß ich beinahe aufgegeben hätte. Ran brauchte weitere drei Monate, um mir zu verzeihen. Er rief mich am Silvesterabend an. Danach telefonierten er und Mary beinahe jede Woche mit mir, einfach um mir Gesellschaft zu leisten und zu plaudern. Doch die letzten beiden Anrufe waren anders gewesen, und sie waren der Grund dafür, daß ich jetzt in einem Flugzeug, das wie ein kranker Leuchtkäfer aussah, über der Küste von Maine herumkrebste.

Der erste Anruf war im April erfolgt. Ran erzählte mir kurz, daß Mary ihr Kind verloren hätte, nur drückte er es nicht so aus. Er korrigierte mich sogar, als ich das Wort benützte.

»Kind? Das wäre es erst in sechs Monaten gewesen. Fetus oder Embryo; ich kann mir nie merken, was zuerst kommt.«

Die Worte klangen gefühllos, genau wie seine Stimme. Ich war nicht empört; ich wußte, warum er den emotionellen Unterton vermeiden wollte, der in diesem Wort liegt. Deshalb drückte ich ihm nicht mein Beileid aus und bot ihm auch nicht an, zurückzukommen, obwohl ich wußte, wie verzweifelt und unglücklich Mary sein mußte. Außerdem nahm Ran jeden Hinweis darauf, daß er nicht der oder das einzige war, was Mary brauchte, übel.

Ich bin um zehn Jahre jünger als Mary. Sie hat mich aufgezogen, nachdem unsere Eltern bei einem Autounfall ums Leben kamen. Ich war damals neun. Bis auf eine entfernte Cousine in Milwaukee haben wir keine Verwandten mehr, deshalb gibt es eine Menge Gründe, warum Mary und ich einander immer näher gestanden haben, als es bei Schwestern für gewöhnlich der Fall ist. Ich wußte, daß Ran auf diese Beziehung ein wenig eifersüchtig war. Er liebte mich zwar brüderlich und hatte mich ohne zu zögern in sein Herz und sein Heim aufgenommen, als er meine Schwester heiratete, aber die Kombination von Geld und Männlichkeit macht ihn sehr selbstsicher. Er ist verärgert, wenn jemand andeutet, daß eine Frau, die er liebt, noch etwas anderes oder jemand anderen brauchen kann.

Doch nicht einmal Ran konnte begreifen, was es für Mary bedeutete, dieses Kind zu verlieren. Sie war bereits zweimal schwanger gewesen und hatte beide Male eine Fehlgeburt gehabt. Dann war sechs Jahre lang nichts geschehen, obwohl sie und Ran sich alle Mühe gaben. Den Ärzten zufolge gab es keinen Grund, daß sie keine Kinder bekommen konnten. Mir war erst kürzlich klar geworden, wie unangenehm das alles für Ran gewesen sein mußte — vor allem, weil seine schlaksige halbwüchsige Schwägerin alle peinlichen Einzelheiten kannte. Mary reagierte ganz anders. Für sie war das Problem so wichtig, daß sie darüber sprechen mußte. Damals war Sexualkunde in den Schulen ein Fremdwort; aber ich erfuhr alles Wissenswerte von Mary.

Natürlich schrieb ich ihr nach Rans Anruf. Als Anwort bekam ich ein paar hastig hingekritzelte Zeilen und das Versprechen, daß sie später ausführlich schreiben würde. Dieser Brief traf nie ein. Statt dessen kam Rans zweiter Anruf.

In San Francisco herrschte typisches Frühlingswetter — es war kalt. Ich kauerte vor meiner Kaminimitation und versuchte, eine Skizze für ein Inserat für Gesichtscreme zu entwerfen. Eigentlich war ich dafür nicht zuständig. Schönheitspflege ist eine unserer Haupteinnahmequellen, aber frisch eingestellte Künstler machen noch keine Layouts. Ich hatte mir aber eingebildet, daß ich vielleicht, wenn ich etwas Sensationelles vorlegte ...

Als das Telefon klingelte, zuckte ich zusammen, so tief hatte ich mich konzentriert. Sobald ich Rans Stimme hörte, wußte ich, daß etwas nicht in Ordnung war. Sein tiefer Bariton wird weicher und tiefer, wenn er aufgeregt ist. An diesem Abend war er beinahe ein Baß.

»Wann gehst du auf Urlaub?« fragte er.

»In den ersten beiden Juniwochen.« Das komische Gefühl in meinem Magen wurde stärker. »Aber das weißt du ja, Ran; wir haben darüber gesprochen, daß ich euch besuche ...«

»Könntest du vielleicht schon jetzt kommen? Und länger bleiben?«

»Ich bin noch nicht einmal ein Jahr bei der Agentur. Sie werden nicht ...«

»Was ist mit einem Urlaub wegen eines Notfalls?«

Nach einer langen Pause fragte ich: »Fang von vorn an. Was ist mit Mary los?«

»Nichts Physisches. Sie hat sich von der Fehlgeburt vollkommen erholt.«

»Laß dir nicht jedes Wort aus der Nase ziehen, Ran. Hältst du mich für so dumm, daß ich durchdrehe, wenn du von einer Geisteskrankheit sprichst?«

Er lachte leise.

»Das gefällt mir so an dir, Jo — deine harte, brutale Ehrlichkeit. Ja, ihre Krankheit ist geistiger Natur. Melancholie, Depression, wie immer du es nennen willst. Ein Nervenzusammenbruch ...«

»Vergiß, wie ich es nenne und wie du es nennst. Was sagt der Arzt? Sie war doch bei einem Arzt?«

»Einem Dutzend Ärzten. Gynäkologen, Neurologen ...«

»Psychiater?«

»Ja, also ...«

»Um Himmels willen, Ran ...«

»Warte einen Augenblick, spring mir nicht gleich ins Gesicht.« Er lachte wieder. Der Zorn, hinter dem ich für gewöhnlich meine Angst verberge — auch vor mir selbst — wurde immer stärker. Doch bevor ich etwas sagen konnte, fuhr er ernst fort:

»Natürlich bin ich mit ihr zu einem Psychiater gegangen, nachdem die anderen Ärzte nichts feststellen konnten. Der Mann ist erstklassig, und Mary mochte ihn anscheinend. Die Schwierigkeit war, daß er sich nicht ausschließlich ihr widmen konnte, denn das braucht sie offenbar — fünf Tage in der Woche, zweiundfünfzig Wochen im Jahr.«

»Es gibt noch andere Psychiater.«

»Er hat mir drei genannt. Mary hat alle drei aufgesucht. Der dritte war eine Katastrophe. Mary mochte ihn vom ersten Augenblick an nicht. Jetzt weigert sie sich entschieden, noch einmal zu einem Psychiater zu gehen.«

»Aber Ran, es ist doch sicher ...«

»Du bist ein aufgewecktes, intelligentes Mädchen, Jo, aber du kannst auch nicht jedes verdammte Problem auf der Welt lösen. Erzähl mir nicht, was ich tun soll, solange du nicht gehört hast, was ich getan habe.«

Kurze Stille trat ein. Ich hörte ihn atmen. Es war beinahe unheimlich, daß ich über eine Entfernung von fast fünftausend Kilometern seine zornigen, hastigen Atemzüge hörte. Dann sagte er kurz: »Tut mir leid.«

»Ist schon gut.«

Das stimmte, denn ich war froh darüber, daß er trotz seines scheinbar sorglosen Lachens ebenso besorgt war wie ich.

»Wenn der Patient nicht kooperiert, ist die Psychiatrie hilflos. Was soll ich denn tun, sie mit Gewalt hinschleppen? Ich sage dir ja, daß sie sich weigert.«

»Ich verstehe. Ich nehme an, daß die Fehlgeburt diese Reaktion ausgelöst hat.«

»Das stimmt, aber das ist keine Erklärung dafür. Wir wollen die Sache nicht jetzt durchackern. Weil sie sich entschieden gegen jede Analyse wehrt, meinen die Ärzte, daß ihr Ruhe, Friede und ein vollkommener Tapetenwechsel helfen könnten. Ich besitze auf einer Insel vor der Küste von Maine ein Haus, und wir werden den ganzen Sommer dort verbringen. Kannst du ebenfalls kommen? Sobald wie möglich und so lange es dir möglich ist?«

»Eine Insel? Warum eine Insel?«

»Weil das Haus auf dieser Insel steht. Das ist eine dumme Frage ... Kommst du oder nicht?«

»Da ist noch das unwichtige Problem mit meinem Posten.«

»Kündige.«

»Ich liebe frische Luft, aber sie ist so dünn.«

»Jo, du weißt doch, daß ich dir jederzeit einen Posten verschaffen kann. Also was das betrifft ...«

»Wir haben diese Diskussion schon einige Male geführt, Ran.«

»Ja, und ich habe nachgegeben. Ich bewundere deine Unabhängigkeit, auch wenn ich sie als Dickschädligkeit bezeichne, wenn du nicht in Hörweite bist. Aber es gibt Wichtigeres als den Stolz, Jo.«

Er verstummte, und plötzlich sah ich ihn beinahe vor mir — sein großer, schlanker Körper, der in dem Ledersessel lümmelte, sein dichtes dunkles Haar, das ihm zu Berge stand, weil er in ihm gewühlt hatte wie immer, wenn er sich ärgerte. Und er ärgerte sich jedesmal, wenn ein unbedeutenderes menschliches Wesen einen schwachen Punkt in seinen Plänen entdeckte. Ich hatte seine Stimmungsumschwünge genau kennengelernt, während ich bei ihm und Mary gewohnt hatte. Deshalb wußte ich jetzt, was sein Schweigen bedeutete. Er dachte darüber nach, wie er mich doch noch herumkriegen konnte. Im Geist sah ich, wie er die dichten schwarzen Augenbrauen hochzog und wie ein gewinnendes Lächeln um seine Lippen spielte. Die Stimme, die schließlich an mein Ohr drang, klang genauso, wie ich es erwartet hatte.

»Es tut mir leid, Kleines, ich bin in lausiger Stimmung, sonst wäre ich nicht so anmaßend. Ich befehle dir nichts, ich bitte dich. Mary braucht dich. Und du bist so ziemlich der einzige Mensch, den sie sehen möchte.«

Es war vielleicht Berechnung — das war es beinahe sicher —, aber diese Erklärung entwaffnete mich. Nicht weil er zugab, daß Mary mich brauchte, sondern weil er zugab, daß sie ihn nicht brauchte. Er war kein demütiger Mensch.

»Okay«, sagte ich. »Okay, ich komme. Es wird eine Weile dauern, ich muß so vieles ... aber ich komme.«

Ich saß noch immer vor dem Telefon und versuchte, Ordnung in meine Gedanken zu bringen, als es klingelte. Es war der Expreßbote, der einen Brief von Ran brachte. Er enthielt ein Flugticket und detaillierte Anweisungen, wie ich die Insel erreichen konnte. Sobald ich meinen Flug gebucht hatte, mußte ich nur noch Rans Büro anrufen, und dann würde für alles Übrige gesorgt werden.

Auch für einen Expreßbrief sind fünfzehn Minuten von New York nach San Francisco eine gute Zeit. Ich brauchte den Poststempel nicht: Ran hatte den Brief heute morgen abgeschickt, noch bevor er mich fragte, ob ich kommen wolle.

2

Die nächsten beiden Wochen waren von hektischer Aktivität und zunehmender Sorge erfüllt, die es mir schwer machte, weiterhin aktiv zu sein. Doch ich nahm mir die Zeit, weil ich nur so eine kleine Chance hatte, wieder Arbeit zu bekommen, sobald ich an die Westküste zurückkehrte. Ich erwartete von der Agentur nicht, daß sie sich bereit erklärte, mir den Posten freizuhalten, und sie tat es auch nicht. Aber indem ich wenigstens so lange blieb, bis ich meinen Nachfolger eingearbeitet hatte, vermied ich, daß sie mir böse waren. Wenn sie mich aus dem Berufsverband ausstießen, nachdem sie meine Gründe gehört hatten, war Scrooge im Vergleich zu ihnen ein Wohltäter. Ich habe die unglückliche Gewohnheit, eine Geschichte nicht gerade auszuschmücken, aber doch die dramatischen Höhepunkte zu betonen. Und wenn ich in Schwung bin, erzähle ich mehr, als ich sollte. Es geht mir nicht um die dramatische Wirkung, ich halte dieses Benehmen auch nicht für richtig, aber ich kann offenbar nicht anders. Mary meinte immer, daß es genügt, wenn ich beim Gemischtwarenhändler in ein anderes weibliches Wesen hineinrenne; Tatsache ist aber, daß ich mich nicht nur unaufhörlich bei ihr entschuldige, sondern ihr außerdem noch erzähle, daß ich mit meinem Freund Schluß machen will und was ich vergangene Nacht geträumt habe.

Jedenfalls schaffte ich es irgendwie — als ich meinen Arbeitsplatz verließ, stand ich mit allen Beteiligten auf gutem Fuß, hatte meine Wohnung untervermietet und drei Koffer gepackt. Es klingt einfach, aber ich habe alle Kleinigkeiten, alle Einzelheiten ausgelassen, die so unwichtig wirken und so viel Zeit beanspruchen. Als ich endlich im Flugzeug saß, war ich so müde, daß ich beinahe die ganze Zeit schlief. In Boston erwartete mich bereits die von Ran gecharterte Maschine.

Wir landeten auf der Insel. Ich habe keine Ahnung, wie wir es fertigbrachten. Natürlich weiß ich, daß die Insel so groß ist, daß ein kleines Flugzeug auf ihr landen kann; mein Gehirn wußte es jedenfalls, auch wenn mein Magen anderer Meinung war. Als wir jedoch zur Landung ansetzten, fanden meine suchenden Augen zwischen den endlosen, dichten Wäldern und den zerklüfteten Klippen keine ebene Stelle, die größer war als ein Vorgarten. Natürlich sah ich schließlich den Flugplatz — wenn man ihn so nennen kann; er sah aus, als hätte jemand auf ihm Korn angebaut. Also benahm ich mich wie ein Feigling und schloß die Augen. Ich kann die Landung nur als außergewöhnlich bezeichnen; wir prallten wesentlich öfter vom Boden ab, als ich für notwendig hielt.

Ran hatte gesagt, daß man mich abholen würde. Wahrscheinlich erwartete ich ihn, oder Mary, oder alle beide. Jedenfalls war ich enttäuscht, als ich die Gesichter der Leute musterte, die neben dem kleinen, als Terminal dienenden Gebäude standen und niemand Bekannten erblickte. Ich begann, zu dem Gebäude hinüberzugehen, und in diesem Augenblick löste sich ein Mann von der Wand, an der er gelehnt hatte, und kam auf mich zu.

Es fällt mir schwer, mich an meinen ersten Eindruck von William Graham zu erinnern. Wahrscheinlich ist mir seine Größe aufgefallen; er ist wirklich groß, ein Meter fünfundneunzig oder zwei Meter. Er hat das typische wettergegerbte lange Neu-England-Gesicht, das sich zwischen fünfundzwanzig und sechzig kaum verändert. Das Gesicht besteht nur aus harten Kanten, und die Haut ist gegerbt — nicht einfach sonnengebräunt, sondern gegerbt wie altes Leder. Will hat sandfarbenes Haar und hellbraune Augen. Im Sonnenlicht sehen sie wie Bernstein aus. Und wenn er im hellen Sonnenschein steht — und nur dann —, bemerkt man die Sommersprossen auf seinem Nasenrücken.

Dann lächelte er. Ich taumelte nicht gerade, aber ich war nahe daran. Es war die verblüffendste Veränderung, die ich seit den alten Lon-Chaney-Filmen erlebt habe. Sein Gesicht wurde weicher und um Jahre jünger, und seine hellen Bernsteinaugen leuchteten, als wäre hinter ihnen das Licht eingeschaltet worden.

»Will Graham.« Er hielt mir die Hand hin.

»Joanne McMullen«, antwortete ich. Ich überließ ihm meine Hand etwas besorgt, denn es war das erste Mal, daß meine gar nicht so kleinen Finger von einer Männerhand verschlungen wurden. Aber meine Sorgen waren unnötig. Sein Griff war sanft, fest und geschäftsmäßig. Seine Augen musterten mich, und ich konnte beinahe hören, wie sein Hirn die Fakten registrierte. Weiblich, Anfang zwanzig, eins fünfundsechzig, achtundfünfzig Kilo (ungefähr), braune Haare, blaue Augen, keine sichtbaren Narben oder Mißbildungen ...

»Sie müssen ein Freund von Ran sein«, stellte ich unnötigerweise fest. Der klinische Blick machte mich etwas nervös.

Er gab keine Antwort, sondern wandte sich ab und begrüßte den Piloten, der mit meinen Koffern daherkam. Offenbar waren die beiden alte Freunde.

»Hi, Vic«, sagte Will Graham.

»Wie geht's, Doc?« fragte Vic.

Er hatte nicht erwähnt, daß er Arzt war. Ich kam mir allmählich wie ein geistig zurückgebliebenes Kind vor. Niemand erzählte mir etwas, Ran hatte einen vollkommen Fremden geschickt, ohne mich auf ihn vorzubereiten, und der Fremde nahm offenbar an, daß die Nennung seines Namens genügte, damit ich Bescheid wußte. Graham nahm schließlich meine Koffer und marschierte mit ihnen davon. Der Pilot grinste mich an, winkte und setzte sich in eine andere Richtung in Bewegung. Ich stand da und blickte von einem entschwindenden Rükken zum anderen. Mir blieb gar nichts anderes übrig, als dem Arzt zu folgen. Ich mußte nicht gerade laufen, aber schneller gehen, als ich es normalerweise tue. Bei der Tür zum Terminal holte ich ihn ein und bemerkte sanft:

»Sie könnten wenigstens ›bei Fuß‹ sagen.«

Er blickte auf mich hinunter.

»Wie? Ach so, tut mir leid.«

Es klang nicht so, als täte es ihm leid.

Wir stiegen in seinen Wagen. Es war ein blauer Kombi, das traurigste, zerbeulteste Fahrzeug, das ich jemals gesehen hatte. Es startete mit einem Aufheulen und entschloß sich dann dazu, nur noch gequält zu stöhnen. Der Arzt war offenbar einer jener Männer, für die das Auto ein Transportmittel und kein Fetisch ist. Dadurch hätte er in meiner Achtung steigen müssen, aber ich schmollte eben.

»Ich weiß nicht einmal, wer Sie sind«, stellte ich fest.

Er sah mich belustigt an.

»Sie sollten nicht zu fremden Männern ins Auto steigen.«

»Genau daran habe ich eben gedacht.«

»Ran läßt sich entschuldigen. Er wollte Sie selbst abholen, dann mußte er aber etwas Dringendes erledigen und bat mich, ihn zu vertreten.«

»Wer sind Sie überhaupt? Leben Sie hier? Seit wann kennen Sie Ran? Wie geht es ihm? Wie geht es Mary?«

»Immer mit der Ruhe. Ja, ich lebe hier. Ich kenne Ran seit ... es muß in der vierten Klasse gewesen sein.«

»Vierte Klasse!« Ich weiß nicht, warum mich diese Tatsache und alles, was sich daraus logischerweise ergab, so überraschte. »Sie sind hier zu Hause? Sie haben Ihr ganzes Leben hier verbracht?«

»Ja.«

»Dann hat Ran auch hier gelebt.«

Er sah mich erstaunt an.

»Es ist das Haus seines Großvaters. Man könnte sagen, daß es die Insel seines Großvaters ist.«

»Das habe ich nicht gewußt. Warum hat er es mir nie erzählt?«

»Vielleicht haben Sie nie danach gefragt.«

»Vielleicht bin ich nie dazugekommen, zu fragen«, gab ich zu. »Ich mußte mit anderen Dingen fertigwerden. Ach was, hören wir auf, um den heißen Brei herumzureden. Sie sind Arzt und ein alter Freund von Ran. Sie wissen bestimmt, warum ich mir Marys wegen Sorgen mache.«

Wir fuhren gerade die Hauptstraße des Dorfes entlang; mein Begleiter konzentrierte sich auf eine Verkehrsstockung, die aus zwei Motorrädern und einem Jeep bestand, und schwieg ostentativ. Es war eine hübsche Kleinstadt mit alten Häusern und ein paar Blocks von neuen, aber diskret modernen Geschäften. Durch die Seitenstraßen erblickte ich den Hafen, Boote mit weißen Segeln und ein paar größere Motorschiffe. Eine bezaubernde Stadt ... Ich war allerdings nicht in der Stimmung für bezaubernde Städte. Der liebe Onkel Doktor war imstande, mit seinem Schweigen mehr auszudrükken als jemand anderer mit einer langen Rede.

»Wie geht es Mary?« fragte ich.

Er antwortete mit einer Frage.

»Wie alt sind Sie?«

»Einundzwanzig«, erwiderte ich, ohne zu überlegen, und fuhr ihn dann verärgert an: »Und wie alt sind Sie?«

Es wirkte.

»Neunundzwanzig«, antwortete er und wurde rot — vor Ärger, nicht vor Verlegenheit.

»Dann steht mir vielleicht genauso das Recht zu, Ihre Qualifikationen anzuzweifeln, wie Ihnen, die meinen in Frage zu stellen.«

»Ich habe Sie in die Defensive gedrängt, nicht wahr?«

»Glauben Sie?«

Wir hatten die Stadt verlassen — jedenfalls alles, was man von ihr sehen konnte — und befanden uns jetzt auf einer Straße, die am Ufer entlangführte. Das Innere der Insel war bewaldet und grün, aber dieses Gelände war sandig und spärlich bewachsen. Links von uns leuchtete der Ozean im Sonnenlicht amethystfarben und aquamarinblau. Ich holte ein paarmal tief Luft.

»Das ist kindisch. Wir sollten aufhören, aufeinander herumzuhacken. Wir werden in den nächsten Monaten häufig zusammenkommen. Wir sollten versuchen, uns zu vertragen, denn das wird für alle Seiten besser sein.«

»Ich habe nichts dagegen.«

»Dann können wir ja über Mary sprechen, ohne daß einer von uns wütend wird.«

»Ich bin nicht wütend«, erklärte er ruhig.

»Aber Sie sprechen nicht.«

Er gab ein komisches Geräusch von sich, das, wie ich später merkte, Lachen war, und bog so unvermittelt ab, daß ich gegen seinen Arm fiel. Er fuhr gleichmütig weiter, und wir gelangten über eine schmale Schotterstraße zum Zentrum der Insel. Schließlich kamen wir zu einem offenstehenden Tor, an dem ein Schild besagte: »Privatbesitz. Betreten verboten.«

Die Gegend hatte sich abrupt verändert. Wir fuhren unter grünen Bäumen, deren Äste sich über unseren

Köpfen ineinander verflochten, durch grünes Dämmerlicht. Graham hielt den Wagen an, drehte sich zu mir um, zog ein Päckchen Zigaretten heraus und hielt es mir hin.

Ich nahm eine. »Und Sie sind Arzt.«

»Ich gehöre zu den zwanzig Prozent, die das Rauchen nicht aufgegeben haben.«

Er zündete mir die Zigarette an; ich wendete mich ihm zu, so daß ich sein Gesicht sah.

»Konferenz?« fragte ich.

»Wir sind bald beim Haus. Es ist leichter, offen zu sprechen, wenn Ran oder Mary nicht dabei sind.«

»Womit wollen wir anfangen?«

Es war die letzte Frage, die ich stellte. Ich weiß bis heute nicht, wie er es anstellte, aber von da an lenkte er das Gespräch. Er hätte einen ausgezeichneten Staatsanwalt abgegeben. Und natürlich unterhielt er sich mit mir, dem alten Plappermaul. Ich schilderte Marys und meine Kindheit, erzählte ihm, worüber wir lachten und weshalb wir stritten, Marys Wutanfälle und wie sie nach dem Tod unserer Eltern Nacht für Nacht in der Wohnung auf- und abgegangen war. Es ist sehr verlockend, über sich selbst zu sprechen, wenn der andere wirklich zuhört. Deshalb brauchte ich so lange, bis ich merkte, worauf er aus war.

Als er zum drittenmal auf Marys Wutanfälle zu sprechen kam, wurde ich aufmerksam. Ich hörte auf zu reden, weil ich mißtrauisch geworden war, und sein langsames, nachdenkliches Nicken bestätigte mir, daß mein Mißtrauen gerechtfertigt war.

»Was bezwecken Sie eigentlich?« fragte ich.

»Ich lasse mir eine Vermutung bestätigen. Diese Informationen konnte ich natürlich nicht von Ran bekommen.«

»Natürlich. Nur von einer dummen Person, die nicht den Mund halten kann.«

»Es ist ein sehr hübscher Mund.« Er sah mich aufmerksam an, und ich wurde rot.

»Sie wollten keine Information, sondern nur eine Bestätigung. Ich weiß, was Sie denken, und Sie irren sich. Mary ist ...«

»Eine verwöhnte, verzärtelte Neurotikerin, die nicht einmal mit der geringsten Frustration fertig wird.«

Es klang kalt und endgültig.

Und es war falsch. Ich rief mir ins Gedächtnis, was ich gesagt hatte, wieso ich nicht imstande gewesen war, ihm die Mary zu zeigen, die ich kannte — das Mädchen, das ein verlassenes, hysterisches Kind getröstet, den Kummer über ihren Verlust und das Gefühl, der Aufgabe nicht gewachsen zu sein, mit sich allein ausgemacht hatte. Eine Frau, die meine pubertären Schwierigkeiten mit Weisheit und Humor ertragen hatte. Aber ich wußte, daß nicht ich allein an meinem Versagen schuld war. Sein Urteil über Mary hatte bereits festgestanden, bevor er mich kennenlernte.

»Sie irren sich«, wiederholte ich.

»Ich wäre froh, wenn es so wäre.«

»Sagen Sie mir nur eines: Sind *Sie* Marys ärztlicher Berater?«

Es klang noch gemeiner, als ich beabsichtigt hatte, und er errötete heftig bis über beide Ohren. Es waren große Ohren.

»Ich bin der einzige Mediziner auf der Insel«, fuhr er mich an. »Mary hat keinen Berater, weder einen medizinischen noch einen anderen. Sie spricht nicht mit mir. Deshalb muß ich mich hinter ihrem Rücken informieren.«

»Ich habe nicht gewußt, daß Sie in Psychiatrie promoviert haben.«

Er holte tief Luft. Seine Augen waren hart und stumpf wie Kiesel.

»Ich kenne mich mit den üblichen Psychosen so ziemlich aus und weiß deshalb, daß Mary keine hat. Sie können mir glauben, daß ich mich sehr genau damit befaßt habe. Die Symptome stimmen einfach nicht und ergeben keinen Sinn. Daraus folgt logisch, daß sie bewußt ihre ...«

»Das höre ich mir nicht an.«

Ich wollte ihn anschreien, aber das grüne Zwielicht, das den Wagen einschloß, verwandelte meine Stimme in ein Krächzen. Der Wald war alt und verwahrlost, und ich nahm den Geruch des fruchtbaren schwarzen Humus und der wuchernden Pflanzen wahr. Für gewöhnlich mag ich Wälder, aber dieser war anders. Er bedrückte mich. Die Bäume standen viel zu dicht beisammen, so daß das Sonnenlicht nicht durch die Äste dringen konnte.

»Wir reden aneinander vorbei«, stellte ich fest. »Bitte fahren wir weiter. Ich kann es nicht erwarten, Mary zu sehen.«

Es war eine Erleichterung, aus dem Wald auf eine offene, windgepeitschte Lichtung zu kommen. Über den blauen Himmel trieben eilig weiße Wolken, und das Haus erwartete uns inmitten einer großen, grünen Rasenfläche.

Ich habe nie an Spukhäuser geglaubt, aber ich gebe zu, daß jedes Haus seine eigene Atmosphäre besitzt. In manchen fühlt man sich in dem Augenblick daheim, in dem man sie betritt, andere stoßen einen ab. Es handelt sich natürlich um rein physische Eindrücke — die Wirkung von Proportionen, Lichteinfall und sich wiederholenden Formen, die auf manche Personen beruhigend und auf andere bedrückend wirken. Das ist die einzig mögliche Erklärung, denn ich bin in brandneuen Häusern gewesen, die noch nach Farbe und Mörtel rochen, und habe mich in ihnen so unbehaglich gefühlt, daß ich am liebsten davongelaufen wäre — also können keine Gespenster daran schuld sein. Es sei denn, diese Geister sind bereits vorhanden, weil sie an das Stück Land gebunden sind, auf dem das Haus steht.

In Rans Haus herrschte keine solche Atmosphäre. Es war groß und weitläufig und im Lauf der Jahre durch

Zubauten vergrößert und verändert worden. Und so wie die natürliche Schönheit von Blumen, die wild auf einer Wiese wachsen, jedes künstliche Blumenarrangement übertrifft, war dieses Haus schöner als viele von Architekten entworfene Gebäude. Der ursprüngliche zentrale Teil war vermutlich zweihundert Jahre alt. Man erkannte seine eleganten, strengen Linien trotz der historisierenden Verschönerungen, die ein späterer Besitzer hinzugefügt hatte, noch immer. Es gab einen Turm. Es gab am höchsten Punkt des Hauses eine Kuppel. Es gab jede Menge Giebel und an jedem Dachrand und Fenstersims hölzernes Gitterwerk. Die breite Veranda, die vorn und seitlich am Hauptteil verlief, war geschwungen, die tragenden Säulen waren gedreht, und das Gesims der Veranda hatte man mit einer Reihe von hölzernen ›Eiszapfen‹ versehen. Merkwürdigerweise war das Ergebnis anziehend. Das Haus war so groß, daß es durch die Verzierungen nicht überladen wirkte. Es war frisch getüncht — es glitzerte weiß wie Kristallzucker, und die Fensterläden bildeten durch das sehr dunkle Grau einen angenehmen Kontrast. Die Schornsteine waren aus hellgrauen Steinen. Vielleicht machte das Haus im Winter, wenn der Himmel düster war, einen unheimlichen Eindruck. Jetzt war der Rasen frisch gemäht, Blumen und Büsche standen in voller Blüte, die Sonne schien, und es erwartete mich gastfreundlich.

Der Arzt fuhr die geschwungene Auffahrt hinauf und hielt vor der Vordertreppe. Mary hatte uns offenbar erwartet, denn kaum war der Motor verstummt, kam sie herausgelaufen.

Sie trug ein helles Leinenkleid, ihr Gesicht war gerötet, und sie lächelte strahlend: dieser Anblick war eine solche Erleichterung, daß mir Tränen in die Augen traten, als ich sie in die Arme schloß. Mary wirkt neben mir so klein, daß ich mich nie traute, sie herzhaft an mich zu drücken, weil sie mir so zerbrechlich vorkam. Deshalb merkte ich erst nach einigen Sekunden, daß ihre Rippen beinahe hervortraten, und daß ihre Arme kaum kräftiger waren als die eines Kindes.

Ich schob sie auf Armlänge von mir und behielt mein Lächeln bei, aber es fiel mir nicht leicht.

Mager — mein Gott, war sie mager! In ihren kurzen, dunklen Locken entdeckte ich graue Haare. Die gesunden roten Wangen waren nur geschickt aufgetragenes Mak-up. Mary hatte immer Ringe unter den Augen, selbst wenn sie bei strahlender Gesundheit war. Die Ringe und der zierliche Körper ließen sie zerbrechlich erscheinen, und das wirkt auf viele Männer anziehend. Aber jetzt waren es keine Ringe, sondern violette Schatten, und ihre Augen waren trüb, als hätte sie Fieber.

»Du siehst großartig aus«, stellte ich fest, aber Mary lächelte nur spöttisch.

»Ich sehe schrecklich aus.« Sie schob ihren Arm in den meinen und ging mit mir zur Treppe. »Aber du hättest mich vor einem Monat sehen sollen.«

»Wo ist Ran?«

»In Boston. Er mußte heute früh geschäftlich hin, deshalb konnte er dich nicht abholen.«

Ich blickte zurück. Der Arzt, dessen Vorhandensein Mary nicht einmal mit einem Nicken zur Kenntnis genommen hatte, hob gerade mein Gepäck aus dem Wagen.

»Leider kann ich nicht behaupten, daß er ein vollwertiger Ersatz war.«

»Schsch.« Marys Finger krampften sich um meinen Arm. »Er wird dich hören.«

In ihrer Stimme lag eine solche Spannung, daß ich sie überrascht ansah. Bevor ich antworten konnte, wandte sie sich von mir ab und dem Arzt zu.

»Laß sie nur stehen, Will. Jed bringt sie später ins Haus. Falls du einen Augenblick bleiben kannst ...«

»Um euer Wiedersehen zu stören? Danke, Mary, aber ich muß Verschiedenes erledigen. Bitte sag Ran, daß er mich anrufen soll.«

Als der Wagen anfuhr, löste sich Marys Spannung.

»Wir wollen doch nicht ewig hier draußen stehenbleiben. Komm herein.«

Das Innere des Hauses war genauso bezaubernd wie das Äußere. Die kreisrunde Halle war so gestaltet, daß man den Eindruck von geöffneten Armen bekam, und hatte in der unteren Hälfte eine weiße Täfelung und darüber eine Tapete mit Blumenmustern. Die Treppe begann an der Rückseite der Halle.

»Hast du im Flugzeug einen Lunch bekommen?»

»Hör auf, die Gastgeberin zu spielen. Ich habe mehrmals einen Lunch bekommen; irgendwo über Des Moines habe ich aufgehört, sie zu zählen.«

»Also dann Kaffee. Ich weiß, daß du immer Kaffee trinken kannst.«

»Später. Jetzt möchte ich duschen und mich dann in Ruhe mit dir unterhalten.«

»Natürlich, du mußt ja nach der langen Reise müde sein. Ich werde Jed sagen, er soll deine Koffer hinaufbringen.«

Während ich ihr die Treppe hinauffolgte, fragte ich mich, warum Ran von Apathie und Zurückgezogenheit gesprochen hatte. Mary hatte sich verändert, sehr verändert, aber ich fand sie nicht apathisch, sondern eher angespannt und nervös. War es eine neue Entwicklung, oder verhielt sie sich nur mir gegenüber anders? Ich konnte es kaum erwarten, mit ihr zu sprechen, wieder mit ihr vertraulich zu plaudern, wie wir es immer so gern getan hatten. Und ich hatte nicht vor, mich zurückzuhalten. Sie hatte etwas auf dem Herzen, und ich würde es aus ihr herausholen — wenn es sein mußte mit Gewalt.

Mein Zimmer war entzückend — ein großer, hoher Raum am Ende eines Flügels, so daß er an zwei Seiten Fenster hatte. An einer Wand befand sich ein Kamin, und die Einrichtung bestand aus frühen amerikanischen Möbeln oder ihren teuren Nachbildungen. Vor dem Kamin stand ein Schaukelstuhl, und auf dem Bett lag eine blauweiße Decke.

Aber nach dem ersten angenehmen Eindruck vergaß ich das Zimmer. Mary stand mit verschränkten Armen beim Kamin. Sie hatte den Kopf zur Seite geneigt und sah blicklos vor sich hin, wie jemand, der einem Geräusch lauscht, das andere nicht hören können.

»Mary«, sagte ich scharf.

Sie zuckte zusammen und lächelte mich an.

»Ich werde Mrs. Willard sagen, daß sie uns Kaffee bringen soll ...«

Ich ging zu ihr hin und faßte sie an den Schultern. Sie wirkte so klein, als sie mit seltsam schiefgelegtem Kopf zu mir aufsah. Diese Haltung war für mich neu; sie erinnerte mich an ein Kind, das aus Angst vor einem Schlag den Kopf einzieht. Wie zum Teufel war sie zu dieser Haltung gekommen? Man würde sie nie schlagen, jedenfalls nicht körperlich ... Vielleicht fürchtete sie sich nicht vor einem physischen Schlag.

»Was tun sie dir an?« fragte ich.

Die Worte überraschten nicht nur mich, sondern auch sie; mir war nicht bewußt gewesen, daß ich an eine solche Möglichkeit dachte. Aber wie es so oft bei instinktiven Äußerungen der Fall ist, hatte ich das Richtige getroffen. Ihr überraschter Gesichtsausdruck verwandelte sich in mitleiderregende Erleichterung.

»Ich habe gewußt, daß du mir helfen wirst«, flüsterte sie. »Du wirst nicht zulassen, daß sie mich fortbringen, Jo. Sie haben es nämlich vor.«

»Doch nicht Ran?«

»Ran und Graham, dieser Arzt. Er beobachtet mich unausgesetzt. Sie glauben, daß ich es nicht merke, aber da irren sie sich. Man braucht zwei Ärzte dazu, aber wenn einer dafür ist, dann findet sich immer ein zweiter, der zustimmt. Sie halten zusammen.«

»Niemand wird dich fortbringen«, sagte ich.

Ihre Hände umklammerten die meinen.

»Versprichst du es?«

»Solange ich fähig bin zu gehen und zu sprechen, wird dich niemand fortbringen.«

Ich brachte sie dazu, sich in den Schaukelstuhl zu setzen, und hockte mich neben sie. Ihre Wangen waren tränennaß, aber sie lächelte.

»Es ist so schön, dich wiederzusehen, Jo.«

»Du hast mir auch gefehlt.« Ich ergriff ihre Hände. »Das mit dem Kind tut mir so leid.«

Sie blickte zu mir hinunter.

»Du verstehst es nicht, Jo.«

»Ich möchte es verstehen, deshalb bin ich gekommen. Was ist los, Mary? Es kann nicht das Kind sein, nicht ausschließlich das Kind. Was ist es, Mary? Hat es mit Ran zu tun?«

»Was ist es?« wiederholte sie träumerisch.

»Ist es Ran?« sagte ich drängend. »Gibt es irgendwelche Schwierigkeiten?«

Sie schüttelte den Kopf.

»Du verstehst es nicht«, sagte sie noch einmal. »Er kommt immer näher. Aber ich höre ihn trotzdem weinen.«

Ran?

Er war der einzige, den sie meinen konnte, und doch ... immer näher? Ja, das war in Ordnung, so sollte eine Ehe sein, vor allem wenn die Ehepartner einen schweren Verlust erlitten hatten. Aber es paßte nicht zu ihren anderen Äußerungen und auch nicht dazu, daß Ran sie in eine Anstalt bringen wollte. Und — Ran weinte?

»Ran?« sagte ich.

»Ran?« Sie lachte hell auf. »Ran weint nicht. Aber *er* weint. Es ist ein Junge. Er heißt Kevin.«

ZWEITES KAPITEL

1

Ran kam erst spät nachts zurück, und ich war die einzige, die so lange aufblieb. Mary war sofort nach dem Abendessen zu Bett gegangen. Als ich ihr anbot, mit ihr hinaufzugehen, lehnte sie ab. Mrs. Willard half ihr immer. Mrs. Willard kannte sich mit der Medizin aus. Mrs. Willard würde sich um alles kümmern.

Mrs. Willard war die Haushälterin, eine große, kräftige, mindestens fünfzig Jahre alte Frau, aber sie bewegte sich flink wie ein junges Mädchen und kochte wie ein Engel — falls Engel kochen.

Bis auf Flora, die Nichte der Willards, die gelegentlich aushalf, bestand das Hauspersonal aus Mrs. Willard und ihrem Mann Jed. Es war charakteristisch, wie die beiden angesprochen wurden. Ich konnte mir nicht vorstellen, daß ich Mrs. Willard beim Vornamen anredete, genausowenig wie ich zu Jed Mr. Willard sagen konnte.

Mein erster Eindruck von Jed war, daß jemand mich zum besten hielt. Er war kein wirklicher Mensch, sondern die Karikatur eines Mannes von der Ostküste, wie sie in einem schlechten Roman vor vierzig Jahren üblich gewesen war. Er war groß, hager, ließ die Schultern hängen, hatte ein Gesicht wie ein alter Bluthund und sprach langsam und gedehnt. Er trug einen Overall, und zwar die Sorte mit den Metallschnallen an den Trägern.

Er war es, der uns nach Marys verblüffender Feststellung unterbrach. Später wurde mir klar, daß ich ihm dankbar sein mußte, denn wer weiß, was ich im ersten Schrecken gesagt oder getan hätte. So konnte ich meine Gefühle an ihm abreagieren, indem ich zusammenzuckte, herumfuhr und leise aufschrie.

»Sie haben mich erschreckt«, sagte ich.

Jed stellte die Koffer ab und richtete sich zu seiner vollen beachtlichen Höhe auf. Er lächelte mich an. Angesichts der Tatsache, daß er dabei kaum die Lippen verzog, war es ein beeindruckendes Lächeln. Er hatte ein freundliches und ungewöhnlich ausdrucksvolles Gesicht. Jeder Teil seines Gesichts war imstande, sich unabhängig von den anderen zu bewegen, und wenn seine Nase zuckte oder er eine Augenbraue hochzog, konnte er damit genausoviel ausdrücken wie andere Leute mit einer langen Rede. Ich nahm an, daß er dieses Talent entwikkelt hatte, weil er nicht viel zum Reden kam; aber das war ein Irrtum. Bei unserem ersten Zusammentreffen besorgte allerdings Mrs. Willard das Sprechen.

Sie stand dicht hinter ihm und füllte praktisch den Türrahmen aus, doch ich hatte nie den Eindruck, daß sie dick war. Sie war massiv, von den Schultern, die so breit wie die eines Mannes waren, bis zu den großen, kräftigen Füßen. Sie hatte auch üppige Haare; der Knoten in ihrem Nacken hätte den Kopf einer schwächeren Frau nach vorn gedrückt. Sie trug eine goldgefaßte Brille, durch die ihre Augen größer wirkten. Es waren schöne kornblumenblaue Augen, doch sie kamen in dem großflächigen rosa Gesicht kaum zur Geltung.

»Ich bin Miss Willard«, verkündete sie. »Das ist mein Mann Jed, und Sie müssen Marys Schwester sein. Es ist gut, daß Sie gekommen sind; sie braucht Gesellschaft. Ich habe weiß Gott keine Zeit dafür — das Haus ist groß. Natürlich schaffe ich es, denn das Haus, mit dem ich nicht fertig werde, muß erst gebaut werden. Aber es läßt mir keine Zeit zum Herumsitzen und Plaudern. Ich mag es, wenn ein Haus blitzt und funkelt. Wenn man eine Arbeit übernimmt, dann soll man sie richtig machen, sage ich immer.«

Ich streckte ihr wortlos die Hand hin, und sie ergriff sie. Für eine Frau ihres Umfanges bewegte sie sich mühelos, nicht graziös, aber rasch und sicher. Die blauen

Augen waren nicht nur schön, sondern auch klug. Sie umschatteten sich besorgt, als sie von mir zu Mary blickte.

»Ich wollte nur nachsehen, ob Sie so weit sind, daß Sie Kaffee trinken können. Ich habe ihn frisch aufgebrüht und Krapfen dazu gemacht. Mary muß ein bißchen zunehmen, während Sie wahrscheinlich Diät halten wie alle jungen Mädchen; das können Sie hier für eine Weile vergessen. Sie würden auch ein paar Pfund mehr vertragen. Ran hat gesagt, wenn er um sieben Uhr noch nicht da ist, dann sollen wir mit dem Abendessen nicht auf ihn warten, aber bis dahin ist noch lange Zeit. Vergessen Sie Ihre Kleider, ich werde sie später einräumen. Kommen Sie mit und trinken Sie Ihren Kaffee, solange er heiß ist.«

Sie nahm Mary einfach mit, und ich folgte ihnen die Treppe hinunter. Ich hörte mit halbem Ohr, was Mrs. Willard über die Krapfen, das Abendessen, die Frage, ob Ran rechtzeitig zurückkommen würde und das Wetter sagte — die übrigen Themen habe ich vergessen. Ich war in Gedanken versunken und muß zugeben, daß ich ein wenig erleichtert war. Wer weiß, womit ich herausgeplatzt wäre, wenn die Willards nicht auf der Bildfläche erschienen wären. Es war schlimmer, als ich es mir vorgestellt hatte. Es war schlimm, so schlimm, daß ich unendlich vorsichtig vorgehen mußte. Als ich an William Graham dachte, wurde ich wieder wütend. Warum hatte er mich nicht darauf aufmerksam gemacht? Und wie konnte er eine ausgeprägte fixe Idee als Launenhaftigkeit einer verwöhnten jungen Frau bezeichnen? Sogar ich erkannte, wie gefährlich Marys Zustand war, und ich hatte nicht die leiseste Ahnung, wie ich darauf reagieren sollte. Ich mußte mehr wissen; ich mußte mit Ran sprechen.

Doch im Lauf des Tages begann ich, weiter darüber nachzudenken. War es möglich, daß Doktor Graham nichts von dieser Wahnvorstellung wußte, daß sie sich erst kürzlich entwickelt hatte? Den Rest des Nachmittags verhielt sich Mary nämlich vollkommen normal. Sie war nervös und ermüdete rasch; sogar ein Fremder hätte erkannt, daß sie krank gewesen war. Aber es gab nicht den geringsten Hinweis auf eine ernsthafte Anomalie. Wenn ich meiner Sache nicht sicher gewesen wäre, hätte ich vielleicht angenommen, daß ich mir diesen einen erschreckenden Satz nur einbildete. Aber ich wußte, daß es sich um keine Einbildung handelte.

Das Verhalten der Willards verstärkte mein Unbehagen — sie waren allgegenwärtig. Als wir hinausgingen, um die Blumen zu bewundern, befand sich Jed in Sichtweite — er harkte, schnitt Sträucher zurück, hob Zweige auf. Als wir ins Haus zurückkehrten, empfing uns Mrs. Willard und erklärte sich bereit, mir das Haus zu zeigen. Es war logisch, daß sie den Fremdenführer spielte. Sie war seit Jahren bei der Familie, während das Haus und die Familiengeschichte Mary beinahe genauso fremd waren wie mir. Und trotzdem ...

Mrs. Willard bestätigte meine Vermutung über das Alter des Hauses. Bei dieser Gelegenheit hörte ich zum erstenmal den Namen, der später für mich eine so verhängnisvolle Bedeutung bekam.

»Der Kapitän hat es wirklich schön gebaut«, sagte sie. »Später wurden eine Menge Schnitzereien weggerissen. Angeblich war es seinerzeit genauso schön wie das Hochzeitskuchenhaus in Kennebunk.«

Ich sah Marys Gesichtsausdruck und schaffte es, ernst zu bleiben.

»Ach ja«, stimmte ich zu. »Ich habe einmal ein Foto davon gesehen.«

Ich erinnerte mich daran. Niemand, der es gesehen hat, kann es jemals vergessen, auch wenn er noch so gern möchte. In meinem Lehrbuch für Kunstgeschichte ist das Kennebunkhaus als schreckliches Beispiel hemmungsloser amerikanischer Neu-Gotik abgebildet. Aber wenn Mrs. Willard es so sichtlich bewunderte, dann würde ich ihr bestimmt nicht die Freude verderben.

»Der Sohn des Kapitäns hat den meisten Schaden angerichtet«, fuhr sie fort. Sie sagte es so aufgebracht, daß es beinahe ein Schock war, als mir klar wurde, daß der Sohn des Kapitäns seit mindestens hundert Jahren tot war. »Angeblich wollte er sogar den Turm niederreißen, aber der Baumeister wies darauf hin, daß dann vielleicht das ganze Mittelteil des Dachs einstürzen würde.«

»Es ist wirklich eine Schande, daß er solchen Schaden angerichtet hat«, stimmte ich zu. »Aber diesen Teil hat doch sicherlich nicht der Kapitän gebaut? Er muß älter sein.«

Wir standen im ersten Stock des Mittelteils und blickten von meinem Zimmer aus den Korridor entlang. Die großen Schlafzimmer lagen an diesem und an dem quer zu ihm verlaufenden Korridor. Es waren insgesamt acht Räume, und auf Grund ihrer Proportionen, der Kaminsimse und der handgedübelten Fußböden war mir klar, daß sie in einer früheren, mit mehr Schönheitssinn begabten Zeit als der Epoche des Kapitäns entstanden waren.

»Ja, das war das alte Haus«, bestätigte Mrs. Willard. »Der Kapitän kaufte es 1826, nachdem er sein Vermögen gemacht hatte, und ließ es für seine Braut umbauen. Sie war eine Barnes aus Boston und an ein schönes Haus gewöhnt.«

Zu meiner Schande hatte ich nie von den Barnes aus Boston gehört, schloß aber aus Mrs. Willards Ton, daß sie zu den alteingesessenen Familien gehörten. Ich nickte also beeindruckt. Mein Interesse ermutigte Mrs. Willard, und sie fuhr mit ihrem Vortrag fort.

»Er richtete diese Zimmer viel schöner ein, als sie jetzt sind. Im großen Schlafzimmer, in dem jetzt Ran und Mary schlafen, gab es ein schönes, großes geschnitztes Kaminsims. Das wurde 1930 entfernt, als der alte Mr. Max eine Menge umgestaltete.«

Ich konnte mir die Kaminverkleidung vorstellen, die der alte Mr. Max entfernen ließ, so daß das schöne alte

Kaminsims mit den Basreliefs und der Verblendung aus französischen Fliesen wieder zum Vorschein kam. Es war klar, daß das Haus seinen jetzigen Charme dem alten Mr. Max verdankte. Er hatte viele der viktorianischen ›Verschönerungen‹ entfernt und die alten Möbel vom Dachboden heruntergeholt, wohin seine Vorfahren sie verbannt hatten.

»Er muß eine starke Persönlichkeit gewesen sein«, stellte ich fest.

Mary nickte.

»Er war Rans Großvater; Ran erinnert sich noch gut an ihn. Ich habe gewußt, daß dir das Haus gefallen wird, Jo; bei mir war es Liebe auf den ersten Blick.«

»Ich habe gar nicht gewußt, daß Ran ein solches Haus besitzt.«

»Es gehört ihm erst seit kurzem. Seine Großtanten haben hier gelebt, und die letzte ist im März gestorben. Es gab einen dummen Familienstreit, weil Rans Mutter zum zweitenmal geheiratet hat und die Tanten nicht damit einverstanden waren. Nachdem Ran und seine Mutter das Haus verlassen hatten, nahm Ran an, daß er es niemals wiedersehen würde. Aber die alte Dame bereute auf dem Totenbett, daß sie so hart gewesen war, und hinterließ ihm das Haus sozusagen als Wiedergutmachung.«

»Es war auch höchste Zeit«, warf Mrs. Willard ein. »So ein Unsinn ... Wir kommen jetzt in den Flügel, den der Kapitän anbauen ließ. Wir benützen ihn nicht, aber alle sechs Monate, wenn meine Nichte heraufkommt, mache ich dort gründlich sauber.«

Mary wurde allmählich müde. Mrs. Willard bemerkte es und schleppte uns im Laufschritt durch die nächsten acht Zimmer, die sich im ›neuen‹ Flügel des Kapitäns befanden. Ich erinnere mich kaum an sie — ich weiß nur noch, daß die Räume düster wirkten, weil die Vorhänge zugezogen waren; die meisten Möbel steckten unter Schutzbezügen.

Etwas wollte ich allerdings unbedingt sehen, und als Mrs. Willard sagte, sie müsse jetzt hinuntergehen und das Abendessen kochen, protestierte ich. »Wir haben den Turm noch nicht besichtigt. Ich habe eine Schwäche für Türme.«

»Es wird für Mary zuviel«, widersprach Mrs. Willard. »Die vielen Treppen.«

»Ich werde mich eine halbe Stunde hinlegen«, gab Mary zu. »Du sieh dich ruhig weiter um, Jo. Ich weiß, daß du eine Forschernatur bist. Du wirst dich schon nicht verirren.«

Ich verirrte mich tatsächlich nicht und hätte jederzeit zurückgefunden, aber ab und zu wäre es mir schwergefallen, genau zu erklären, wo ich mich befand. Das Gebäude erinnerte an einen Dachsbau.

Noch ein Element war daran schuld, daß ich diese Stunde nie vergessen werde. Ich hatte das Gefühl, daß ich durch einen Spiegel in eine andere Dimension oder eine andere Zeit getreten war; als würden zwei Häuser gleichzeitig an der gleichen Stelle existieren, wären aber durch einen unbeschreiblichen Abgrund voneinander getrennt. Die Zimmer im Erdgeschoß waren entzückend, bezaubernd, warm — bewohnbare Räume, in denen wirkliche Menschen sprachen, aßen und schliefen und normalen, realen Tätigkeiten nachgingen. Die Räume im Obergeschoß waren durch mehr als nur eine Treppenflucht von ihnen getrennt. Oben konnte man sich nur schwer vorstellen, daß es im weiten Umkreis Leben gab.

Im zweiten Stock fand ich einen Ballsaal — es war der größte, staubigste, hallendste Raum, den ich je gesehen hatte. Nicht einmal meine blühende Fantasie konnte die Leere mit lachenden Gästen, Musik oder tanzenden Paaren füllen. Auch die übrigen Räume in diesem Stockwerk waren groß, aber nicht so elegant wie die Zimmer im Erdgeschoß. Wahrscheinlich dienten sie als zusätzliche Gästezimmer, die nur bei großen Parties benützt wurden. Doch eine Suite war anders. Die war sichtlich für

Kinder bestimmt — Tageszimmer, Schlafzimmer und das Zimmer der Gouvernante oder des Kindermädchens. In diesem Stockwerk gab es nur noch sehr wenige Möbel, aber auf der verblaßten Tapete eines Zimmers tummelten sich Kaninchen und Enten, und die mitgenommenen Fußböden und Wände waren ein Hinweis auf Generationen von stampfenden Füßen, aufprallenden Bällen und mit Buntstiften angefertigten Wandgemälden.

Der Anblick dieser Räume stimmte mich ein wenig melancholisch, und während ich auf der Suche nach der Treppe zum Turm weiterging, dachte ich an die Kinder, die im Lauf der Jahre in diesem Haus gelebt hatten. Eines von ihnen war Ran gewesen, aber er war bestimmt nicht in diesen trostlosen Räumen aufgewachsen. Die Kinder hatten früher kein leichtes Leben gehabt. Man sollte sie sehen, aber nicht hören, und in den oberen Gesellschaftsschichten sorgten die Eltern sehr gründlich dafür, daß man die kleinen Lieblinge nicht öfter sah, als absolut notwendig. Sie lebten im Dienertrakt, schliefen, spielten und aßen allein. Cracker und Kakao, und das Kindermädchen beaufsichtigte sie dabei; Mutter und Vater speisten später und prunkvoller. Es klingt wunderbar — wenn man es liest. Vielleicht war es das tatsächlich. Vielleicht waren die Kinder tatsächlich außerhalb der Welt der Erwachsenen mit ihren unverständlichen Anforderungen und strengen Gesetzen glücklicher. Aber die Berichte darüber sind nicht von Kindern, sondern von Erwachsenen geschrieben worden, die sich einreden, daß die Kindheit eine glückliche Zeit ist, und dabei die Einsamkeit, die Unsicherheit und die Angst vergessen.

Der dritte Stock war noch trübseliger als der zweite. Hier befanden sich die Zimmer der Dienerschaft und die großen Dachböden. Die graubraunen Wände hatte man einmal cremefarben gestrichen. Jetzt waren sie fleckig, und die Fußbodenbretter, in deren Staub ich meine Fußabdrücke hinterließ, knarrten. Das Licht funktionierte, aber viele Birnen waren ausgebrannt und nie ersetzt worden. Hier, wo die unteren Klassen lebten, waren die Glühbirnen nackt und ohne Lampenschirme. Ihr Licht war häßlich, sowohl grell als auch unzulänglich, denn es gab große, nicht ausgeleuchtete Flächen. Der lange, schmale, schmucklose Korridor mit den geschlossenen Türen war scheußlich. Was sich wohl hinter diesen Türen verbarg?

Als ich endlich eine enge Treppe fand, die vom dritten Stock nach oben führte, stellte ich fest, daß sie nicht im Turm, sondern in der Kuppel mündete. Ich hatte beinahe vergessen, daß es die Kuppel gab, und kletterte die Treppe mit neu erwachtem Interesse hinauf. Die Stufen waren schmal und steil, aber in Ordnung, und ich landete in einem seltsamen Raum.

Er war klein, etwa zehn Quadratmeter groß, und bis auf den allgegenwärtigen Staub vollkommen leer. Alle vier Wände bestanden aus dickem Glas.

Draußen war nicht viel zu sehen, nur die große, dunkle Masse der Bäume. Im Westen tauchte die untergehende Sonne den Himmel in leuchtende Farben, aber am Himmel über mir standen bereits Sterne. Der Mond war noch nicht aufgegangen. Ich nahm mir vor, bei Tag wieder heraufzukommen. Die Kuppel erhob sich über den Bäumen wie ein Leuchtturm über dem Wasser; bei Tag mußte die Aussicht atemberaubend sein. Möglicherweise konnte man die ganze Insel überblicken, oder den Ozean sehen. Ob wohl die Frau des Kapitäns hier gestanden und nach den Segeln seines Schiffes Ausschau gehalten hatte, wollte meine romantische Fantasie wissen. Die Reisen dauerten damals ein Jahr oder länger, und die zurückgebliebenen Frauen waren sehr einsam. Manchmal wartete die Frau vergebens, weil das Schiff in den stürmischen Wellen des Ozeans gesunken war und niemand überlebt hatte.

Ganz schön morbide Gedanken ... ich wollte noch einmal versuchen, den Turm zu finden, und dann die erste Treppe hinuntergehen, auf die ich stieß. Mary fragte sich bestimmt schon, wo ich blieb.

Ich öffnete auf gut Glück eine Tür und stand vor einer Treppe, die ich noch nicht gesehen hatte. Auf jedem Treppenabsatz gab es ein Fenster; auf den Treppenabsatz unter mir fiel ein schwacher Lichtschein von außen. Aber von oben drang kein Licht herunter, und als ich hinaufschaute, sah ich nur eine solide Decke. Die Treppe ging nicht weiter.

Der Mond war aufgegangen, aber er spendete nicht so viel Licht, daß ich mich auf die Treppe wagen konnte und wollte zurückgehen. In diesem Augenblick berührte meine Hand an der Wand ein vertrautes Gebilde — einen Lichtschalter. Ich drückte ihn, und das Licht flammte auf. Dann erblickte ich die Tür auf der gegenüberliegenden Seite des Treppenabsatzes und begriff, daß ich den Turm gefunden hatte.

Zuerst glaubte ich, daß die Tür versperrt sei, doch als ich mit der Schulter dagegen drückte, ging sie knarrend auf. Ein Strom warmer, schaler Luft schlug mir entgegen, als wäre der Raum luftdicht abgeschlossen gewesen.

Das erste, was ich sah, war das Gitter vor dem Fenster.

Die Gitterstäbe hoben sich schwarz und hart von dem blaßsilbernen Mondlicht ab und warfen lange Schatten über den Boden. Die Wirkung war so erschreckend, daß ich einen Schritt zurücktrat. Doch dann riß ich mich zusammen. Zweifellos war es einmal ein Kinderzimmer gewesen, denn die Fenster in der Kindersuite waren ebenfalls vergittert. Der Sturz hinunter auf den Erdboden war gefährlich.

Im Gegensatz zu den anderen Zimmern gab es hier einige Einrichtungsgegenstände. Mein Blick fiel auf etwas, das meine Theorie vom Kinderzimmer bestätigte: ein Schaukelpferd. Es war das größte Schaukelpferd, das ich je zu Gesicht bekommen hatte; ich hätte selbst darauf reiten können. In der Dunkelheit wirkte es beinahe gespenstisch — und wahrscheinlich auch größer.

Mehr konnte ich nicht sehen, weil der Raum keine Beleuchtung besaß. Ich tastete die Wand neben der Tür ab, aber ich fand keinen Schalter. Sobald sich meine Augen an die Dunkelheit gewöhnt hatten, erkannte ich noch einige Einzelheiten — der Tür gegenüber einen Kamin und rechts von mir ein seltsames Gebilde an der Wand. Ich hatte mich gewundert, daß die Treppe im dritten Stock endete, während der Turm mindestens ein Stockwerk höher war. Das Gebilde rechts von mir war eine eiserne Wendeltreppe, wie man sie manchmal in alten Bibliotheken findet. So gelangte man also zur Spitze des Turms — da hatte jemand großen Wert darauf gelegt, ungestört zu bleiben. Aber ausgerechnet in einem Kinderzimmer! Ich hatte Erfahrung mit Wendeltreppen und wußte, daß man auf ihnen sehr leicht ausgleitet. Die kräftigen Eisenknöpfe auf dem Geländer waren ein zusätzliches Gefahrenelement, wenn jemand den Halt verlor.

Alle alten Häuser waren für Kinder gefährlich gewesen. Man mußte nur an die Kamine denken, die bestimmt trotz der Kaminschirme und der ständigen Überwachung viele Verbrennungen verursacht hatten.

Das Licht, das zum Fenster hereinfiel, war jetzt heller und leuchtender, wahrscheinlich war beinahe Vollmond. Ich trat ans Fenster, schaute hinaus und erblickte etwas, das von draußen hereinsah.

Ich dachte nicht daran, daß das Fenster sich fünfzehn Meter oberhalb des festen Bodens befand, auch wurde mir nicht bewußt, daß die Wand vollkommen glatt war und kein menschliches Wesen an ihr hochklettern konnte. Ich trat den Rückzug an, und zwar rasch. Es ist ein Wunder, daß ich mir nicht den Hals brach. Ich schoß die Treppe hinunter wie eine Rakete und blieb erst stehen, als ich die untere Tür hinter mir hatte und sie zuschlug. Ich lehnte mich gegen sie, als müsse ich sie zudrücken, und wartete, bis ich aufgehört hatte zu keuchen. Doch hinter der Tür gab es nichts — es war niemand da. Ich stand in einem Korridor mit einem blauen Teppich, das Licht war gedämpft, und vor mir sah ich einen kleinen Tisch mit einem Strauß Wachsblumen, über dem ein Spiegel hing ... Ich erkannte den Korridor; er führte im Erdgeschoß vom Salon zu einem kleinen Damenzimmer. Aus einem anderen Korridor links von mir drang der verführerische Duft von Brathuhn, und im Salon rief jemand meinen Namen.

Ich stieß mich von der Tür ab.

»Ja, ich bin es, Mary. Ich komme.«

Ich befand mich wieder in der wirklichen Welt, ich war durch den Spiegel zurückgekommen.

2

Um sieben Uhr war Ran noch nicht da, also aßen wir ohne ihn. Als wir fertig waren, kam ich mir vor wie eine Gans, die für Weihnachten gemästet wird. Ich hatte das absurde Gefühl, daß Mrs. Willard mich mit dem Löffel füttern würde, wenn ich nicht alles aufaß, was sie mir vorsetzte. Als sie endlich zugab, daß wir genug gegessen hatten, bezweifelte ich, daß ich mich aus meinem Stuhl hochstemmen konnte.

Nachdem sie und Mary hinaufgegangen waren, ließ ich mich im Salon in einen Stuhl fallen, um mich zu erholen. Der Salon war ein entzückendes Zimmer mit einem großen Erkerfenster und einem schönen verkleideten Kamin. Ich verstehe nicht viel von Möbeln, aber einige Stücke waren bestimmt wertvolle Antiquitäten. Der schwere bestickte Stoff der Vorhänge sah aus, als stamme das Muster aus dem achtzehnten Jahrhundert. Aber vor allem war es ein angenehmer Raum. Das zarte Rosa, Grün und Blau der Vorhänge wirkte beruhigend, genau wie die einfachen Linien der Möbel. Die dunklen Holzflächen leuchteten; Mrs. Willard übertrieb nicht, wenn sie stolz behauptete, daß sie mit jedem Haus leicht fertig wurde.

Nach dem ereignisreichen Tag und dem üppigen Abendessen hätte ich schläfrig sein müssen, aber aus naheliegenden Gründen wurde ich immer unruhiger. Das Licht war weich und angenehm, der mit Samt überzogene Stuhl sehr bequem, aber das Exemplar der *Vogue*, nach dem ich gegriffen hatte, fesselte mich nicht, nicht einmal die Layouts der Anzeigen. Die Fotos und der Text wirkten entsetzlich glatt und oberflächlich. Ich wußte, warum ich mich in meiner Haut nicht wohl fühlte, und bemühte mich sehr, nicht an das Problem zu denken, oder jedenfalls noch nicht. Vorgefaßte Meinungen sind für den gesunden Menschenverstand tödlich, und es ist unglaublich leicht, auf sie hereinzufallen. Ich schleppte genügend Vorurteile herum, aber ich wußte wenigstens, daß es Vorurteile waren, während dieser Klugscheißer von einem Arzt ...

Ich warf das Magazin angewidert auf den Tisch. In den weißgestrichenen Regalen neben dem Kamin standen Reihen um Reihen von Büchern. Sie waren gut zusammengestellt — alte und neue Klassiker, dazwischen ein paar Thriller und Science fiction und ein paar neue Bücher, die ich immer schon hatte lesen wollen. Ran war ein vielseitig interessierter Mensch, und einiges hatte er sicherlich geerbt. Etliche Bände waren abgenützt, aber keiner interessierte mich. Statt dessen zog mich der Flügel an. Ich spiele nicht gut, aber gern, und war nicht in der Lage gewesen, mir ein eigenes Klavier zu leisten. Erstens wegen der dünnen Wände meiner Wohnung, und zweitens wegen meines elenden Gehalts. Doch im Haus war es so still, daß ich zögerte. Mein Spiel hätte Mary wahrscheinlich nicht gestört, solange ich keine Revolutionslieder oder eine der leidenschaftlicheren Beethoven-Sonaten wählte. Aber irgendwie kam es mir gefährlich vor, diese Stille zu stören.

Es war eine echte Erleichterung, als ich endlich den Wagen hörte. Er hielt mit kreischenden Bremsen vor dem Haus, und ich erkannte den Fahrstil. Ran fuhr immer so, weil er es nicht erwarten konnte, von dem Ort, an dem er sich befand, zu dem Ort zu gelangen, an dem er sich befinden wollte. Ich ging in die Halle, um ihn zu begrüßen. Mein Herz schlug schneller, als mir lieb war.

Die Eingangstür ging auf, und er stand vor mir. Er sah beinahe zu gut aus — nicht wie ein glatter Manager, sondern dunkel und hager, was auf viele Frauen noch anziehender wirkt. Das alte, vertraute Gefühl erwachte in mir. Ich bekam es zwar sofort wieder unter Kontrolle, aber es machte mir Angst. Ich hatte gehofft und geglaubt, daß diese Schwäche für immer vorbei war.

»Jo! Mein Gott, tut es gut, dich wiederzusehen!«

Er ließ seine Aktentasche fallen und schloß mich in die Arme — kurz und brüderlich. Dann hielt er mich auf Armeslänge von sich und strahlte mich an.

»Du hast fünf Kilo abgenommen — nein, sagen wir vier. Was treibst du dort draußen — verhungerst du?«

»Dreieinhalb Kilo«, stellte ich richtig. »Und ich verhungere nicht, sondern halte Diät.«

»Du hast uns gefehlt.« Er legte mir den Arm um die Schultern und führte mich in den Salon. »Gib doch endlich diese verrückte Idee auf, daß du deinen Unterhalt selbst verdienen mußt, und ...«

»Hör damit auf«, unterbrach ich ihn. »Wir haben uns geeinigt, weißt du noch?«

»Okay, okay. Wie war die Reise? Will hat dich doch abgeholt? Wie wäre es mit einem Drink?«

»Nein, danke.« Ich ließ mich in einen Stuhl fallen und sah zu, wie in einer Chippendale-Anrichte eine Bar zum Vorschein kam. »Ja, Bill — Will — wie immer er heißt, hat mich abgeholt und mir sehr offen seine Meinung gesagt. Hat er tatsächlich die Frechheit gehabt, dir zu erzählen, was er von deiner Frau hält?«

Ran starrte in sein Glas und schwenkte es sanft, so daß die Eiswürfel leise klirrten.

»Was hältst du von Mary? Du hast ja inzwischen mit ihr gesprochen.«

»Ich weiß nicht, wo ich beginnen soll«, antwortete ich hilflos. Ich wußte es, aber ich konnte es nicht aussprechen, noch nicht. Nicht in dem behaglichen Raum mit dem gelben warmen Lampenlicht, mit den geblümten Vorhängen, die die Nacht ausschlossen. »Es geht ihr viel schlechter, als ich erwartet habe. Was ist denn geschehen? Ich kann nicht glauben, daß sie nur wegen einer ...«

»Du bist so verdammt jung, Jo. Hast du noch nicht begriffen, daß du Mary oder jedes andere menschliche Wesen genausowenig kennst, wie sie dich kennen? Du siehst das eine Zehntel, das über die Oberfläche emporragt. Du siehst nie den Druck, die Risse, die darunter verborgenen Schwachstellen.«

»Ach so, Schwachstellen. Du klingst wie der liebe alte Will. Was, zum Teufel, gibt ihm das Recht, Mary zu analysieren?«

»Er ist ein verdammt guter Arzt und er kam aus freien Stücken auf die Insel, weil er sie sehr nett findet. Er hätte jeden Posten haben können, den er wollte.«

»Das ist schön. Aber das ändert nichts an der Tatsache, daß er voreingenommen und feindselig eingestellt ist und daß er nichts davon versteht.«

Ran sah mich überrascht an.

»Was hat er denn gesagt, das dich so auf die Palme gebracht hat? Mir gegenüber ist er zurückhaltend und äußerst mitfühlend.«

»Er sagt, daß sie verwöhnt ist. Neurotisch. Schwach. Kindisch.«

»Komm schon, Jo. Will würde nie ...«

»Will hat. Er mag auch mich nicht.«

»Er mag dich ...« Rans verblüffter Gesichtsausdruck verwandelte sich in Belustigung. »Ich hätte dich darauf aufmerksam machen sollen, daß Will Angst vor Frauen hat — jedenfalls vor jungen, hübschen, gesunden Frauen. Diese feindselige Haltung ist nur ein Abwehrmechanismus.«

»Du mußt auf meine Gefühle keine Rücksicht nehmen, Ran, denn mir ist es gleichgültig, was Will von mir hält.«

»Nein, es ist die Wahrheit. Will hatte eine — nennen wir es unglückliche Liebe.«

»Nenne es, wie du willst; es interessiert mich nicht.«

»Ich bin mit Sue in die gleiche Schule gegangen.« Rans Augen leuchteten bei der Erinnerung auf. »Sie hat rotgoldene Locken und blaue Augen. Und die Art, wie sie damals schon ging ...«

»Vergiß deine lüsternen Pubertätsfantasien. Ich nehme an, daß sie ein eiskaltes Luder war, und ich hoffe, daß sie es Will ordentlich gegeben hat.«

»Das hat sie getan.«

»Du hast keine Ahnung, Ran, wie gleichgültig mir Wills gebrochenes Herz ist. Er ist Frauen gegenüber voreingenommen. Das ist ungefähr genauso logisch, als würdest du die Franzosen hassen, weil dir ein Franzose in der Metro die Geldbörse gestohlen hat. Was mir wirklich Sorgen bereitet, ist die Frage, warum du Mary hierhergebracht hast. Wäre es nicht besser für sie, in der Stadt zu wohnen, wo jederzeit ein ordentlicher Arzt in Reichweite ist?«

»Ich habe dir ja gesagt, daß sie keinen Psychiater aufsucht.«

»Aber sie wären wenigstens in der Nähe, wenn Mary es sich anders überlegen sollte. Hier würde es Stunden dauern, bis man ihr helfen kann, falls sie sich bereit erklärt, jemanden aufzusuchen, oder falls sich ihr ...«

Ich beendete den Satz nicht. Wir wußten beide, was ich meinte: Oder falls sich ihr Zustand verschlechterte.

»Dazu wird es nicht kommen«, widersprach Ran zornig. »Und wenn der Fall doch eintreten sollte — was immer du von Wills Fähigkeiten als Psychiater hältst, er ist ein erstklassiger Arzt. Er könnte alle notwendigen Maßnahmen ergreifen.«

Ich erschauerte, denn das Bild war häßlich: Mary, die sich wild wehrte und mittels einer Spritze betäubt werden mußte, bevor man sie als bewußtloses, röchelndes Bündel in eine Gummizelle in Boston oder New York verfrachtete. Ich hatte zu viele Horrorgeschichten gelesen ... Doch so weit durfte es nicht kommen.

»Aber ausgerechnet hier«, wandte ich ein. »Wir sind vollkommen von der Welt abgeschnitten. Gibt es denn nie Stürme, Zeiten, zu denen niemand auf die Insel gelangen oder sie verlassen kann?«

»Nicht um diese Jahreszeit. Du bist eine hoffnungslose Landratte, Jo.«

»Trotzdem ... ich habe nicht einmal gewußt, daß du hier ein Haus besitzt. Du hast hier gelebt, als du klein warst?«

»Alle haben hier gelebt, als ich klein war«, antwortete Ran lächelnd. »Mein Großvater war damals noch am Leben. Er war der Patriarch des Clans und sammelte alle zerstreuten Verwandten ein. Mutter kam nach Vaters Tod hierher und blieb hier, bis sie wieder heiratete. Mary verliebte sich in den Besitz, als wir im Frühjahr die Insel besuchten, um den Nachlaß meiner Großtante zu regeln. Als ich vorschlug, die Stadt zu verlassen, wollte sie hierherfahren.«

»Ich verstehe.«

Es wurde mir jetzt einiges klar. Dazu gehörten Rans Trinkgewohnheiten. Er war inzwischen beim dritten Glas angelangt, und alle drei trank er pur. Es war eine neue Gewohnheit, die mich beunruhigte.

»Das freut mich«, sagte Ran. »Nimmst du jetzt nicht mehr an, daß ich meine Frau entführt habe und aus irgendwelchen finsteren Gründen einsperren will?«

»Ich habe nie angenommen ...«

»Natürlich bist du parteiisch, und das ist mir recht. Ich möchte, daß jemand auf Marys Seite steht.«

Ich starrte ihn an.

»Ich weiß«, sagte er, ohne mich anzusehen. »Aber versuche, mich zu verstehen, Jo. Wenn zwei Menschen so eng verbunden sind wie Mary und ich — nicht nur die normale Vertrautheit einer Ehe, zwischen Mary und mir war es immer mehr —, dann sind die Gefühle nie einfach. Ich liebe sie. Aber ich bin so sehr eins mit ihr, daß ihre Verzweiflung in mir Schuldgefühle weckt und ich es ihr übelnehme. Ich kann nicht zugeben, daß ich versagt habe, also muß etwas mit ihr nicht stimmen. Die meiste Zeit liebe ich sie, habe Mitleid mit ihr und möchte ihr um jeden Preis helfen, aber es gibt Augenblicke, in denen ich sie packen, schütteln und anschreien möchte: ›Hör doch auf damit! Hör auf, dich so kindisch aufzuführen!‹ Jetzt kannst du mir sagen, daß ich ein Schwein bin.«

»Ich finde nicht, daß du ein Schwein bist. Ich finde, daß du ein außergewöhnlicher, anständiger Mensch bist. Ich weiß aus eigener Erfahrung, daß Gefühle durcheinandergeraten können.«

Er sah mich dankbar und erleichtert an.

»Danke, Jo. Es tut mir leid; meine Sorgen haben mich egoistisch gemacht. Hast du eine schwere Zeit hinter dir?«

»Nein, es war nicht schlimmer als ... Vergiß es, Ran. Deine Sorgen sind schließlich auch meine Sorgen. Wir werden zusammen damit fertigwerden.«

»Wie war sie heute? Was ist geschehen?«

»Hat sie dir gegenüber je erwähnt — hat sie jemals gesagt ...« Es war komisch, ich konnte es nicht aussprechen.

»Daß sie ein weinendes Kind hört?« An Rans Ton erkannte ich, daß ihm diese Tatsache genau solche Sorgen machte wie mir. Aber gleichzeitig klang er erleichtert, als wäre eine Eiterbeule endlich aufgestochen worden, so daß der Schmerz nachließ.

»Sie glaubt, daß das Baby lebt, Ran. Zumindest habe

ich es daraus geschlossen, als sie mir sagte: ›Es ist ein Junge. Er heißt Kevin.‹«

»Das hat sie dir gesagt? Mir gegenüber hat sie es nie erwähnt, sie hat immer nur vom Weinen gesprochen. Was hat sie noch gesagt?«

»Das war so ziemlich alles. Mrs. Willard ist dann hereingekommen, und ich war zu erschüttert, um näher darauf einzugehen. Ich wollte zuerst mit dir sprechen.«

»Kevin«, murmelte Ran. »Das ist seltsam.«

»Die ganze Geschichte ist seltsam.«

»Eigentlich nicht. Es ist eine vorhersehbare Wahnvorstellung, wenn eine Frau sich so sehr nach einem Kind gesehnt hat. Aber ich möchte wissen, wie sie auf den Namen verfallen ist. Wir hatten immer vor ... wenn wir einen Sohn bekommen ...«

Seine Stimme brach nicht, und er wirkte nach wie vor konzentriert und nachdenklich, aber ich spürte, daß es mehr war, als er ertragen konnte, und ich begriff schuldbewußt, daß er sich genausosehr nach einem Kind gesehnt hatte wie Mary.

»Ja, ich weiß«, sagte ich. »Randall junior. Elizabeth, wenn es ein Mädchen gewesen wäre ... Vielleicht habe ich den Namen nicht richtig verstanden, ich war etwas verblüfft.«

»Es spielt keine Rolle.«

»Da bin ich nicht so sicher.«

»Was meinst du damit?«

»Ich weiß es nicht ... als du sagtest, daß es keine Rolle spielt, hatte ich eine Sekunde lang ein ganz komisches Gefühl ... beinahe wie eine Warnung.«

»Hör auf, Jo, komm mir nicht mit Übersinnlichem.«

Trotz der scharfen Zurückweisung blieb sein Lächeln liebevoll. Ich lachte verlegen; nach meinem Gefühlsausbruch war mir leichter ums Herz.

»Entschuldige. Die wichtigste Frage ist, wie ich auf solche Bemerkungen von Mary reagieren soll. Soll ich sie einfach hinnehmen? Fragen stellen? Widersprechen? Ich kann alles tun, was notwendig ist, aber ich habe Angst davor, daß ich das Falsche tue.«

»Ich weiß, was du meinst. Ich kenne die Antwort noch nicht, aber ich habe heute etwas unternommen, das ...«

Er unterbrach sich, und in diesem Augenblick vernahm ich das Geräusch.

Es war schwach, als käme es aus sehr großer Entfernung — ein hohes, schrilles, klagendes Geräusch. Als würde jemand weinen.

Ran bewegte sich so schnell, daß ich ihm nicht sofort folgen konnte. Als ich in die Halle hinausstolperte, befand er sich bereits auf halber Höhe der Treppe; er nahm drei Stufen auf einmal. Das Geräusch erklang noch immer — ein verzweifeltes Jammern, das den Ohren weh tat. Es stand zweifelsfrei fest, daß das Geräusch real war. Ich wußte die Wahrheit, bevor ich sie sah.

Marys Zimmer lag am Ende des Korridors dem meinen gegenüber. Als ich das obere Ende der Treppe erreichte, sah ich die Tür — und Ran, der merkwürdig gebückt vor ihr stand. Ich begriff erst, was er tat, als ich das Schloß klicken hörte. Er stieß die Tür auf und verschwand im Zimmer. Das Geräusch war jetzt laut und kam eindeutig aus diesem Raum.

Sie standen ineinander verschlungen in der Nähe der Tür. Auf den ersten Blick war nicht zu erkennen, ob Ran sie in die Arme geschlossen hatte oder sie festhielt. Sie weinte noch immer, aber jetzt normaler. Sie schluchzte erstickt und murmelte einzelne Worte.

»Ich konnte nicht hinaus ... laß mich los, Ran, laß mich los ... er braucht mich ... ich konnte nicht hinaus!«

Das letzte Wort steigerte sich zu einem Schrei, und dann kämpfte sie wild, während Ran versuchte, sie festzuhalten. Ich erblickte ihr Gesicht. Wenn ich nicht gewußt hätte, wer es war, hätte ich sie wahrscheinlich nicht erkannt. Ihre Augen waren schwarze Höhlen in einer weißen Maske und blickten mich an, ohne mich zu sehen. Dann verschwand ihr Gesicht hinter Rans breiter

Schulter. Er sprach scharf zu ihr, dann bewegten sie sich rasch, und Mary brach zusammen. Ran fing sie auf. Als er sich zu mir umdrehte, hielt er sie in den Armen. Ihre Wange ruhte an seiner Brust. Auf seiner Wange hatten ihre Nägel Kratzer hinterlassen. Ich ging auf ihn zu.

»Verschwinde«, sagte er. »Verschwinde von hier, Jo.«

Ich trat zurück, und die Tür wurde hinter mir zugeschlagen.

DRITTES KAPITEL

1

Am nächsten Morgen lockten mich die Düfte aus der Küche hinunter — Speck mit Eiern, Kaffee und frische Muffins. Die Muffins waren dunkel vor Zimt und klebrig vor warmem Zucker. Ich setzte mich an den Küchentisch und aß drei, während Mrs. Willard mir beifällig zusah.

»Wahrscheinlich essen Sie normalerweise kein ordentliches Frühstück«, sagte sie. »Irgendsoein Instantzeugs, oder trockene Getreideflocken. Die schmecken wie Gras, sie haben keinen Körper.«

»Wenn ich jeden Morgen so esse, dann nehme ich pro Woche drei Kilo zu«, murmelte ich. »Aber das wäre es wahrscheinlich wert ... Wo sind die anderen? Bin ich zu früh oder zu spät dran?«

»Ran hat schon gefrühstückt und ist jetzt in der Bibliothek. Er hat gesagt, daß er heute morgen zu arbeiten hat.«

»Und was ist mit Mary?«

Mrs. Willard wandte sich ab und wischte eine fleckenlos saubere Tischplatte nochmals ab.

»Ich bringe ihr Frühstück später hinauf. Sie hat nicht gut geschlafen.«

»Ich weiß.«

Mrs. Willard drehte sich um. Ihr rosa Gesicht war ausdruckslos, aber von dem Tuch in ihrer Hand tropfte Wasser auf den Boden. Sie mußte die Finger krampfhaft zusammengepreßt haben.

»Sie war vergangene Nacht wieder auf?«

»Ja. Haben Sie sie eingesperrt?«

»Ran hat es angeordnet.«

Es hat keinen Sinn, darüber nachzudenken, was geschehen wäre, wenn ich in diesem Augenblick alles erzählt hätte. Wahrscheinlich hätte es nichts geändert. Keiner von uns war damals imstande, den anderen Tatsachen zu gestehen, die den Lauf der Ereignisse verändert hätten. Mrs. Willard traute mir nicht, und ich hatte Hemmungen, offen mit ihr zu sprechen. Sie kannte Ran seit Jahren und hatte sich um ihn gekümmert. Wie konnte ich Rans Ziehmutter erklären, daß ich mit der Art, wie er meine Schwester behandelte, nicht einverstanden war?

Wenn wir nicht unterbrochen worden wären, hätte ich alte Klatschbase vielleicht trotzdem etwas gesagt. Der Schatten fiel wie ein langer, dunkler Strich auf den Boden und trennte uns beinahe wie eine Mauer. Mrs. Willard erschrak, und ich drehte mich um.

»Allen einen guten Morgen«, sagte Will Graham. Er stand in der offenen Tür, stützte sich mit einer Hand gegen den Türrahmen und lächelte uns an. »Sie sehen so schuldbewußt aus wie ein paar Diebe. Was habe ich denn unterbrochen — tiefsinnigen weiblichen Tratsch?«

»Von wegen Tratsch«, wiederholte Mrs. Willard scharf. »Ich weiß, warum Sie gekommen sind, und wenn Sie vorhaben, mich dazu zu überreden, daß ich Ihnen wieder einmal ein Frühstück vorsetze, dann sollten Sie Ihre Zunge hüten, Willie Graham.«

»Wie oft habe ich Sie schon gebeten, mich nicht Willie zu nennen?« Will blickte zu mir hinüber, und ich versuchte erfolglos, mein Lächeln zu unterdrücken.

»Soll das heißen, daß ich Sie nicht Willie nennen darf?« fragte ich. »Ich würde es liebend gern tun.«

»Erst, wenn Sie Muffins backen können.« Will setzte sich mir gegenüber. »Frauen, die Muffins backen können, dürfen mich nennen, wie sie wollen. Ich bin für Muffins empfänglich.«

»Sie sind für jede Art Essen empfänglich«, spottete Mrs. Willard und reichte ihm einen Teller.

»Ich bin seit fünf Uhr auf den Beinen«, erklärte er. »Wenn ich mir da kein zweites Frühstück verdient habe, dann weiß ich nicht, was ich noch anstellen müßte. Ich bin übrigens nicht Ihrer Kochkünste wegen hergekommen, also hören Sie auf, so selbstgefällig dreinzusehen. Ich wollte Jo fragen, ob sie einen Spaziergang unternehmen möchte. Vielleicht möchte sie mein Haus sehen.«

»Sie wollen ja doch nur mit Ihren Biestern angeben.« Mrs. Willards Stimme klang so grimmig, daß ich mir eine Menagerie von Ungeheuern vorstellte — Löwen, Krokodile oder Schlangen.

»Das ist lächerlich«, widersprach Will gekränkt. »Ich will einer Besucherin etwas Unterhaltung bieten, und Sie beleidigen mich.« Er griff nach einem Muffin. »Ich gehe. Kommen Sie mit, Jo?«

Ich sah ihn mißtrauisch an, worauf er mich strahlend anlächelte. Ich redete mir ein, daß nicht das Lächeln mich herumgekriegt hatte. Wenn er auf seine unbeholfene männliche Art versuchte, sich für seine empörenden Bemerkungen vom vorhergehenden Tag zu entschuldigen, mußte ich ihm mindestens auf halbem Weg entgegenkommen.

»Okay«, stimmte ich zu.

Wir gingen schweigend über den Rasen, während Will den geraubten Muffin aufaß, und ich betrachtete amüsiert seine hagere Gestalt.

»Essen Sie immer so viel?«

»Ja, wenn ich was bekomme. Ich bin kein besonders guter Koch. Und ich habe nicht gerade wenig Patienten, auch wenn Sie es nicht glauben sollten. Auf dem Festland, auf einigen der anderen Inseln und hier. Das hält mich in Trab.«

»Tatsächlich?«

»Das gestern tut mir leid.«

»Sie haben das Recht auf eine eigene Meinung.«

»Aber ich habe nicht das Recht, meine Ansichten anderen aufzuzwingen. Ich — ja also, um die Wahrheit zu sagen, ich war die ganze Nacht auf den Beinen gewesen. Ich habe einen Patienten verloren, und meine Stimmung war dementsprechend schlecht.«

»Das mit dem Patienten tut mir leid.«

Er sah rasch zu mir hinüber, und dann hellte sich sein ernstes Gesicht zu einem strahlenden Lächeln auf. »Es tut Ihnen anscheinend wirklich leid.«

»Mir tut das ganze irdische Jammertal leid, aber im Augenblick konzentriere ich mich auf Mary.«

»Hören Sie, nehmen wir uns den Vormittag frei. Vergessen wir Mary für ein paar Stunden.«

»Sie möchten sie am liebsten ganz vergessen.«

»Ich lasse mich an einem Tag wie dem heutigen nicht provozieren«, antwortete Will ruhig, »und schon gar nicht, wenn ich nur ein paar Stunden geschlafen habe. Ich verspreche Ihnen, daß ich es mir noch einmal durch den Kopf gehen lasse, es überdenken werde — und was immer Sie noch wollen. Vielleicht habe ich mich in bezug auf Mary geirrt — Sie werden mir ein solches Geständnis nicht oft entlocken können. Aber heute vormittag will ich mich entspannen, okay?«

»Also gut.«

Wir folgten nicht der Straße, sondern bogen in den Wald ab. Es gab zwar einen Weg, aber er war beinahe zugewachsen. Will erklärte mir, daß er selten benutzt wurde. Als die Großtanten von Ran auf die Siebzig gingen, hatten sie nicht mehr viel für Wanderungen übrig gehabt, und er selbst war für gewöhnlich mit dem Wagen unterwegs. Obwohl Will voranging und die größten herabhängenden Zweige wegzog, war ich außer Atem und aufgelöst, als wir den Waldrand erreichten. Jetzt verstand ich, warum die Bäume und Kletterpflanzen so dicht wuchsen und so ineinander verschlungen waren. Wenn sie einander nicht gegenseitig stützten, konnten sie nicht überleben. Nur einige hundert Meter weiter endete der ebene Boden an einer senkrecht abfallenden Klippe. Sobald ich den Wald verlassen hatte, spürte ich die Stärke des Windes. Während eines Schneesturms heulte er wahrscheinlich wie ein böser Geist durch den Wald.

Das Haus duckte sich in den Schutz der Bäume. Ich begriff, daß das notwendig war, wußte aber nicht, ob es mir gefallen würde, so nahe bei den dunklen Kiefern zu leben.

Das Haus war ein Juwel, ein klassisches Beispiel für einen bodenständigen Architekturstil. Es mußte sehr alt sein. Der Saltboxstil hatte in Neuengland seinen Höhepunkt Mitte des achtzehnten Jahrhunderts erreicht, so daß das Haus vermutlich zweihundert Jahre alt war. Es wirkte gut erhalten. Die silbergraue Oberfläche war durch die salzige Seeluft verwittert, die es in dieser Zusammensetzung nur an dieser Küste gibt. An der Rückseite hatte man zwei kleine eingeschossige Anbauten errichtet, und die Vordertür wurde durch eine tiefe Veranda geschützt. Das Gitterwerk an den Schmalseiten war von Reben überwuchert, aber ich erblickte trotzdem Holzbänke, die im rechten Winkel zum Haus aufgestellt waren. In der Mitte des Daches ragte ein einziger, massiver Schornstein empor. Die Fenster waren groß, und die hölzernen Läden sehr solid. Das Haus mußte jedem Wetter standhalten, denn bis auf zwei hohe Fichten neben dem vorderen Gartentor war es dem vom Meer kommenden Wind schutzlos ausgeliefert.

Der einzige Schandfleck in diesem bezaubernd malerischen Bild war Wills mitgenommener blauer Lieferwagen, der am Ende einer Fahrspur parkte. Sie war ungepflegt und steinig und verschwand nach rechts zwischen den Bäumen.

»Wie bringen Sie es im Winter fertig, Ihre Patienten aufzusuchen?« fragte ich.

»Während der schlimmsten Monate wohne ich in der Stadt. Aber man könnte ohne weiteres hier leben, wenn man nicht in Notfällen rasch zur Stelle sein müßte. Ein Jeep mit Vierradantrieb würde beinahe immer durchkommen, und ich kann mir Schlimmeres vorstellen, als für eine oder zwei Wochen eingeschneit zu sein. Ein Schuppen ist bis zur Decke mit Brennholz angefüllt und der andere mit Konserven ... Ich besitze fünfhundert Bücher, die ich noch nicht gelesen habe, und einen Batterie-Kassettenrekorder.«

Ich hatte Verständnis für seinen sehnsüchtigen Ton, denn das Bild übte auch auf mich eine starke Anziehungskraft aus. Das Feuer, das im Kamin loderte, während draußen der Wind heulte ... Bücher, Musik ... und ähnliche verlockende Dinge ...

»Es würde sich nicht machen lassen«, meinte ich bedauernd. »Es ginge nicht, daß Sie von Ihren Patienten abgeschnitten sind.«

»Es ginge eine Zeitlang, wenn ich einen Arzt hierherbringen und an meiner Praxis beteiligen könnte. Es gibt genug Arbeit für zwei. Und ich habe sehr viel aufzuholen. Wie es jetzt steht, finde ich nicht einmal Zeit, die Fachzeitschriften zu lesen, und man kann die Patienten nur dann wirklich gut betreuen, wenn man auf dem laufenden ist.«

Deshalb wollte er also in seinem gemütlichen kleinen Haus von der Außenwelt abgeschnitten sein — um in der Junggeselleneinsamkeit medizinische Zeitschriften zu studieren.

»Wenn Ihnen das Spaß macht«, sagte ich. »Ich würde jedenfalls verrückt werden, wenn ich den ganzen Winter an einem solchen Ort begraben wäre.«

»Dann ist es ja ein Glück, daß Sie es nicht sind, nicht wahr? Gehen Sie hinein, und lernen Sie die Biester kennen, wie Bertha sie nennt.«

Ich hatte ihn verärgert. Trotzdem folgte ich ihm neugierig über den Rasen, denn nach Mrs. Willards Ton zu schließen, konnten die Biester von Mäusen bis Klapperschlangen alles sein. Das erste Mitglied der Menagerie saß auf der Verandatreppe, und ich rief bei seinem Anblick:

»Du meine Güte, das ist die größte Katze, die ich jemals gesehen habe! Was ist es, ein Luchs oder so etwas?«

Das Fell der braungescheckten Katze war beinahe so lang wie das einer Perserkatze und bildete eine mähnenartige Halskrause um das blasierte Gesicht des Tieres. Es musterte mich gelassen, dann erhob es sich, machte kehrt, und dadurch erblickte ich den Schwanz, der so groß, so buschig und so lang wie der eines Fuchses war. Ich schnappte bewundernd nach Luft, und das war offenbar die richtige Reaktion, denn die Katze blickte kokett grinsend zurück, setzte sich mit dem Rücken zu mir hin und wedelte mit dem Schwanz.

»Was ist es denn?«

»Die Rasse heißt Maine-Waschbärkatzen«, erklärte Will. »Sie sehen auch, warum. Obwohl natürlich die alte Geschichte von einer Kreuzung zwischen Waschbären und Katzen Unsinn ist. Die beiden Arten kreuzen sich nicht.«

»Ich habe noch nie eine solche Katze gesehen.«

»Außerhalb von Neuengland sind sie selten.«

»Sie züchten sie?« Ich setzte mich auf die Treppe. Die Katze kletterte mir prompt auf den Schoß, ließ sich nieder und schnurrte so laut, daß ihre Flanken sich hoben und senkten.

»Nein, damit beschäftige ich mich eigentlich nicht. Sie bekommen einfach Junge.«

»Das sehe ich.«

Die Katzen hatten geräuschlos und geschickt den Hof gefüllt. Es gab weitere Waschbärenkatzen — eine rote, eine silber gescheckte, eine schildpattfarbene. Außerdem zwei Siamesen, eine schwarzweiße Kurzhaarkatze und ein auserlesenes langhaariges Geschöpf mit blauen Augen und der dunklen Zeichnung der Siamesen. Auf dem Weg standen gewöhnlichere Katzen in allen Formen, Farben und Größen. Ich hatte mich kaum an dieses Bild gewöhnt, als zwei Hunde um die Hausecke bogen. Der eine war ein Terrier, der zweite, der seinen Freund weit überragte, war ein Bernhardiner.

»Heiliger Strohsack«, sagte ich.

Will hob die schnurrende Schmeichelkatze von meinem Schoß und zog mich auf die Füße.

»Sie können sich den Rest auch noch ansehen«, forderte er mich im Ton eines Mannes auf, der etwas Unangenehmes hinter sich bringen will.

Der ›Rest‹ war wenigstens kleiner als die Katzen und die Hunde. Zwei Meerschweinchen, ein Hamster, ein Eichhörnchen, drei Schlangen — eine große und zwei kleine — und ein Papagei, der bei meinem Anblick eine Litanei von Flüchen vom Stapel ließ, die genauso farbig waren wie sein rotgrünes Gefieder.

»Und kein Waldhuhn?« fragte ich.

»Das Waldhuhn kommt nur zum Essen.«

Ich setzte mich, nachdem ich die Sitzfläche des Stuhls mißtrauisch gemustert hatte. Meine Vorsichtsmaßnahme war verständlich, aber ungerechtfertigt. Das Haus war überraschend sauber. Es herrschte zwar keine sterile Ordnung, aber das Durcheinander war irgendwie attraktiv. Weder schmutzige Socken lagen herum, noch gab es unspültes Geschirr, sondern nur Mengen von Kassetten, Büchern und Katzen. Der Raum war groß und niedrig. An drei von vier Wänden befanden sich eingebaute Bücherregale, die die gesamte Fläche bis auf die Fenster bedeckten. Die vierte Wand wurde beinahe ganz vom Kamin eingenommen — einem riesigen Steingebilde, dessen geschwärztes Innenleben von häufiger Verwendung zeugte. In dieser Wand gab es zwei nebeneinanderliegende Türen. Will hatte die Zahl der Bücher unterschätzt — oder vielleicht hatte er alle bis auf fünfhundert gelesen. Einen Teil der Regale nahm eine komplizierte Hifi-Anlage ein. Die Lautsprecher waren zu beiden Seiten des Kamins angebracht. Ich warf einen Blick auf die neben meinem Stuhl aufgetürmten Schallplatten. Wie zu erwarten war, bevorzugte Will Klassiker.

Will hatte die Tür offengelassen, und es dauerte nicht lang, bis die Tiere hereinkamen. Die Hunde ließen sich auf den Vorleger vor dem Kamin fallen und sahen Will düster an. Der Hamster begann, wild in seinem quietschenden Laufrad herumzurennen. Der Papagei fluchte weiter, und wie auf ein Zeichen begannen acht oder neun Katzen zu miauen.

Will trug den Papagei mitsamt seiner Sitzstange durch eine Tür an der Rückseite des Raums hinaus, und ich erblickte kurz das Innere eines der Anbauten — ein Vorratsraum mit Brennholz und Pappkartons. Als er zurückkehrte und die Tür hinter sich zuschlug, hörte man die Flüche nur noch gedämpft.

»Sie müssen ihn nicht meinetwegen zensurieren«, meinte ich. »Wenn mir bei der Arbeit ein Fehler unterlaufen ist, habe ich Schlimmeres zu hören bekommen.«

»Ich wollte nicht den Inhalt, sondern die Lautstärke unter Kontrolle bekommen«, antwortete Will.

»Wem hat er gehört — einem pensionierten Kapitän?«

»Sie sind ungefähr ein Jahrhundert hinter Ihrer Zeit zurück. Er hat den beiden alten Damen, Rans Großtanten, gehört. Als Miss Tabitha heuer im Frühjahr starb, wollte niemand den armen alten Barnaby nehmen. Sein Wortschatz war etwas zu üppig. Bertha hat ihn nie ausstehen können.«

»Also haben Sie ihn aufgenommen.« Ich musterte meinen Gastgeber, bis er nervös wurde. »Ich könnte wetten, daß der größte Teil Ihrer Menagerie auf die gleiche Weise hier gelandet ist — verlassene Tiere, die vertilgt worden wären, wenn Sie sie nicht aufgenommen hätten. Sie sind der typische Hund, der bellt, aber nicht beißt.«

»Ich ziehe gewisse Tiere gewissen Menschen vor, das ist alles ... Darf ich Ihnen Bier anbieten oder Kaffee?«

»Kaffee könnte ich vertragen, vorausgesetzt, er ist fertig.«

»Sie bekommen löslichen.«

»Fein. Aber noch lieber möchte ich den Rest des Hauses sehen. Ist Ihnen überhaupt klar, was Sie hier haben? Ich habe bis jetzt noch nie ein Mansardendach auf einem Saltboxhaus gesehen.«

»Sie sind gar nicht so selten.« Will öffnete eine der Türen. »Sehen Sie sich zuerst die Küche an. Ich stelle das Wasser auf, und bis es kocht, können Sie das Obergeschoß besichtigen.«

Die Küche war eine seltsame Mischung aus Antikem und Hypermodernem, ohne Zwischenglied. Der elektrische Küchenherd mit den vier Platten war sichtlich eine Neuanschaffung, aber sein Vorgänger — und Ersatz, falls einmal der Strom ausfiel — war ein wackeliges, mit Kerosin betriebenes Gebilde. Man kann allerdings auch über einem offenen Feuer kochen, dachte ich, während ich den großen Kamin in Augenschein nahm, der die Rückseite des Kamins im Wohnzimmer bildete. In dem in den Schornstein eingebauten Backofen konnte man Brot backen oder es zumindest versuchen. Auf den Bänken neben dem Herd saß man an Wintertagen sicher behaglich, während die Graupelschauer an die geschlossenen Fensterläden prasselten und der flackernde Feuerschein auf die dunklen Fußbodenbretter fiel ... Teppiche, das war es! Das Haus brauchte Teppiche. Gewirkte Teppiche, die zur Küche paßten; das einfache weiße Kaminsims verlangte nach Ziergegenständen, nicht das übliche Kupferzeug, sondern echte alte Tongegenstände und vielleicht zwei Kerzenhalter aus Zinn ... An den Fenstern Vorhänge in leuchtenden Farben, um die Düsternis des Winters aufzuhellen. Es würde Spaß machen, das Material selbst zu bedrucken, alte Muster zu kopieren ...

Ich drehte mich um, stellte fest, daß Will mich neugierig beobachtete, und errötete. Es war gut, daß er nicht Gedanken lesen konnte. Er hätte vielleicht mein künstlerisches Interesse für — für etwas anderes gehalten. Männer sind eingebildet ...

Die zweite Tür im Wohnzimmer führte in ein Treppenhaus. Oben gab es nur zwei Zimmer und einen winzigen Korridor. Beide Räume hatten ursprünglich als Schlafzimmer gedient, aber eines war zu einem Badezimmer umfunktioniert worden, und die Möglichkeiten dieses Raums ließen mir das Wasser im Mund zusammenlaufen. Auch oben gab es zwei Rücken an Rücken angeordnete Kamine. Ein Badezimmer mit eigenem Kamin, mit eingebauten Schränken und schrägen Dachsimsen ...

»He!« Will rüttelte mich am Ellbogen. »Es ist nicht zu glauben, worauf manche Leute abfahren ... Sie sehen wie Draculas Tochter aus, die ein saftiges Opfer entdeckt hat. Begehren Sie womöglich mein Haus?«

»Was könnte ich nicht alles damit anfangen! Dieses Schlafzimmer schreit nach ordentlichen Möbeln. Es gibt überall in Neuengland Antiquitätengeschäfte. Innerhalb von zwei Jahren könnte ich ...«

»Reißen Sie sich los; der Teekessel pfeift.«

Während wir hinuntergingen, sagte er: »Ran hat mir erzählt, daß Sie Kunststudentin sind. Aber ich habe geglaubt, Sie machen — na ja, Werbung, Pop Art, diese Sachen.«

»Das klingt, als würden Sie diese Sachen vorziehen.«

»An Pop Art bin ich nicht interessiert, falls diese vergrößerten Konservendosen überhaupt etwas mit Kunst zu tun haben. Aber ich habe nie die Leidenschaft mancher Menschen für alten Plunder verstehen können. Je wurmstichiger und klappriger etwas ist, desto wertvoller ist es offenbar. Ich mag funktionelle Gegenstände mit schönen, klaren Linien. Etwas, worauf man sitzen kann, ohne ein Schlangenmensch zu sein, und etwas, auf das man Essen stellen kann, ohne sich Sorgen wegen der Flecken zu machen.«

»Ich verstehe, was Sie meinen.« Ich betrachtete den Küchentisch mit unverhohlenem Abscheu. »Nur ein Barbar kann einen grünen Kunststofftisch mit glänzenden Aluminiumbeinen in diesen Raum stellen. Mir läuft es dabei kalt über den Rücken.«

»Ich kann Kaffeetassen darauf stellen«, erklärte Will sanft, während er es tat. »Was erwarten Sie sonst von einem Tisch? Milch? Zucker?«

»Nein, danke. Ich begreife nicht, daß Sie in diesem Teil der Welt leben können, ohne sich für Geschichte zu interessieren.«

»Wer sagt, daß ich mich nicht für Geschichte interessiere? Ich kann Ihnen mehr über die Handelsbeziehungen mit China erzählen als jeder andere Mensch auf der Insel. Aber was hat das mit Antiquitäten zu tun?«

»Die Kunst einer Periode, vor allem die Gebrauchskunst, also Möbel, Geschirr, Kleidung — dadurch wird Geschichte erst interessant.«

»Dann wird Ihnen das örtliche Museum vermutlich gefallen. Dort gibt es einen Haufen Trödel — entschuldigen Sie — Gebrauchskunstobjekte. Die alten Damen — die Großtanten — haben alte Kleider gespendet.«

»Es würde mir wirklich Spaß machen, und ich kann es kaum erwarten, das Dorf zu sehen. Ich könnte wetten, daß es auch in ihm ein Antiquitätengeschäft gibt.«

»Das stimmt«, antwortete er in einem Ton, als gäbe er das Vorhandensein eines Konzentrationslagers zu. »Mit dem Museum sind Sie besser dran.«

Ich hatte keine Ahnung, warum er so verärgert reagierte, aber im Augenblick war ich ihm gegenüber nachsichtig gestimmt und beschloß, ihm nicht auf die Nerven zu fallen.

»Erzählen Sie mir von den Handelsbeziehungen mit China.«

Er lächelte verlegen.

»Ich habe aufgeschnitten; es war mein großes Hobby, als ich ein Kind war. Sie wissen ja, daß Neuengland durch den Handel mit Ostindien und China reich geworden ist, und natürlich auch durch die dazu gehörenden Gewerbe — Schiffsbau, den Pelzhandel im Pazifik usw. Aber ich habe seit Jahren keine Zeile mehr darüber gelesen.«

»Es ist eine so romantische Periode. Die Klipper, die Kap Horn umschifften ...«

»Die Klipper wurden erst am Ende dieser Periode eingesetzt. Sie waren ...«

»Das ist ja nicht so wichtig«, schnitt ich seinen Kommentar ab, »es ist trotzdem romantisch. Ich habe gestern abend in der Kuppel des Hauses daran denken müssen. An den Kapitän und an seine Frau, die Monat für Monat dort oben darauf gewartet hat, daß sein Schiff zurückkommt, und ...«

»Kapitän Hezekiah? Sie vergeuden wirklich keine Zeit. Wer hat Ihnen vom Familienskelett erzählt?«

»Mrs. Willard hat ihn erwähnt, hat aber keineswegs angedeutet, daß er sich schimpflich verhalten hätte. Wenn ich es richtig mitbekommen habe, war er der Held der Familie.«

»Er war sehr erfolgreich«, bemerkte Will trocken. »Aber Sie werden von Bertha keine der interessanten Familiengeschichten zu hören bekommen. Sie ist schon so lange hier, daß sie sich mit den Frasers identifiziert. Da fällt mir ein, daß es sogar eine Art Verwandtschaft gibt, irgendeinen gemeinsamen Ururururvorfahren.«

»Wirklich?«

»Wir sind alle das Ergebnis von Inzucht«, bemerkte Will ernst und sah mich gespielt erschrocken an. »Sagen Sie mir bloß nicht, daß Sie sich außer für Antiquitäten auch für Stammbäume interessieren!«

»Warum nicht?«

»Weil Themen wie Antiquitäten und Stammbäume mich an die Damen aus der Kolonialzeit erinnern. Entzückende alte Damen mit Blumenhüten.«

Ich mußte lachen.

»Es tut mir wirklich leid, daß ich dieses Image zerstören muß, aber ich interessiere mich tatsächlich für beides. Schließlich waren die McMullens einmal Könige von Irland.«

»Tatsächlich?«

»Natürlich nicht. Sie waren Bauern, und sie waren stolz darauf. Aber daß mein Großvater im Laderaum eines Schiffes herüberkam, ist kein Grund, mich nicht für die Stammbäume anderer Leute zu interessieren.«

»Das ist sehr großzügig von Ihnen.«

»Das finde ich auch. Ihr durch Inzucht degenerierten Aristokraten mit dem fliehenden Kinn und den schwachsinnigen Kindern seid diejenigen, hinter denen wir Bauern immer wieder Ordnung machen müssen.«

Will griff sich instinktiv an das Kinn und tastete seinen Umriß ab. Dann lachte er.

»Damit könnten Sie sogar recht haben.«

»Aber nicht in bezug auf Ihr Kinn. Sollten wir nicht allmählich zurückgehen? Wenn ich zu spät zum Lunch komme, wird Mrs. Willard mich strafend ansehen, und ich fürchte mich vor ihr.«

»Wir haben jede Menge Zeit. Ich will Ihnen auf dem Rückweg etwas zeigen, das Ihrem Geschmack entspricht und Sie begeistern wird.«

Statt wieder den Fußweg einzuschlagen, führte mich Will die Fahrspur hinunter — ich weigerte mich, sie als Straße zu bezeichnen. Als wir den Rand der Klippe erreichten, waren nur noch die beiden Siamesen bei uns. Trotz der großartigen Aussicht blickte ich immer wieder besorgt zu den Tieren hinüber, die am Rand der Klippe entlangschlenderten. Es war kein senkrechter Absturz, aber es ging steil und steinig hinunter; unten, zwischen den schwarzen Felsen, lösten sich die grünen Wellen in Gischt in allen Farben des Regenbogens auf.

Die Katzen folgten uns auch, als wir wieder die Fahrspur hinuntergingen. Weiter unten, wo die Spur in eine gut instandgehaltene Schotterstraße mündete, bog Will zwischen die Fichten ab. Die Düsternis drückte auf meine Stimmung. Die Katzen ließen sich dadurch allerdings nicht stören, sondern suchten mit steil emporgestreckten Schwänzen nach Beute. Plötzlich stieß die eine ein heiseres Knurren aus, sprang über einen umgestürzten Baumstamm und verschwand im Unterholz. Die zweite folgte ihr hoffnungsvoll mit gespitzten Ohren.

»Werden sie sich nicht verirren?« fragte ich.

»Sie kennen den Wald besser als ich«, meinte Will.

Unheimliches Geheul drang durch die tiefhängenden Zweige, und Will schüttelte mitfühlend den Kopf.

»Sie hat die Beute verfehlt.«

»Sie haben ganz komische Stimmen.«

»Sie sollten Mike hören, wenn er der läufigen Mitzi ein Ständchen bringt. Es klingt wie ein verirrtes Kind oder wie ein kranker Säugling.«

Ich sah Will erschrocken an, aber er wirkte vollkommen entspannt. Er weiß es also tatsächlich nicht, dachte ich. Warum erzählt Ran es ihm nicht?

Vielleicht hätte ich nach unserem Gespräch darauf gefaßt sein müssen, wohin Will mich führte. Aber ich war trotzdem völlig überrascht. Ich blieb am Rand der Lichtung wie angewurzelt stehen und starrte die offene Fläche verblüfft an.

Die Fichten rings um sie waren so groß und dunkel, daß sie wie eine Mauer wirkten. Nur wenn die Sonne hoch am Himmel stand, fielen die Sonnenstrahlen direkt auf das Gras. Der Gegensatz war so stark, daß man den Eindruck von einer Bühne im Scheinwerferlicht bekam.

Die Bäume waren nicht das einzige Hindernis. Ein hoher, schwarzgestrichener Eisenzaun schloß den Fleck ein. Er war sorgfältig gepflegt; trotz ihres Alters standen die Steine aufrecht. Das spärliche Gras war kurz gehalten, und die Blumen, Rosensträucher und anderen winterharten Pflanzen wurden offensichtlich von einem Gärtner betreut.

»Was sucht ein Friedhof mitten im Wald?« fragte ich.

»Es ist der Familienfriedhof der Fraser. Sie werden natürlich nicht mehr hier begraben, aber es ist trotzdem geweihter Boden.«

»Es sind so viele.«

»Die Fraser leben seit langer Zeit auf der Insel. Früher

waren die Familien groß — Schwestern und Vettern und unverheiratete Tanten. Und natürlich auch die Dienerschaft. Deshalb gibt es hier so viele Gräber.«

»Ich könnte wetten, daß Hezekiah für diese Scheußlichkeit verantwortlich ist.« Ich zeigte auf das größte Grabmal. Es war mehr als ein Grabmal, massiv gebaut aus grauem Stein und sah aus wie ein gotisches Haus in Miniatur — ein Mausoleum.

»Richtig. Woher wissen Sie das?«

»Die Protzerei und der Stil. Mrs. Willard hat erwähnt, daß er beim Bau seines Hauses das Hochzeitskuchenhaus nachgeahmt hat, mit anderen Worten: Neugotik auf ihrem Höhepunkt. Es sieht schon bei einem normalen Haus schlimm genug aus, bei einem Mausoleum wirkt es einfach schauerlich.«

»Ich weiß nicht«, meinte Will nachdenklich. »Sie müssen zugeben, daß frommer Schauder zur Funktion eines Mausoleums paßt.«

»Ich finde das nicht sehr komisch ... Der Friedhof befindet sich in ausgezeichnetem Zustand; wer pflegt ihn?«

»Jed, wer sonst?«

»Und ich habe ihn für faul gehalten!«

»Sie haben sich offenbar den Park um das Haus nicht genau angesehen, sonst wären Sie nicht auf diese Idee gekommen. Jed leistet mehr als jeder Mensch, den ich kenne, scheinbar ohne sich anzustrengen. Er tut aber gern so, als würde ihn das alles kaum interessieren. Er hat einen etwas ausgefallenen Sinn für Humor.«

»Können wir den Friedhof betreten?«

»Selbstverständlich!« Will schob den Riegel am Tor zurück. »Wir müssen ohnehin die Lichtung überqueren, wenn wir nach Hause gehen wollen.«

Der Friedhof stellte einen Querschnitt durch die frühe amerikanische Grabgestaltung dar. Die Inschriften reichten von der lakonischen Erwähnung des Namens und der Geburts- und Sterbedaten bis zu blumigen selbstgeschmiedeten Versen, in denen die Tugenden des Verblichenen gerühmt und die Umstände seines Todes geschildert wurden. Einige von ihnen waren klassische Beispiele für unfreiwilligen Humor und wert, erhalten zu werden. Die künstlerische Gestaltung der Grabsteine war zum Teil genauso kurios. Mir gefiel der Symbolismus der geflügelten Schädel, der um die Jahrhundertwende grassierte — ich meine die Wende zum achtzehnten Jahrhundert. Es gab auch eine Darstellung der aufgehenden Sonne, die mir seltsam heidnisch vorkam.

Nach einer Weile sah Will auf die Uhr.

»Jetzt müssen Sie sich wirklich beeilen, wenn Sie zum Lunch nicht zu spät kommen wollen. Sie können ja jederzeit wieder herkommen.«

»Schade. Das ist wirklich faszinierend — oh!«

Meine unerwartete Bewegung brachte ihn aus dem Gleichgewicht, und er schwankte, als ich mich ihm an den Hals warf. Es war reiner Reflex, als sich seine Arme um mich schlossen.

»Was ist jetzt schon wieder los?«

Ich gab ein Geräusch von mir, das ich lieber nicht beschreiben möchte, und sprach erst wieder, als ich meine Stimme unter Kontrolle hatte.

»Jemand ... dort drüben.«

»Wo?«

Will drehte sich um, ohne mich loszulassen.

»Ich sehe niemanden. Und selbst wenn jemand hier wäre — na und? Nach Ihrer Reaktion habe ich angenommen, daß Sie zumindest auf eine Klapperschlange getreten sind.«

»Dort drüben, bei dem abgestorbenen Baum, der sich an seinen Nachbarn lehnt ...«

Jetzt befand sich ganz bestimmt nichts beim Baum, und ich löste mich von Will. Ich gebe zu, daß ich es nicht sehr eilig hatte, aber ich wollte nicht, daß er falsche Schlüsse zog. Es war ein so uralter Trick — der Aufschrei und die mädchenhafte Angst. Als meine Panik langsam abklang, spürte ich, wie mir das Blut in die Wangen stieg. Natürlich würde er annehmen ... Was sollte er auch sonst glauben? Meine Reaktion war so übertrieben gewesen ...

»Was war es?« fragte Will. »Ein Mann, eine Frau ... ein Ungeheuer?«

»Ich ... weiß es nicht. Etwas Großes, Dunkles. Es tut mir leid, Will, ich weiß nicht, warum ich ausgeflippt bin. Wahrscheilich, weil es so plötzlich auftauchte.«

»Neben dem abgestorbenen Baum?« Will sah hinüber.

Ich war ihm dankbar, weil er so tat, als nehme er mich ernst. Aber ich wollte merkwürdigerweise nicht, daß er die Stelle genauer in Augenschein nahm.

»Vergessen Sie es, Will. Dort ist nichts; es war eine Sinnestäuschung. Gehen wir lieber.«

»Ich sehe es mir trotzdem an.« Will marschierte zielstrebig hinüber. »Immerhin handelt es sich hier um Privatbesitz. Ran hat nichts gegen Wanderer oder Naturliebhaber, aber heutzutage sind oft merkwürdige Typen unterwegs. Ein Friedhof könnte echte Spinner anziehen.«

Es war ein vernünftiges Argument und überzeugte mich beinahe. Falls tatsächlich ein Mensch im Schatten gestanden hatte, würde eine solche Theorie seine verstohlenen Bewegungen erklären. Trotzdem folgte ich Will nur zögernd. Aber nicht, weil ich Angst vor einem harmlosen Irren hatte.

Der umgestürzte Baum war ein sehr guter Orientierungspunkt. Ein Teil der Rinde fehlte, so daß der Stamm sich als schräger weißer Streifen von den senkrechten Stämmen der anderen Bäume abhob. Er war auf den unteren Zweigen einer großen Fichte gelandet und lag anscheinend fest auf, aber ich hätte mich trotzdem nicht unter ihn gestellt.

Als ich Will einholte, blickte er unverwandt auf den Boden knapp außerhalb des Zaunes hinunter. Zwischen den Bäumen rührte sich nichts. Auf dem Fleck, der Will so sehr interessierte, gab es kein Unkraut und keine

Brombeerranken. Der Boden war dicht mit braunen Fichtennadeln bedeckt.

»Falls Sie danach suchen — auf diesem Zeug halten sich keine Fußabdrücke«, sagte ich.

»Ich weiß, aber da draußen ist etwas Komisches. Sehen Sie einmal dorthin, ungefähr einen Meter hinter dem Zaun. Es sieht aus wie die abgeflachte Ecke eines Gegenstandes — offenbar eines Steins. Es ist zu regelmäßig, um natürlich zu sein.«

»Es ist ein Stein«, bestätigte ich. Meine Stimme klang merkwürdig gepreßt. »Ein Grabstein.«

»Ein Grab außerhalb des Zaunes, das ist sonderbar.«

»Vielleicht. Aber es ist trotzdem ein Grabstein.«

»Das sehe ich mir einmal näher an.«

»Nein, Will, lassen Sie es.«

Er sprang mit einem Satz über den Zaun. Es war eine verdammt beeindruckende Leistung, denn die Einfriedung reichte sogar ihm bis zur Brust. Er setzte mit einer eleganten, geschmeidigen Bewegung darüber hinweg, ließ die Hände auf dem Zaun liegen und sah mich an! »Kommen Sie schon.«

»Wie?«

Ich wollte auf keinen Fall das Hindernis überwinden und auf dem kleinen, seltsam freien Fleck stehen.

Will musterte das Gelände. »Steigen Sie auf diesen Stein, und ich hebe Sie herüber.«

»Auf einen Grabstein?«

»Sie sind doch nicht etwa abergläubisch?«

»Ich habe geglaubt, daß ich es nicht bin ...«

Doch ich tat, was er von mir erwartete. Vom Grabstein konnte ich auf die obere Querlatte des Zaunes steigen, und dann hob mich Will hinüber. Seine großen Hände waren tatsächlich so kräftig, wie sie aussahen. Inzwischen schämte ich mich wegen meines Hirngespinsts und half ihm widerspruchslos, den Stein freizulegen.

Es war nicht so schwierig, wie ich erwartet hatte. Die Nadelschicht war mehrere Zentimeter dick, aber weich.

Wir konnten das Zeug mit den Händen wegschaufeln. Woher hatte ich gewußt, daß es ein Grabstein war? Auf der oberen Seite stand nichts, und wir mußten ihn umdrehen, um die Inschrift zu lesen. Ich rieb die Erdkruste mit den Händen und dann mit einem Stock weg, den Will mir reichte. Die Inschrift war nicht tief eingemeißelt.

»Miss Smith«, las ich laut und ungläubig. »1846.«

Will lachte kurz auf.

»Das ist ein Witz. Wahrscheinlich hat ein Kind hier eine Puppe stellvertretend für seinen Mathematiklehrer begraben.«

»Wozu dann das Datum?« Ich runzelte die Stirn, weil ich versuchte, eine Erinnerung festzuhalten, die mir immer wieder entglitt. »Ich habe irgendwo etwas über eine Gouvernante oder Haushälterin gelesen. Als sie starb, stellte die Familie erstaunt fest, daß niemand ihren Vornamen kannte, und daß man auch nichts über sie wußte. Zu jener Zeit waren die Bediensteten kaum mehr als Inventar des Hauses. Daher wurde sie unter dem einzigen Namen begraben, den man von ihr kannte, Miss — ich weiß ihn nicht mehr, aber er lautete nicht Smith.«

»Das wäre natürlich eine Erklärung.« Will ließ den Stein los, der mit einem dumpfen Geräusch auf den Boden prallte, und richtete sich auf. »Gehen wir jetzt. Wir kommen endgültig zu spät.«

Wir kämpften uns den Zaun entlang zu der Stelle zurück, wo der Pfad weiterging. Am Zaun wuchsen Brombeeren und wir kamen durch das Unterholz nur mühsam voran. Das Grab war hier die einzige nicht bewachsene Stelle.

Als wir endlich auf dem Weg standen, fragte ich: »Was soll das heißen, Will, ein Grab außerhalb des Zaunes?«

»Es kann eine Menge bedeuten. Ach so — jetzt verstehe ich, Sie sind eine empfindsame junge Dame. Natürlich wurden Selbstmörder nicht in geweihtem Boden begraben. Und das galt auch für andere unklare Fälle, also für Heiden und Ungläubige. Im puritanischen Neuengland war das praktisch jeder, der kein Presbyterianer war. Wir können nicht einmal sicher sein, Jo, daß sich dort ein Grab befindet — es könnte auch ein nicht mehr gebrauchter Grabstein sein. Und selbst wenn dort ein Grab liegt, gibt es unzählige Erklärungen, die überhaupt nicht dramatisch sein müssen. Es könnte der Lieblingshund von irgendwem sein.«

»Natürlich. Man kann einen Hund oder eine Katze Miss Smith nennen.«

»Klar.«

Damit war das Thema für Will erledigt. Er begann zu pfeifen, während er vor mir den Pfad entlangging, der zu schmal war, als daß wir nebeneinander Platz gehabt hätten. Das störte mich nicht, denn ich mußte über eine Menge nachdenken.

Etwas war mir auf dem Friedhof aufgefallen, aber ich wollte es Will gegenüber nicht erwähnen — das Überwiegen eines bestimmten Namens. Vielleicht war ›Überwiegen‹ nicht der richtige Ausdruck; er kam etwa ein halbes Dutzend Mal vor. Doch das war viel, wenn man bedachte, daß der Name ungewöhnlich war. William, James oder Robert konnte man als normal ansehen. Und auch die zungenbrecherischen Namen aus dem Alten Testament, die damals so beliebt waren. Aber ... Kevin?

Ich beschäftigte mich noch immer mit dem rätselhaften Grabstein und der flüchtigen Erscheinung, die seiner Entdeckung vorangegangen war, als wir uns bereits in Sichtweite des Hauses befanden. Die Gestalt, die ich gesehen hatte, hatte nicht wie eine Sinnestäuschung, sondern wie ein Mensch aus Fleisch und Blut gewirkt. Und ich war merkwürdigerweise davon überzeugt, daß es eine Frau gewesen war.

VIERTES KAPITEL

1

Ich hatte keine Gelegenheit, allein mit Mary zu sprechen. Ran war als perfekter Gastgeber und Schwager die ganze Zeit in unserer Nähe. Er grub zwei Tennisschläger aus und forderte mich zu einem Match heraus, das ich verlor. Hinter dem Haus gab es einen Tennisplatz, dessen Oberfläche frisch hergerichtet werden mußte, und Ran sagte, daß er es veranlassen würde. Er schmiedete überhaupt ununterbrochen Pläne. Er sprach sogar von einem Swimming-pool, weil der Ozean beinahe immer zu kalt war, um in ihm zu schwimmen.

Mary begleitete uns lächelnd überallhin. Nach einer Weile ging mir dieses Lächeln auf die Nerven. Die fieberhafte Aktivität des ersten Tages war vorüber, und sie benahm sich so, wie Ran es geschildert hatte — zurückhaltend, geistesabwesend. Doch ich hatte den Eindruck, daß ihre Teilnahmslosigkeit eine Fassade war, hinter der sie wachsam und listig lauerte. Ich hatte keineswegs das Bedürfnis nach einem weiteren vertraulichen Gespräch, weil mich das erste schon tiefer erschüttert hatte, als ich mir eingestehen wollte. Ich redete mir ein, daß ich ihr und mir Zeit lassen mußte; wir hatten noch den ganzen Sommer vor uns, also war es nicht notwendig, sich zu beeilen.

Berühmte letzte Worte ...

Nach dem Abendessen erklärte Mary, daß sie jetzt schlafen gehen wollte, und Mrs. Willard begleitete sie wie immer hinauf. Ich hätte gern gewußt, ob sie die Tür hinter sich versperren würde, wenn sie wieder hinunterging.

Ran und ich tranken den Kaffee im Salon. Wir saßen

noch nicht lange dort, als Will aufkreuzte. Er begrüßte mich freundlich, war aber nicht mehr so lässig-charmant wie am Vormittag. Er kam beruflich.

Es war ein warmer Abend. Will hatte die Hemdsärmel aufgerollt, trug keine Krawatte, und seine sandfarbenen Haare waren strubbelig. Er hätte in einer der Ärzteserien im Fernsehen auftreten können, der junge Arzt, der infolge seines selbstlosen Einsatzes für die Menschheit erschöpft ist.

So gesehen schnitt Ran neben ihm schlecht ab. Vor ihm stand eine Tasse Kaffee, er hatte aber nicht viel davon getrunken, und der Verdauungsbrandy, den er hinunterstürzte, war sein dritter. Er lümmelte in seinem Stuhl, hielt den Kognakschwenker in der Hand und wirkte wie der Prototyp des reichen Müßiggängers; die dunklen Ringe unter seinen Augen hätte man als Hinweise auf einen zügellosen Lebenswandel, und nicht auf Sorgen und zu wenig Schlaf schieben können.

Das Schweigen dauerte an. Ich hatte beschlossen, ausnahmsweise den Mund zu halten. Es fiel mir nicht leicht, weil es so vieles gab, was ich fragen wollte. Schließlich räusperte sich Ran.

»Hast du einen schönen Tag gehabt?« erkundigte er sich höflich.

»Lausig«, antwortete Will kurz angebunden. »Ich fahre nach Hause und hau mich in die Falle. Ich wollte nur das Buch holen, das du mir versprochen hast.«

»Sind Sie deshalb vorbeigekommen?« fragte ich.

»Offenbar habe ich eine höfliche gesellschaftliche Entschuldigung gebraucht.« Will sah Ran direkt an. »Du solltest mich heute anrufen.«

»Entschuldige«, murmelte Ran. »Ich war beschäftigt.«

»So beschäftigt, daß du dem Arzt deiner Frau nicht über ihren Zustand berichten konntest? Bin ich überhaupt ihr Arzt? Ich bekomme allmählich das Gefühl, daß ich in diesem Haus nicht gerade der beliebteste Medizinmann bin.«

»Wenn Sie mir die Schuld daran geben ...«, begann ich empört.

»Laß es bleiben, Jo.« Ran stand auf, ging zur Bar und griff nach der Brandyflasche. »Will noch jemand einen?« Ich schüttelte den Kopf.

»Nein, danke«, lehnte Will ab. »Und du brauchst ihn auch nicht, Ran.«

»Ach, hör doch auf!« Ran drehte sich mit dem Glas in der Hand um. Sein Gesicht entspannte sich allmählich, als er Will in die Augen sah. »Entschuldige, Will. Du weißt, daß ich dir voll und ganz vertraue. Ich bin nur seit einigen Tagen nicht ganz auf der Höhe. Was wolltest du wissen?«

Einen Augenblick lang glaubte ich, daß Will aufstehen und fortgehen würde. Etwas hinderte ihn daran — Mitgefühl, Freundschaft, Berufsethos — vielleicht einfach Neugierde. Ich weiß es nicht.

»Vor allem, ob ihr das Schlafmittel hilft, das ich ihr verschrieben habe. Schläft sie?«

Ran sah mich an.

»Nein, nicht sehr gut«, antwortete er zögernd.

»Ist sie vergangene Nacht wieder aufgewacht?«

»Ja.«

»Bist du sicher, daß sie die Tabletten geschluckt hat?«

»Schon.«

Will sah mich an, bemerkte meine Verwirrung, deutete sie aber natürlich falsch.

»Genau diese Verhaltensweise ist für mich so schwer zu verstehen«, erklärte er. »Tagsüber benimmt sie sich ziemlich normal. Lethargie und Abkapselung kommen relativ häufig vor, und dafür hätte ich Verständnis. Was mir wirklich unerklärlich ist, sind ihre nächtlichen Eskapaden. Haben Sie gewußt, Jo, daß sie versucht fortzulaufen, das Haus zu verlassen? Ran versichert mir, daß es keinen vernünftigen Grund dafür, keinerlei Spannungen zwischen ihnen gibt, die daran schuld sein könnten. Doch selbst wenn er es zu optimistisch sieht, ergibt ihre

Verhaltensweise keinen Sinn. Warum tut sie es nur bei Nacht? Ich bin davon überzeugt, daß Mary etwas verbirgt, aber es ist nicht der typische Abwehrmechanismus eines Neurotikers.«

Seine Feststellungen stimmten verdammt gut mit den meinen überein. Aber das war es nicht, was mir die Sprache raubte, sondern Rans Schweigen. Warum hatte er seinem alten Freund und medizinischen Berater nichts von Marys Wahnvorstellung erzählt? Sie war der Schlüssel, der ihr gesamtes Verhaltensmuster und ihre Verwirrung erklärte — die viel gefährlicher war, als Will ahnen konnte.

Will legte auch mein Schweigen falsch aus. Allmählich tat er mir leid, und dieses Gefühl nahm zu, als er weitersprach — zu mir, nicht zu Ran, als läge ihm wirklich an meiner Meinung.

»Als ich gestern mit meinen großspurigen Erklärungen loslegte, Jo, war es Ihr gutes Recht, wütend auf mich zu sein. Ich stand Mary feindselig gegenüber, weil ich zugeben mußte, daß ich der Situation nicht gewachsen bin. Schon während meines Studiums habe ich gewußt, daß ich nie Psychiater werden kann, obwohl mich das Gebiet ungeheuer interessiert hat. Ich bin vielleicht zu — fantasielos, zu rasch bereit, eine Neurose als Schwäche abzutun. Aber ich weiß wenigstens über mein Unvermögen Bescheid, und es wird Zeit, daß du dich ihm ebenfalls stellst, Ran.« Er wandte sich ihm zu. »Ich bin ratlos, und Mary geht es nicht besser. Du mußt einen anderen Arzt suchen.«

Ran holte tief Luft.

»Du kannst nicht ahnen, wie erleichtert ich bin. Das heißt nicht, daß ich mich deiner Meinung über deine Fähigkeiten anschließe, aber jetzt kann ich dir die Wahrheit gestehen. Ich habe neulich etwas unternommen und seither ein schlechtes Gewissen.«

»Was hast du unternommen?«

»Wir waren uns darüber einig, daß Mary einen Psychiater aufsuchen sollte. Sie ist nicht dazu bereit. Deshalb habe ich dafür gesorgt, daß der Berg zum Propheten kommt.«

»Also deshalb bist du nach Boston gefahren.«

»Richtig.«

»Du wirst nie damit durchkommen. Als was willst du ihn vorstellen? Als einen alten Freund, der zufällig an dem von Fremden überlaufenen Ort Urlaub macht? Mary wird jedem Fremden, den du hierherbringst, mit Mißtrauen begegnen.«

»Da liegt ja der Trick«, erklärte Ran triumphierend. »Es ist kein Fremder, sondern eine Fremde.«

»Genial«, sagte Will nach einer kurzen Pause. »Aber auch ein bißchen naiv, Ran. Man lädt weder männliche noch weibliche Fremde ein, wenn die Hausfrau krank ist. Und nicht einmal Freud hätte nach einer Stunde Geplauder bei ein paar Cocktails eine Diagnose stellen können.«

»Du hast noch nicht alles gehört.« Ran kehrte zur Bar zurück. Mein Unterbewußtsein zählte mit; es war der fünfte Brandy. Die einzige Wirkung bestand jedoch darin, daß er entspannter und selbstsicherer wurde. Er lächelte, als er sich neben mich auf das Sofa setzte, beugte sich vor und erläuterte eindringlich:

»Die Ärztin — sie heißt Anne Wood — wird als Besucherin auftreten. Nein, warte. Natürlich werde ich keine Fremde einladen, wenn Mary krank ist. Aber wenn deine Schwester dich besuchen möchte — deine schwer arbeitende Schwester, die seit Jahren keinen Urlaub gemacht hat —, dann müßte ich ihr doch ein Zimmer anbieten? In deinem Schuppen ist ja kein Platz für Besucher.«

Er lehnte sich triumphierend grinsend zurück.

Meine erste Reaktion war Bewunderung. Mary kannte Will nicht sehr gut; er konnte ein Dutzend Verwandte haben, von denen sie noch nie gehört hatte. Ich sah Will besorgt an und wartete auf seine Einwände.

»Anne Wood«, wiederholte er nachdenklich.

»Du kennst sie?«

»Ich habe ein paar von ihren Artikeln gelesen.«

»Ist sie so bekannt? Was hältst du von ihrer Arbeit?«

»Sie ist ziemlich bekannt. Soviel ich weiß, halten ihre konservativen Berufskollegen ihre Methoden für etwas extravagant, aber das heißt nicht notwendigerweise ...« Er zögerte, denn Ran hatte ihn in eine scheußliche Lage gebracht: Er konnte keine Kritik äußern, weil er dann in den Verdacht geriet, neidisch zu sein. »Nein, ich bin davon überzeugt, daß sie gut ist«, fuhr er fort, »Sie ist auch beliebt. Ich möchte nur wissen, wie du eine sehr beschäftigte, erfolgreiche Ärztin dazu überreden konntest, sich ein Wochenende freizunehmen.«

»Soviel ich weiß, nehmen sich Ärzte Wochenenden frei«, antwortete Ran kühl. Er ärgerte sich immer, wenn jemand andeutete, daß er seine Erfolge dem Geld, und nicht seinen angeborenen Fähigkeiten zu verdanken hatte. In diesem Fall hatte eindeutig das Geld den Ausschlag gegeben. Er hatte der Ärztin wahrscheinlich ein Honorar geboten, bei dem sie nicht nein sagen konnte.

»Die meisten Ärzte tun es«, gab Will zu. »Ich bin nur neidisch, weil ich es nicht tun kann. Tut mir leid, Ran. Ich halte es für eine großartige Idee, und ich hoffe von Herzen, daß sie Erfolg hat. Wann kommt sie?«

»Dieses Wochenende.«

»Bis dahin können wir uns bestimmt durchwursteln.« Will stand auf. »Entschuldigt mich, Leute, aber ich bin erledigt. Vielleicht war ich deshalb heute abend nicht sehr konstruktiv.«

Als er hinausging, sank er sichtlich in sich zusammen. Ich sagte mir, daß ich den alten Mutterinstinkt vergessen mußte, aber als ich mich Ran zuwendete, sah ich ihn keineswegs so freundlich an wie sonst.

»Warum der eiskalte, starre Blick?« fragte er. »Du hast mir doch Vorwürfe gemacht, weil ich Mary nicht zu einem Seelenklempner gebracht habe.«

»Ich finde, daß Dr. Wood eine großartige Idee ist. Sie

könnte Mary sogar helfen. Warum hast du Will nichts von dem weinenden Kind erzählt?«

»Wozu? Will hat recht, und ich bin froh, daß er anständig und intelligent genug ist, um seine Grenzen zu erkennen. Ich wollte nicht derjenige sein, der ihm sagt, daß er uns nicht helfen kann.«

»Du solltest seine Fähigkeiten nicht negativ beurteilen, wenn du ihm nicht alle Informationen zur Verfügung stellst, die er für seine Arbeit braucht.«

Rans Augen wurden schmal. Er stellte sein Glas auf den Tisch; seine Hand zitterte. Er war wesentlich betrunkener, als ich angenommen hatte.

»Schön, schön«, antwortete er. Er sprach etwas undeutlicher als sonst. »Wäre es möglich, daß sich die kleine Schwester in den alten Will verliebt hat? Nein — warte — Jo, es tut mir leid, ich wollte nicht ... werde nicht wütend auf mich, Jo. Ich könnte es nicht aushalten, wenn auch du dich gegen mich wendest ...«

Er griff nach mir. Selbst in dem Augenblick, in dem seine Arme mich umschlossen und seine Lippen meine Wange berührten, empfand ich nur verzweifeltes Mitleid mit der unerwarteten Schwäche eines Menschen, den man liebt. Er hatte mich schon früher in den Armen gehalten. Ich versuche nicht, mich zu entschuldigen. Aber ganz gleich, wonach ich mich gesehnt hatte — das war es nicht, schon gar nicht unter diesen Umständen. Ich wendete den Kopf ab, und meine Lippen streiften die seinen. Ich stemmte meine Hände gegen seine Brust und versuchte, ihn wegzustoßen. Doch es war zu spät. Er schwankte nach vorn und drückte mich auf die Couch.

Es war also endlich geschehen — die während meiner Pubertät so oft erträumte und schuldbewußt ersehnte Umarmung —, und es war nichts, auch nicht Leidenschaft, weil ich wußte, was dazu geführt hatte. Ich konnte es ihm nicht einmal übelnehmen. Er wußte genausowenig, was er tat, wie ein Tier, das irgendwo blindlings Zuflucht sucht. Und sobald ihm klar wurde, was er getan hatte, würde er vor Schuldbewußtsein verzweifelt sein. Die ganze Zeit über beobachtete ich aus dem Augenwinkel die offene Tür. Wenn Mary herunterkam oder Mrs. Willard ...

Ich hätte mir denken können, daß es Will sein würde. Während er die Eingangstür öffnete, rief er: »Ich habe das Buch vergessen, Ran.«

Ich begann, mich fruchtlos und verzweifelt vom Sofa herunterzuschieben. Entweder meine Bewegung oder Wills Stimme brachten Ran zu sich. Er hob den Kopf und blinzelte benommen. Ich wendete ebenfalls den Kopf und sah Will direkt in die Augen.

Er stand wie erstarrt in der Tür. Wir boten vermutlich einen unvergeßlichen Anblick, aber er versuchte nicht erst, die Einzelheiten zu erfassen. Er starrte mich mit solcher Verachtung an, wie ich sie noch nie bei einem Menschen erlebt hatte, dann drehte er sich um und ging fort. Er zog die Eingangstür sehr leise ins Schloß.

Ran richtete sich auf. Der Schreck hatte ihn ernüchtert, und sein Gesichtsausdruck war genauso quälend wie der von Will, wenn auch auf andere Art. Ich konnte ihn nicht ertragen. Er tat mir leid, aber ich tat mir noch mehr leid. Ich stand auf und lief aus dem Zimmer. Ran, der aussah wie Judas, blieb sitzen.

In dieser Nacht hätte auch ich ein Schlafmittel gebraucht. Wenn man jung ist, gibt es nichts Schlimmeres als eine Demütigung. Folter, Tragödie, Entsetzen verursachen Schmerzen, aber sie verleihen eine gewisse Würde, die der Verlegenheit fehlt. Wenn man mit dem Mann seiner Schwester auf der Wohnzimmercouch erwischt wird, hat diese Tatsache nichts Romantisches, Tragisches oder Freizügiges an sich — vor allem dann nicht, wenn man den Mann, der einen ertappt, allmählich attraktiv findet.

Es war unvernünftig, daß ich ein schlechtes Gewissen hatte, aber das half mir auch nicht weiter. Ironischerweise war diese einmalige betrunkene Umarmung an sich unschuldig, aber dahinter lagen fünf Jahre moralischer Schuld. Am schlimmsten war die beschämende Tatsache, daß ich überrascht worden war. Will gehörte nicht zu den Menschen, die Unmoral mit einem Achselzucken abtun, selbst wenn es keine erschwerenden Umstände gibt. Angesichts von Marys geistigem Zustand war ein Verhältnis zwischen ihrer Schwester und ihrem Mann schlimmer als niederträchtig; es war herzlos, grausam und unter Umständen gefährlich.

Als ich am nächsten Morgen hinunterkam, hatte das schöne Wetter endlich umgeschlagen. Die Luft war kühl und feucht, und graue Wolken hingen tief herab. Es war nicht gerade ideales Wanderwetter, aber ich wollte das Haus verlassen, bevor Ran oder Mary erschienen. Ich konnte keinem von ihnen gegenübertreten.

Ich schlug den Weg zum Friedhof ein, nicht weil es mich dorthin zog, sondern weil es der einzige Weg war, den ich kannte. Die Straße führte zur Stadt — das war für die mir zur Verfügung stehende Zeit zu weit — und in die andere Richtung zu Wills Haus. Ich war nicht übermäßig darauf erpicht, ihn wiederzusehen.

Der Friedhof hätte kaum einen trostloseren Eindruck machen können. In dem seltsam klaren, grauen Licht wirkte die Stille merkwürdig gespannt. Das scheußliche gotische Mausoleum war eine einmalige Schöpfung; ich hatte noch nie etwas so Gräßliches gesehen.

Trotzdem war es ein interessantes Bauwerk und handwerklich sehenswert. Die Spitzbogenfenster waren Miniaturkopien von mittelalterlichen Vorlagen, aber trotzdem kein glücklicher Einfall. Natürlich waren sie nicht verglast, und hinter den steinernen Ornamenten befand sich eine flache Steinplatte, aber irgendwie war mir die Vorstellung von Fenstern im Haus der Toten unangenehm. Ich versuchte, mir ein Bild vom alten Hezekiah zu machen, und dann fielen mir andere Einzelheiten auf. Zum Beispiel die schwere Holztür. Sie war in einen tiefen gemeißelten Bogen eingesetzt, der mit steinernen

Skulpturen verziert war, so wie die Heiligen an den Portalen europäischer Kathedralen. Dort waren es die Gestalten der Propheten und Patriarchen aus dem Alten Testament. Doch hier stimmte etwas nicht, nicht so sehr in bezug auf die Gestalten an sich als wegen der Details.

Jael, die den großen Zeltpflock in die Höhe hält, den sie Sisera in den Kopf getrieben hatte — in Ordnung, das entsprach dem Zeitgeschmack. Aber der Körper der Dame war durch die Falten ihres Gewandes zu deutlich zu erkennen und für eine hebräische Prophetin überhaupt zu sinnlich. Die Auswüchse auf Moses Kopf waren eindeutig Hörner; sie endeten in scharfen Spitzen. Und über die Schulter eines anderen bärtigen Patriarchen blickte ein sehr seltsames Gesicht, dessen Identität ich nicht feststellen konnte.

Auch auf der Tür gab es Interessantes zu entdecken. Sie war mit Eisenbändern beschlagen und sah recht abgenutzt aus. Das schwere Vorhängeschloß erinnerte mich an eine schreckliche Gespenstergeschichte, die ich als Kind gelesen hatte. Ein Reisender findet ein Mausoleum mit drei riesigen Schlössern. Er kommt am nächsten Tag wieder vorbei, und eines der Schlösser ist geheimnisvollerweise offen, einen Tag später auch das zweite Schloß. Am dritten Tag flieht er entsetzt, hört es aber hinter sich klirren, als das dritte und letzte Schloß auf den Boden fällt.

»Hör damit auf«, sagte ich zu mir selbst. Dann tat es mir leid, daß ich laut gesprochen hatte, denn in der Stille kamen die Worte von den Bäumen als Echo zurück.

Ich wandte mich von der Tür ab und sah sie.

Es war zweifellos eine Frau, obwohl ihr Gesicht im Schatten der Kapuze des schwarzen Umhangs lag. Die Falten des Mantels bewegten sich nicht; die Gestalt stand so still, als wäre sie aus dunklem Granit gehauen.

Meine erste Reaktion war Angst, aber nicht so sehr wegen der Fremden an sich. Die Stimmung auf der Lichtung, das plötzliche Erscheinen der Frau, ihre absolute

Regungslosigkeit hätten sogar den kühnsten Beobachter überrascht und erschreckt — und ich bin keineswegs kühn. Doch während ich allmählich wieder zu Atem kam und die erste Panik abklang, überfiel mich neues Unbehagen.

Sie befand sich nicht innerhalb des Friedhofs, und ich war froh darüber. Sie stand dicht am Zaun und beugte sich leicht zu ihm. Ich wartete darauf, daß sie sich bewegte, daß bleiche Hände nach den schweren Eisenstangen griffen, als plötzlich im Wald ein Vogel seinen melodiösen Ruf ausstieß.

Er brach damit einen Bann; meine schmerzenden Augen blinzelten. Als ich sie öffnete, war sie fort.

Fort, verschwunden, in Luft aufgelöst. Nicht einmal der Saum eines grauen Mantels flatterte zwischen den Bäumen. Aber ich glaubte, ein Geräusch zu hören, ein Rascheln in den dürren Blättern auf dem Boden rechts vom Weg, auf dem ich gekommen war, als wäre jemand — oder etwas — unterwegs zum Tor.

Ich lief in die entgegengesetzte Richtung. In meiner Panik stolperte ich und fiel über Hindernisse, die ich sonst mühelos vermieden hätte. Doch nicht einmal der Schmerz in meinen aufgeschürften Knien und in meinem verstauchten Knöchel ließen mich langsamer werden. Ich konnte nur in eine einzige Richtung laufen, weil mir der Weg, über den ich gekommen war, versperrt war, ich rannte auf Wills Haus zu.

Als ich zwischen den Bäumen hervorstürzte, erblickte ich das Haus und vor ihm Wills blauen Kastenwagen, der sich gerade in Bewegung setzte.

Ich lief genau vor den Wagen. Als er stehenblieb — Wills Reflexe sind ausgezeichnet —, war mir die Kühlerhaube so nahe, daß ich auf ihr zusammenbrechen konnte. Will fluchte nicht einmal, als er aus dem Wagen sprang und mich packte; er konnte nicht übersehen, daß etwas nicht in Ordnung war.

Er schüttelte mich und stellte eine Frage nach der anderen, bis ich imstande war, hervorzustoßen: »Wenn Sie aufhören würden, mich zu schütteln, könnte ich sprechen.«

Seine Hände blieben auf meinen Schultern liegen. Einen Augenblick lang glaubte ich, daß er mich aufheben und tragen würde, und die Vorstellung war so angenehm, daß ich mich an ihn lehnte. Aber inzwischen hatte er mich mit professionellem Blick gemustert und keine nennenswerte Beschädigung entdeckt. Er lehnte mich gegen den linken Kotflügel und trat einen Schritt zurück.

»Sie sind nicht verletzt«, stellte er fest. »Was ist los?«

»Jemand im Wald«, keuchte ich. »Im Friedhof. Eine Frau.«

»Die gleiche Person, die Sie gestern gesehen haben?«

»Ich nehme an ... ich weiß es nicht.«

»Warum sind Sie so erschrocken? Hat sie Sie bedroht?«

»Nein, nein. Sie hat nur ...« Ich unterbrach mich, weil ich an seinem kühlen Blick merkte, daß ich keinen sehr guten Eindruck machte. »Sie sah so merkwürdig aus«, schloß ich kleinlaut.

»Wie? Hatte sie einen irren Blick, Schaum vor dem Mund, oder war sie einfach häßlich?«

»Ich habe ihr Gesicht nicht gesehen.«

Will seufzte laut.

»Ich habe es eilig, Jo. Bei einer meiner Patientinnen haben die Wehen eingesetzt. Es ist ihr viertes Kind, also kann es jeden Augenblick kommen, und sie hatte beim dritten Schwierigkeiten. Steigen Sie ein. Ich bringe Sie nach Hause, und unterwegs können Sie mir Ihr schreckliches Erlebnis in allen Einzelheiten schildern.«

Er faßte mich gar nicht sanft am Arm, und ich riß mich los.

»Wenn Sie es so eilig haben, dann fahren Sie nur. Ich gehe zu Fuß.«

»Und treffen wieder auf die schreckliche Dame? Verdammt noch mal, es liegt an meinem Weg; steigen Sie schon ein.«

Diesmal leistete ich keinen Widerstand, als er mich am Arm packte, ich hatte ohnehin schon genügend blaue Flecken. Mein Angebot war reine Angeberei gewesen. Ich wäre um keinen Preis mehr durch den Wald gegangen.

Will hatte es tatsächlich eilig; wir fuhren den Pfad viel zu schnell hinunter, und als er die Kurve bei den Klippen nahm, schloß ich die Augen.

»Reden Sie schon«, forderte er mich brüsk auf. »Sie haben ungefähr fünf Minuten Zeit.«

Ich hatte keine Lust zu reden. Ich wollte die Unterlippe vorschieben und trotzen wie ein Kind. Ich wußte, daß er mir keinen Glauben schenken, sondern nur zu der Ansicht gelangen würde, daß Mary nicht die einzige hysterische Neurotikerin der Familie war. Aber so kindisch war ich doch nicht, und daher erzählte ich ihm, was geschehen war. Natürlich vermittelte ihm die nüchterne Schilderung nicht die Stimmung, durch die das Erlebnis so erschreckend geworden war. Während ich sprach, wurde mir klar, daß die eigenartige Atmosphäre tatsächlich das Wichtigste daran gewesen war, denn was ich sagte, klang schrecklich banal. Als ich fertig war, sah ich Will aus den Augenwinkeln an. Er lächelte belustigt. Aber es war kein freundliches Lächeln, sondern er lachte mich aus.

»Annie Marks«, stellte er fest.

»Wer ist Annie Marks?«

»Eine arme, verrückte alte Dame, der es Spaß macht, die Kleider ihrer Großmutter anzuziehen und im Wald herumzugehen. Das hätte mir sofort einfallen müssen. Sie lebt mit ihrer Tochter und ihrem Schwiegersohn ein paar Kilometer weiter unten an der Straße.«

»Wie viele Kilometer?«

»Der Friedhof ist für sie etwas abgelegen«, gab er zu. »Aber es muß Annie gewesen sein, wer sonst? Ihr Verhalten ist charakteristisch. Sie haben das arme Wesen wahrscheinlich zu Tode erschreckt, als Sie sich wie ein Todesengel beim Mausoleum herumtrieben.«

Am liebsten hätte ich mich unter dem Sitz verkrochen. Will grinste über das ganze Gesicht und summte leise vor sich hin. Die Melodie verriet mir, was er dachte und was er so umwerfend komisch fand. Es ist die Szene am Ende des ersten Akts der *Zauberflöte,* als der Feigling Papageno um eine Ecke schleicht und auf seinen Feind, den Mohren stößt, der von der anderen Seite geschlichen kommt. Sie starren einander einige Sekunden lang an, während die Musik vor Entsetzen keucht, dann schreien sie auf und fliehen in die jeweils entgegengesetzte Richtung. Genauso hatten sich die arme alte Annie und die arme alte Jo verhalten.

Wir hielten vor dem Haus, indem Will wuchtig auf die Bremse stieg. Dann beugte er sich über mich und öffnete die Tür. Sein Lächeln war verschwunden, und sein Gesichtsausdruck verriet mir, daß ihm eine andere Szene eingefallen war, in der ich kürzlich eine tragende Rolle gespielt hatte.

»Behandeln Sie die Kratzer mit Jod«, riet er mir.

Nachdem der Wagen in einer Staubwolke verschwunden war, begutachtete ich meine Verletzungen. Sie schmerzten jetzt und sahen noch schlimmer aus. Auf meinen Waden gab es keinen Zentimeter Haut, der nicht abgeschürft und zerkratzt war oder einen blauen Fleck aufwies.

»Verdammt!« sagte ich.

Hinter mir kicherte jemand, genau das Kichern, das ich von der armen, leicht gestörten Annie erwartet hätte. Ich wirbelte herum. Hinter mir stand Jed und lächelte mich an.

»Entschuldigen Sie«, sagte ich leicht verwirrt, denn ich wußte nicht, was er dachte, wenn ein junges weibliches Wesen fluchte. Bei Mrs. Willard, seiner Frau, hatte ich sorgfältig auf meine Ausdrucksweise geachtet, denn ich konnte mir vorstellen, wie sie reagieren würde.

Er winkte lässig ab. In der anderen Hand hielt er den obligaten Rechen, den er anscheinend nur dazu benützte, um sich auf ihn zu stützen, aber ich wußte allmählich, daß dieser Schein trog.

»Ich finde, daß es eine sehr milde Bemerkung war«, sagte er. »Wenn man bedenkt ... Ärgern Sie sich nicht über Will. Die junge Appleby liegt in den Wehen, und er nimmt seinen Beruf ernst.«

Ich fragte ihn nicht, woher er wußte, daß die junge Appleby in den Wehen lag, wenn Will diese Tatsache offensichtlich erst kurz vor unserem Zusammentreffen erfahren hatte. Ich war inzwischen davon überzeugt, daß dieser freundlich lächelnde Mann und seine kräftige Frau über alles informiert wurden.

Jed musterte mich. »Scheußliche Kratzer. Sie sollten etwas drauftun.«

»Das werde ich auch«, versprach ich kleinlaut.

»Nehmen Sie auch gelbe Seife. Bertha hat welche. Wenn man sie sofort anwendet, gibt es nichts Besseres gegen Giftsumach.«

Ich betrachtete betrübt meine nackten Beine. An Giftsumach hatte ich gar nicht gedacht.

»Hat Sie etwas erschreckt?«

Ich sah ihn erstaunt an, weil er so genau ins Schwarze getroffen hatte — und blickte in verständnisvolle blaue Augen. Wie schon gesagt, war sein Gesicht auch dann freundlich, wenn er nicht lächelte — ein Gesicht, das Vertrauen einflößte. Und wie auch schon gesagt, gehört Zurückhaltung nicht zu meinen hervorstechenden Charaktereigenschaften.

»Ich habe Annie Marks getroffen«, erklärte ich und schloß mich ihm an, als er zur Rückseite des Hauses ging.

»Sie würde nicht einmal einer Fliege etwas zuleide tun.«

»Das weiß ich. Ich habe sie wahrscheinlich erschreckt. Aber auch nicht mehr, als sie mich erschreckt hat.«

Er kicherte wieder.

»Es ist schon ganz schön erschreckend, wenn man

plötzlich auf jemanden stößt. Vor allem im Wald. Er ist nicht der richtige Aufenthaltsort für Menschen.«

Er sprach genau aus, was ich dachte. Der Wald ist kein menschlicher Ort. Er ist für Vögel und andere Tiere gedacht, aber nicht für Menschen — es sei denn, es sind Leute, die dem primitiven Ursprung der Menschheit noch nahe sind. Ruhige Leute, die dem primitiven Ursprung der Menschheit noch nahe sind. Ruhige Leute, Jäger und Fallensteller, die sich genauso geräuschlos bewegen wie die Tiere.

Wir gingen in den Geräteschuppen, und Jed hängte den Rechen ordentlich auf ein Gestell, auf dem sich schon andere Gartenutensilien befanden.

»Die Natur ist beängstigend«, sagte ich mehr zu mir.

»Sie ist unberechenbar — und deshalb so interessant.«

»Für Sie ist sie bestimmt interessant. Sie leisten großartige Arbeit; es ist mir schleierhaft, wie ein einzelner Mensch den Garten so wunderbar in Schuß halten kann.«

»Ich mag die Arbeit. Ich habe es mit Buchhaltung versucht und bin sogar gerichtlich beeideter Buchprüfer.« Als er meinen überraschten Gesichtsausdruck bemerkte, verzog er leicht den Mund, fuhr aber gleichmütig fort. »Ich konnte das Eingesperrtsein nicht ertragen. Und auch nicht die Eintönigkeit. Es gibt Leute, die Mathematik aufregend finden; ich gehöre nicht zu ihnen. Es gibt insgesamt zehn Ziffern, und sie verhalten sich immer gleich. Zwei und zwei ergibt immer vier — ausgenommen die neue Mathematik, aber mit der haben Buchhalter nichts zu tun. Wenn man hingegen mit lebenden Dingen arbeitet, kann man nie sicher sein, was dabei herauskommt. Es gibt keine zwei Pflanzen, die vollkommen gleich sind. Eine stirbt vielleicht, ganz gleich, wie sorgfältig man sie pflegt, und eine andere kämpft gegen Krankheit, Trockenheit und schlechten Boden und überlebt. Wie die Menschen.«

Ich setzte mich auf einen hohen Schemel neben der

Werkbank. Seine Weltanschauung faszinierte mich, und seine ruhige Stimme und entspannte Haltung taten meinen Nerven gut.

»Warum ist es so?« fragte ich. »Warum sterben manche und andere bleiben am Leben?«

Jed zuckte die Achseln.

»Das werde ich wahrscheinlich nie herausbekommen. Warum soll ich mir darüber den Kopf zerbrechen, wenn es die großen Denker und Lehrer nicht geschafft haben? Aber das ist eine der Fragen, die verhindern, daß ich mich langweile.«

Ich wollte gerade antworten, als sich in einer dunklen Ecke des Schuppens etwas bewegte. Dieses Etwas erhob sich, streckte sich und kam in das Licht herausgeschlichen: Es war eine von Wills Waschbärkatzen, aber sie war größer als seine Tiere, und ihr Fell war buschiger — das rotgoldene Tier sah mit seiner Halskrause und den runden goldenen Augen wie ein kleiner Löwe aus. Der riesige Schwanz, der so lang war wie mein Unterarm, verlieh ihm etwas Fantastisches — ein Geschöpf aus einer Legende, ein Löwe aus einem Märchenbuch.

»Ist er nicht sehr weit von zu Hause weg?« fragte ich.

»Sie«, stellte Jed richtig. »Sie gehört nicht Will, sondern Bertha.«

»Ich habe geglaubt, daß sie keine Katzen mag.«

»Sie hat nichts gegen Katzen und vor allem nichts gegen eine gute Mäusefängerin. Sie findet nur, daß Will ein bißchen übertreibt.«

Er kraulte die Katze unter dem Kinn; sie hob den Kopf und verengte ihre Augen zu schmalen Schlitzen.

»Haben Sie Wills Haus gesehen?«

»Ja. Es hat mir sehr gut gefallen. Es muß sehr alt sein.«

»1730. Es war das ursprüngliche Familienhaus der Frasers. Kapitän Hezekiah übersiedelte erst gegen 1825 in das große Haus.«

»Sie tun es auch«, stellte ich fest.

»Ich tue was auch?«

»Sie schauen weg, wenn Sie seinen Namen erwähnen, genau wie Will, wenn er über den Kapitän spricht. Was hat der Mann denn um Himmels willen angestellt?«

Jeds Augen blinzelten.

»Der Himmel hatte nichts damit zu tun.«

»Das ist mir klar, aber ich würde von keinem Hochseekapitän annehmen, daß er ein besonders gottesfürchtiger Mensch ist. Was hat Hezekiah gar so Schreckliches getan?«

Jed griff nach einem öligen Fetzen und begann, die Geräte abzuwischen.

»Er hat seine Seele dem Teufel verkauft.«

»Ist das alles?« fragte ich nach einer Pause. »Ich habe angenommen, daß dies bei den Leuten in Neuengland gang und gäbe ist.«

»Hmmm.« Die Vorstellung schien Jed zu beeindrukken. »Sie haben gar nicht so unrecht, denn es kommt immer wieder vor. Kapitän Ahab und der junge Farmer, dessen Seele durch Dan Websters silberne Zunge gerettet wurde ... Hawthornes Geschichten wimmeln davon. Vielleicht sind die Bewohner Neuenglands besonders anfällig für den Teufel.«

»Derartige Geschichten wurden bestimmt über eine Menge Selfmademen im Umlauf gebracht. Keiner gibt gern zu, daß sein Nachbar klüger oder erfolgreicher ist als er selbst.«

»Das gehört sicherlich dazu. Der vollkommen natürliche Neid. Aber nicht über alle erfolgreichen Männer wurden solche Geschichten verbreitet. Der gute Hezekiah verhielt sich wie ein Mensch, der über die ewige Verdammnis sehr genau Bescheid weiß.«

Ich erinnerte mich an die Skulpturen auf dem scheußlichen Mausoleum und fand, daß Jed den Nagel auf den Kopf getroffen hatte. Es hätte mich interessiert, zu wissen, wer der Künstler war. Ich hätte wetten können, daß es sich um keinen örtlichen Steinmetz handelte.

»Ich nehme an, daß Sie den Friedhof betreuen, nicht wahr?« erkundigte ich mich beiläufig. »Wissen Sie, daß sich außerhalb des Zauns ein Grab befindet?«

»Klar. Ich stelle den Stein alle paar Jahre wieder auf. Mit dem Untergrund muß etwas nicht stimmen, denn er fällt immer wieder um.«

»Er ist schon wieder umgefallen«, bemerkte ich.

Aus der Ferne drang die energische Stimme von Mrs. Willard wie ein Nebelhorn an mein Ohr.

»Jed! Das Abendessen ist fertig!«

Jed hob die Katze auf, die sich seinen Händen wie ein Stück Fell überließ und nur genüßlich blinzelte.

»Wer war diese Miss Smith?« fragte ich.

Mein dringender Ton überraschte Jed sichtlich.

»Darüber habe ich eigentlich noch nie nachgedacht. Aus dem Datum auf dem Stein zu schließen, hat sie zu Hezekiahs Zeit gelebt, aber ...«

»Jemand vom Personal«, unterbrach ich ihn, »eine Gouvernante oder Haushälterin?«

Jed blieb stehen.

»Also das ist merkwürdig«, meinte er langsam. »Darauf bin ich noch nie gekommen. Wenn ich mir überhaupt darüber Gedanken gemacht habe, dann habe ich angenommen, daß sie eine Fremde, vielleicht eine Reisende war, die krank wurde und hier starb, so daß niemand mehr als ihren Namen wußte. Vielleicht auch jemand von einem gestrandeten Schiff.«

»Das ist natürlich viel plausibler. An dieser Küste hat es bestimmt viele Schiffbrüche gegeben, und natürlich nahmen dann die Bewohner der nahegelegenen Häuser die Geretteten oder ans Land gespülten Menschen bei sich auf. Aber wenn jemand starb, dann hätten sie doch bestimmt versucht, die Verwandten zu verständigen.«

Jed schüttelte den Kopf.

»Damals war es nicht so einfach, mit jemandem Verbindung aufzunehmen. Vielleicht hatte sie keine Verwandten, die sich um sie sorgten. Oder vielleicht befanden sich ihre Verwandten ebenfalls auf dem Schiff und wurden nicht gerettet.«

»Damit haben Sie recht — warum ist mir das nicht eingefallen? Ich habe in alten Friedhöfen auf den Gräbern von an Land gespülten Matrosen Steine ohne Namen gesehen. Das muß die Erklärung sein.«

Mrs. Willard rief wieder, und Jed setzte sich neuerlich in Bewegung.

»Es ist trotzdem merkwürdig«, sagte er nachdenklich. »Jetzt haben Sie auch mich neugierig gemacht. Im ersten Stock gibt es eine Truhe mit alten Familienpapieren, Dokumenten, Tagebüchern und so weiter. Dort könnten Sie vielleicht etwas finden.«

»Über Miss Smith?«

»Das ist nicht sehr wahrscheinlich. Aber dort müßte es Papiere aus Hezekiahs Zeit geben, und Sie interessieren sich ja für ihn.«

»Ich sollte eigentlich nicht in privaten Familienangelegenheiten herumschnüffeln.«

»Ran wird Sie deshalb bestimmt nicht vor Gericht bringen. Er müßte das Zeug selbst durchsehen und entscheiden, was wert ist, aufgehoben zu werden. Aber er wird sich wahrscheinlich nie dazu entschließen, weil ihm diese Dinge immer vollkommen gleichgültig waren. Sie erweisen ihm damit sogar sicher einen Gefallen.«

Wir hatten das Haus erreicht, deshalb ging ich nicht auf diese Bemerkung ein. Mrs. Willard stand verzweifelt in der Tür, und Jed ging sich waschen. Die Willards nahmen die Hauptmahlzeit am Mittag ein, etwa eine Stunde, bevor sich die übrigen zum Lunch setzten. Sie waren es gewöhnt, und Mrs. Willard kochte lieber zwei komplette Mahlzeiten, als daß sie die neumodische Gewohnheit übernahm, sich zu Mittag mit Suppe und Salat zu begnügen. Ich überließ sie also ihrem Fleisch und den Kartoffeln, und die Katze Prudence ihrem Katzenschüsselchen, entkam aber erst, nachdem mir Mrs. Willard eine Strafpredigt gehalten und ein Stück gelbe Seife in die

Hand gedrückt hatte. Sie bestand darauf, daß ich letztere verwendete — und zwar überall.

Auf der Treppe traf ich Mary. Mein Gespräch mit Jed hatte mich die unangenehmen Ereignisse des vergangenen Abends vergessen lassen, aber Marys Anblick brachte sie mir wieder in Erinnerung. Ich hatte ein so schlechtes Gewissen, daß ich ihr nicht in die Augen sehen konnte.

»Du bist ein lebendes Beispiel dafür, wie gefährlich körperliche Betätigung ist, Jo. Du hättest genau wie ich faul im Bett bleiben sollen.«

»Du siehst jedenfalls großartig aus«, gab ich zu.

Es stimmte. Sie wirkte mit ihren weißen Sandalen und dem teuren Sommerkleid so frisch, ausgeruht und elegant, daß mein Schuldbewußtsein ein wenig nachließ.

Mary bemerkte zwar meine Verlegenheit nicht, dafür aber die gelbe Seife, und begann zu lachen.

»Wie ich sehe, bist du Mrs. Willard in die Hände gefallen. Aber wenn du im Wald gewesen bist, solltest du sie wirklich verwenden. Du hast auf Giftsumach entsetzlich heftig reagiert. Erinnerst du dich daran, wie wir in Westvirginia eine Campingtour gemacht haben und deine Kehrseite mit ihm in Berührung kam?«

»Und ob. Ich muß damals etwa sechs gewesen sein.«

»Sieben.« Mary ergriff mich am Arm. »Komm, ich gehe mit dir hinauf und überzeuge mich davon, daß du nicht schwindelst.«

Während ich mich auszog, plauderte sie weiter. Man hätte meinen können, daß sie keinerlei Sorgen hatte. Ich genoß es sogar, daß sie mit mir schimpfte, weil sie wieder ganz wie die alte Mary klang.

»Ich war der Meinung, daß du inzwischen gelernt hast, auf deine Kleidung zu achten.« Sie hielt die Shorts in die Höhe, aus denen ich gerade geschlüpft war. »Schau dir diesen Riß an. Noch dazu sind sie neu.«

»Sie waren billig«, wandte ich unbekümmert ein. »Vier fünfzig im Ausverkauf.«

»O Jo!«

Sie sah so verzweifelt aus, daß ich lachen mußte.

»Fang nicht damit an, Mary. Ich weiß, daß ich eine arme, finanziell schlecht gestellte Waise bin, die sich keinen ordentlichen Nerz leisten kann. Aber du wirst mich nicht zu Saks schleppen und mir eine komplette neue Garderobe kaufen.«

»Du hast demnächst Geburtstag.«

»Demnächst! Falls du es vergessen haben solltest — er ist im August.«

»Im Dorf gibt es ein paar recht ordentliche Geschäfte. Heute nachmittag gehen wir einkaufen. Ist dir eigentlich klar, Jo, wie lange es her ist, daß wir miteinander einen richtigen Einkaufsbummel unternommen haben?«

Wie Ran bereits festgestellt hatte, gibt es Wichtigeres als den Stolz. Mary war von ihrer Idee so begeistert, daß ich nicht die geringsten Bedenken hatte.

»Ja, wenn du mich dazu zwingst ...«

FÜNFTES KAPITEL

1

Nach dem Mittagessen fuhr uns Ran in die Stadt. Er gab vor, daß er am Dock wegen des neugekauften Schiffes etwas zu erledigen habe. Ich fand, daß sein Benehmen recht auffällig war; er wirkte schrecklich verkrampft und übertrieben herzlich. Mary schienen jedoch solche Kleinigkeiten nicht aufzufallen, obwohl sie normalerweise eine sehr scharfe Beobachterin war. Trotzdem war die Fahrt nicht angenehm, weil ich zu verlegen war. Ich war das erstemal froh darüber, daß Ran seiner Wege ging. Er setzte uns vor einem der Geschäfte ab, die Mary erwähnt hatte, und wollte wissen, wann und wo wir ihn treffen wollten.

»Wir werden mindestens zwei Stunden brauchen«, meinte Mary. »Du solltest die Garderobe dieses Kindes sehen. Wir treffen uns um halb fünf im Wirtshaus. Du kannst uns vor der Heimfahrt auf einen Drink einladen.«

Das Geschäft war klein, aber es gab schicke Kleider. Nach meinem in Armut verbrachten Jahr war ich über die Preise entsetzt.

»Vierzig Dollar für eine Hose«, jaulte ich auf, während ich sie in die Höhe hielt. »Und dieses Stretchmaterial ist absolut unpraktisch, Mary; nach fünf Minuten im Gestrüpp würde die Hose nur noch aus Einzelteilen bestehen.«

Die Verkäuferin, eine schlanke ältere Person mit kurzen grauen Haaren, sah mich böse an, aber Mary grinste nur. Sie kaufte die zitronengelbe Hose für sich, die gelb-orange-rosa bedruckte Bluse, die dazu gehörte, paßte gut zu ihren dunklen Haaren. Ich ließ mich zu zwei Jeans und einem Kleid überreden, obwohl mich der Preis erschütterte.

Trotzdem machte es Spaß; es machte Spaß, mit Einkäufen beladen auf den Gehsteig zu treten; Spaß, an der frischen Luft zu sein, sich zu fragen, was wir jetzt tun sollten — und zu wissen, daß man überhaupt nichts tun *muß*.

Wir schlenderten den Gehsteig entlang und betrachteten jedes Schaufenster. Das Einkaufszentrum war ein komisches Gemisch. Es gab ältere Geschäfte, wie den Drugstore, den Gemischtwarenladen und ein Geschäft mit Dingen für den Segelsport — also praktische Geschäfte. Dazwischen standen die neueren Gebäude, die für das aufblühende Geschäft mit den Touristen zuständig waren. Die Inselboutique mit der imitierten alten Fassade gehörte dazu, und kurz darauf entdeckte ich den Antiquitätenladen, nach dem ich mich so gesehnt hatte.

Mary lachte, als ich auf ihn zeigte.

»Klar, wir haben jede Menge Zeit. Weißt du, wem er gehört? Wills ehemaliger Freundin.«

»Sue?«

Mary sah mich an.

»Du erinnerst dich offenbar an ihren Namen?«

»Ja. Also deshalb hat Will so hochnäsig reagiert, als ich über Antiquitätengeschäfte sprach.«

»Er benimmt sich wie ein Idiot. Die Insel ist klein, man kann einander nicht aus dem Weg gehen, aber Will führt sich auf, als wäre das arme Mädchen Medea.«

»Schließlich hat sie ihn sitzengelassen.«

»Du meine Güte, das ist Jahre her, Jo. Warum kann er es nicht vergessen? Sie war bestimmt nicht bösartig oder grausam; sie gehört nicht zu dieser Art von Mädchen.«

»Du kennst sie?«

»Ich bin nur einmal kurz mit ihr zusammengekommen, aber sie ist nett. Du wirst sie mögen.«

Als wir den Laden betraten, der nach dem Sonnenschein im Freien düster wirkte, war die Besitzerin nirgends zu sehen. Wie es sich für einen Antiquitätenladen gehört, war er mit Gegenständen vollgestopft, aber als ich genauer hinsah, merkte ich, daß in dem scheinbaren Chaos ein System lag. Ganz gleich, über welche Eigenschaften Sue verfügte, sie war bestimmt tüchtig.

Die Glocke über der Ladentür hatte zwar gebimmelt, aber da sich nichts rührte, rief Mary nach der Inhaberin. Aus dem Hintergrund antwortete jemand, aber die Stimme klang so gedämpft, als käme sie aus einem tiefen Keller. Darauf folgte ein schlurfendes Geräusch, und dann tauchte hinter einem Ladentisch ein leuchtend blonder Kopf auf.

Die Menschen erzählen immer von rotgoldenem Haar, aber man sieht diese Farbe nur selten, vor allem bei Erwachsenen, und dabei wäre ich so gern rotblond gewesen. Ich hatte einmal eine Perücke ausprobiert, aber sie sah an mir so schrecklich aus, daß ich sie nicht kaufte. Deshalb starrte ich das Mädchen, das jetzt vor mir stand, neiderfüllt und bewundernd mit offenem Mund an.

Sie war nicht eigentlich hübsch. Ihr Mund war zu groß, und sie hatte jede Menge Sommersprossen, aber das fiel bestimmt niemandem auf. Jede Frau würde auf das herzliche Lächeln und das freundliche Gesicht reagieren. Ein Mann würde vermutlich zuerst ihre prachtvolle Figur bemerken. Sie war wahrscheinlich gar nicht darauf aus, aufreizend zu wirken, aber die alte, eng anliegende Hose und das Herrenhemd sahen an ihr umwerfend sexy aus.

Bevor sie uns die Hand reichte, wischte sie sie am Hosenboden ab. Als Mary sich vorstellen wollte, winkte sie ab.

»Natürlich erinnere ich mich an Sie — macht es Ihnen etwas aus, wenn ich Sie Mary nenne? Ich kenne Ran so lange, daß ich seiner Frau gegenüber nicht förmlich sein kann. Und das muß Ihre Schwester sein. Das ist der Fluch einer Kleinstadt: Jeder weiß alles über jeden. Sie heißen Jo, kommen aus San Francisco und sind Künstlerin.«

»Nicht gerade Künstlerin.«

»Ich hätte Sie besuchen sollen, aber ich habe keine Zeit gehabt. Ich muß das Geschäft für die Touristen zurechtmachen. Es ist nett von Ihnen, bei mir vorbeizuschauen. Sie trinken doch Kaffee? Nein, es macht mir keine Mühe, ich habe immer einen Topf auf dem Kocher stehen.« Sie zwinkerte mir zu. »Es ist gut fürs Geschäft. Der Kunde entspannt sich und bekommt das Gefühl, daß er etwas kaufen wollte.«

»Das ist eine gute ...«

»In den Basaren im Nahen Osten machen sie es immer so. Ich habe ein Buch darüber gelesen.« Sie ging uns voran zum Hinterzimmer, hörte aber nicht auf zu sprechen. »Papierbecher, aber das gehört zum lässigen Charme. Setzen Sie sich doch. Moment, ich mache ein paar Stühle frei.«

Mary und ich sahen einander an und rasch wieder weg, weil wir sonst unweigerlich gelacht hätten. Wir dachten beide dasselbe. Daß Will diese fröhliche Plaudertasche hatte heiraten wollen, kam uns absurd vor; er wäre bestimmt kaum jemals zu Wort gekommen. Aber ich verstand auch, daß ein Mann nicht so leicht von Sue loskam.

Wir setzten uns auf die Stühle, die sie heranschleppte, und sie schwang sich auf eine Transportkiste und ließ die Beine baumeln.

»Ich bin wirklich froh, daß Sie vorbeigekommen sind, denn ich möchte etwas mit Ihnen besprechen.«

»Reden Sie nur«, sagte Mary.

»Vielleicht sollte ich mit Ran darüber sprechen, aber um die Wahrheit zu sagen, es ist mir ein bißchen peinlich.«

Mary und ich wechselten wieder Blicke. Sue bemerkte es und wurde rot.

»Das klingt, als ginge es um etwas Großes, Wichtiges. Machen Sie sich keine Sorgen, es ist nicht ... na ja, nicht das, was Sie womöglich denken. Also: Ich besitze einige

Gegenstände, die er unter Umständen wiederhaben möchte. Sie wissen vielleicht, daß die beiden alten Damen — seine Tanten — nicht gerade vermögend waren.«

»Das habe ich nicht gewußt«, meinte Mary beunruhigt. »Und ich bin sicher, daß Ran ...«

»Hören Sie, Süße, ich kenne Ran doch. Sie müssen mir nicht klarmachen, daß er die beiden unterstützt hätte. So arm waren sie auch gar nicht. Aber sie hatten gerade nur genug zum Leben und waren zu stolz, um ihn um Hilfe zu bitten. Schließlich hatten sie sich schrecklich benommen, als seine Mutter zum zweitenmal heiratete. Wahrscheinlich schämten sie sich.«

»Aber sie haben ihm das Haus hinterlassen«, warf ich ein.

»Natürlich, er war ja der letzte Fraser. Sie hätten ihm das Haus auch dann hinterlassen, wenn er ein Mörder gewesen wäre. Erst wenn man in Neuengland lebt, weiß man, was Familientradition ist. Deshalb besitzt Ran soviel Geld. Das Vermögen ist immer ungeteilt vom Vater auf den Sohn übergegangen. Jedenfalls will ich damit sagen, daß die alten Damen in den letzten Jahren einiges verkauft haben. Nichts, was Ran vermißt hätte; es steht ja so viel im Haus herum. Aber von ein paar Gegenständen nehme ich an, daß Sie sie gern wiederhaben möchten.«

»Sie wollen damit doch nicht sagen, daß Sie die Dinge aufbewahrt haben, die sie von den beiden gekauft haben?« fragte Mary.

»Von den meisten Sachen mußte ich mich trennen«, wehrte Sue ab. »Ich besaß einfach nicht genug Kapital ...«

»Ich beschwere mich doch nicht, meine Liebe. Ihre Freundlichkeit rührt mich sehr, und Ran wird es genauso gehen. Er wird bestimmt nicht zulassen, daß Sie durch seine Familie einen finanziellen Verlust erleiden. Er war verpflichtet, für die beiden alten Damen zu sorgen, nicht Sie.«

»Dann werden Sie es ihm erzählen?«

»Sobald wir zu Hause sind.«

»Es eilt nicht. Vielleicht will er das Zeug gar nicht, und das wäre mir nur recht. Aber jetzt ist mir leichter ums Herz. Wahrscheinlich halten Sie es für sehr dumm von mir, daß ich so viel Aufhebens davon mache.«

»Ganz bestimmt nicht.«

»Wie gesagt ist nicht mehr viel da, nur ein paar Sachen, von denen ich angenommen habe ...«

Die Türklingel schrillte, Sue blickte auf und runzelte die Stirn.

»O mein Gott«, flüsterte sie überrascht. »Das ist die alte Mrs. Cartwright. Einen Augenblick — ich komme sofort.«

Die Kundin war eine kräftige Frau mit überdimensionaler Oberweite.

»Ich habe es eilig«, erklärte sie laut. »Wenn es Ihnen nichts ausmacht ...«

»Entschuldigen Sie mich?« fragte uns Sue.

»Lassen Sie sich nicht aufhalten.« Mary stand auf. »Wir müssen ohnehin gehen. Ran wartet bestimmt schon auf uns.«

»Schade. Kommen Sie wieder einmal vorbei.«

»Gern. Und ich richte es Ran aus.«

Wir überließen Sue Mrs. Cartwright, und als wir die Straße entlanggingen, schwärmte Mary: »Sie ist entzükkend, nicht wahr?«

»Na ja.«

»Ich möchte wissen, was es zwischen ihr und Will gegeben hat.«

»Wenn du oft genug mit ihr zusammenkommst, erfährst du es ganz bestimmt. Sie spricht sogar noch mehr als ich.«

Das Gasthaus befand sich am anderen Ende der Straße in der Nähe des Kais. Auf dem Weg dorthin kamen wir an einem großen weißen Haus vorbei, das ein Stück vom Gehsteig zurückgesetzt war. Mary erklärte mir, daß es das Museum war.

»Wir haben wohl nicht genug Zeit, um kurz hineinzugehen«, meinte ich zögernd.

Mary packte mich energisch am Arm.

»Keinesfalls genug Zeit für eine Museumsfanatikerin wie dich. Wir werden ein andermal herkommen.«

Wir gingen weiter, aber das Gebäude hatte mir den rätselhaften Grabstein und die Nachforschungen ins Gedächtnis gerufen, die ich über ihn anstellen wollte. Beinahe hätte ich ihn Mary gegenüber erwähnt. Normalerweise wäre sie an einer solchen Sache interessiert gewesen. Wir hätten uns über die Frau, deren Leben in Dunkelheit gehüllt war, Gedanken gemacht und uns gemeinsam die Familienpapiere durchgesehen. Mary wäre von meinem Abenteuer auf dem Friedhof begeistert gewesen, und ihr gesunder Menschenverstand hätte die Erscheinung von Annie Marks auf ein normals Maß zurechtgestutzt. Aber jetzt ... Ich brauchte keinen Psychiater, um zu wissen, daß ich morbide Gesprächsthemen vermeiden mußte.

Ran erwartete uns in der Bar. Darüber war ich nicht allzu glücklich, obwohl der vor ihm stehende Drink noch unberührt war. Ich wußte ja nicht, der wie vielte es war.

Natürlich fragte ich nicht. Ran freute sich so sehr über Marys gelöste Stimmung, daß er vergaß, mir gegenüber verlegen zu sein. Es brach mir das Herz, wie er mit ihr umging: wie ein Vater mit seinem kranken Kind, der nicht zeigen will, wie besorgt er ist, aber jedes Wort und jede Geste des Kindes auf die Waagschale legt. Ich bemerkte auch, daß er sein Glas nicht leerte, obwohl ihn Mary deswegen aufzog. Sie war beinahe übermütig.

Kurz bevor wir gingen, ereignete sich ein kleiner Zwischenfall. Ran suchte nach Kleingeld, und der Kellner wartete darauf. Mary, die mit dem Gesicht zur Tür saß, schnappte überrascht nach Luft und sagte: »Um Himmels willen, wer ist das?«

Ich drehte mich um.

Das erst kürzlich umgebaute Gasthaus war ein attraktives altes Haus, und die Beleuchtung in der dunkel getäfelten Bar war gedämpft. Ich hätte die Gestalt, auf die Mary zeigte, auf keinen Fall deutlich erkennen können, und zudem ging sie gerade zur Tür hinaus. Ich erblickte nur einen langen dunklen Mantel und eine seltsame altmodische Haube, aber der Anblick erschreckte mich so, daß ich mein zum Glück beinahe leeres Glas umstieß.

Der Kellner wischte den Tisch trocken; Ran fand inzwischen seine Brieftasche, und Mary wiederholte ihre Frage.

»Hast du sie gesehen, Jo? Als käme sie direkt aus dem Film ›*Der scharlachrote Buchstabe*‹. Wer ist sie?«

»Ich wette fünf zu eins, daß ich es weiß. Annie Marks.«

Ran, der die Gestalt nicht gesehen hatte, schaute mich verdutzt an, aber der Kellner nickte mir lächelnd zu.

»Das stimmt, Miss. Sie bietet einen malerischen Anblick, nicht wahr? Der Chef mag es nicht, daß sie in das Lokal kommt, aber sie belästigt niemanden.«

»Der Chef sollte ihr etwas dafür bezahlen, daß sie hierher kommt«, meinte Mary fröhlich. »Sie sorgt für das erforderliche Lokalkolorit.«

Ich verließ als erste das Lokal, aber es war zu spät. Als ich auf der Straße stand, war von Annie Marks nichts mehr zu sehen. Das bedauerte ich, denn ich hätte sie gern näher in Augenschein genommen. Dieser eine kurze Blick hatte bei mir ein unangenehmes Gefühl hinterlassen. Ich hatte den Eindruck, daß Annie seit heute morgen beträchtlich geschrumpft war.

2

Als wir beim Haus anlangten, ging Ran sofort hinauf, um sich umzuziehen. Er hatte sich einen Nachmittag lang mit dem Boot geplagt und war jetzt eindeutig schmuddelig. Ich hatte gehofft, daß ich mich auf die Suche nach der von Jed erwähnten Truhe begeben konnte, bekam aber keine Gelegenheit dazu. Mrs. Willard erwartete uns bereits, bugsierte Mary und mich in den Salon und meldete, daß der Tee fertig sei. Ich sah Mary an, die lächelnd die Achseln zuckte. Es wäre sinnlos gewesen, Mrs. Willard zu erklären, daß wir bereits Cocktails getrunken hatten. Wenn sie Tee zubereitete, dann wurde er getrunken.

Mary schleuderte die Schuhe von sich und rollte sich in einem Lehnstuhl zusammen.

»Spiel etwas.« Ich zeigte auf das Klavier.

»Ich bin zu faul. Und aus der Übung. Spiel du.«

Ich war ebenfalls aus der Übung und hatte außerdem nie so gut gespielt wie Mary. Aber das störte mich nicht.

Erst als ich zu spielen begann, wurde mir klar, wie sehr mir die Beschäftigung mit Musik gefehlt hatte. Wenn ich eine vollkommene Wiedergabe von Chopin hören will, lege ich eine Platte von Rubinstein oder Michelangeli auf. Die Befriedigung, die mir das Spiel verschafft, hängt nur teilweise damit zusammen, wie gut ich spiele. Ich kämpfte mich durch die erste Seite der ›Ballade in g-Moll‹, brachte meine Finger nach dem ersten Takt des nächsten Teils, in dem das Tempo schneller wird, hoffnungslos durcheinander und hörte mit einer scheußlichen Dissonanz auf.

»Rubinstein würde sich im Grab umdrehen«, sagte ich und wendete mich Mary zu.

Vielleicht bildete ich mir nur ein, daß dieser Ausdruck auf ihrem Gesicht lag. Es gelang mir jedenfalls, es mir einige Stunden lang einzureden. Sie hatte sich nicht gerührt, hatte die Füße unter sich geschlagen und schmiegte sich in den Lehnstuhl. Aber jetzt umklammerten ihre Hände die Armlehnen des Stuhls, und sie starrte unendlich sehnsüchtig in den dunkler werdenden Abend hinaus. So hätte Orpheus aussehen können, als seine Geliebte in die Dunkelheit zurückgezogen wurde, der er sie beinahe entrissen hatte.

»Mary!« sagte ich scharf, und sie wandte sich mir ruhig und lächelnd zu.

»Versuch es doch mit etwas Einfacherem, zum Beispiel ›Ein Tag am Meer‹ oder dem Flohwalzer.«

Ich atmete langsam aus.

»Ich habe nie, nicht einmal in meiner Anfängerzeit, den Flohwalzer gespielt.«

»Wirklich? Ich hätte es für passend gehalten. Mir ist es gleichgültig, was du spielst, solange du dich nicht an Chopin und Beethoven vergreifst. Wie wäre es mit Unterhaltungsmusik? Du hast doch einmal eine bedauerliche Vorliebe für diese Gruppe — wie hieß sie noch? — die Schläger gehabt.«

»Übertreib nicht so«, ermahnte ich sie streng. »Sogar die Lamas im hintersten Tibet haben von den Beatles gehört, und die gelten jetzt als Klassiker. Du solltest die neuen Gruppen hören, die Who, die Rolling Stones oder ...«

»Du erfindest diese Namen.«

»Du stellst dich dümmer, als du bist.«

»Dann kläre mich auf.«

»Man kann Rockmusik nicht auf einem Klavier spielen.« Ich schlug ein paar Akkorde an. »Man braucht Verstärker, ein starkes Rhythmuselement ...«

»Und eine Gruppe, die aus heulenden Gehörlosen besteht.«

Es war ein alter Streit zwischen uns. Um es lustiger zu machen, nahmen wir diametral entgegengesetzte Standpunkte ein. Mary behauptete, daß kein Komponist nach Beethoven wert war, daß man ihn sich anhörte, und ich setzte mich erbittert für Hardrock ein. Ich untermauerte gerade meine Ansicht durch ein paar Takte auf dem Klavier, als Geschirr laut klirrte, und ich meine Darbietung unterbrach.

Mrs. Willard stellte das Teetablett so energisch auf dem Tisch ab, daß sie damit besser als mit Worten ausdrückte, was sie von meiner Musik hielt. Trotzdem ließ sie sich nie eine Gelegenheit entgehen, ihre Meinung zu äußern.

»Ich kann mir nicht vorstellen, wie Sie den Krach ertragen können. Heutzutage spielen sie im Radio ja kaum etwas anderes. Die Wissenschaftler behaupten, daß man davon taub wird. Mit unserer Welt stimmt etwas nicht. Lange Haare, kurze Röcke, keine Moral und statt der Musik dieses Gejaule.«

»Eine prägnante Zusammenfassung«, stellte Mary ernst fest. »Und Sie haben gleich einen Verbündeten mitgebracht. Hallo, Will.«

Er betrat den Raum wie eine seiner Katzen, wenn sie auf einen unbekannten Geruch stoßen — steif, vorsichtig und mißtrauisch.

»Ihn hat bestimmt nicht die Musik hierhergelockt«, meinte Mrs. Willard, »sondern der Geruch von etwas Eßbarem. In seinem Schuppen ernährt er sich ja nur von Konserven. Ohne die Mahlzeiten, die er hier schnorrt, hätte er Rachitis, Skorbut und Tbc.«

»Aber, aber, Mrs. Willard, so dumm ist Will nicht. Schließlich ist er Arzt.«

»Ein Schuster hat keine Schuhe«, dozierte Mrs. Willard. Nachdem sie das Geschirr auf dem Tisch angeordnet hatte, richtete sie sich auf. »Kennen Sie keine hübschen Lieder, Jo? Von dem Krach bekommt man ja Bauchschmerzen.«

»Was für Musik gefällt Ihnen denn?« fragte ich.

»Ach, eben Musik. Irving Berlin und so.«

Will lachte hinterhältig.

»Ich könnte wetten, daß Jo nie von Irving Berlin gehört hat.«

Es war eine so kleinliche Bemerkung, daß an die Stelle meiner Verlegenheit angenehm erfrischende Wut trat. Wer war dieser Will Graham überhaupt, daß er sich anmaßte, über mich ein Urteil zu fällen?

Ich versöhnte Mrs. Willard mit einem hübschen Querschnitt durch Irving Berlin, und sobald sie sich außer

Hörweite befand, beglückte ich Dr. Graham mit den ersten zehn Schlagern der Hitparade. Er litt Höllenqualen.

Kurz darauf stieß Ran zu uns, und ich bemerkte, daß die Beziehung zwischen den beiden alten Schulfreunden etwas gespannt war. Ich konnte nicht begreifen, daß Will sich hier noch sehen ließ, es sei denn, er hatte gerade Hunger. Es machte ihm bestimmt keinen Spaß, mit Ran über seine Triumphe als Schlagmann im Baseballteam des Colleges zu sprechen. Meiner Meinung nach wog nicht einmal Mrs. Willards Essen die Anwesenheit von zwei so widerlichen Menschen wie Ran und mir auf.

Doch ich irrte mich offenbar. Er blieb zum Abendessen. Niemand lud ihn dazu ein, er blieb einfach. Und bei Mrs. Willards köstlichem Schmorbraten begann ich zu ahnen, was er auf dem Herzen hatte.

Er konnte den Blick nicht von Mary wenden. Sie sah entzückend aus, hatte rote Wangen und unterhielt sich lebhaft, witzig und charmant, so wie ich sie in Erinnerung hatte. Doch Will schaute skeptisch. Ich konnte inzwischen in seinem Gesicht lesen wie in einem Buch, denn trotz seiner Zurückhaltung reagierte er wie ein Kind. Er war mißtrauisch. Und während ich Mary beobachtete, kamen mir allmählich ebenfalls Bedenken. Sie hatte sich geradezu dramatisch verändert.

Mary war diejenige, die Wills Schwester erwähnte und sagte, wie sehr sie sich freue, sie kennenzulernen. Will sah sie vollkommen verständnislos an. Einen Augenblick lang befürchtete ich, daß der Idiot fragen würde: »Was für eine Schwester?«

Nach einer langen Pause sagte er: »Ja. Ja, ich freue mich darauf, sie wiederzusehen.«

»Wann hast du sie zum letztenmal gesehen?« fragte Mary.

»Ach, das ist Jahre her.«

»Es ist doch wirklich schade, daß ihr nicht öfter zusammenkommen könnt.«

»Das stimmt.«

»Aber es ist ein schöner Zug von ihrem Mann, sie wegfahren zu lassen, auch wenn es nur für ein paar Tage ist.«

Will sah Mary entsetzt an, und Ran griff verärgert ein: »Ich habe dir doch gesagt, Liebes, daß Anne nicht verheiratet ist.«

»Tatsächlich?« Ihr honigsüßer Ton hätte mich warnen müssen. »Wahrscheinlich habe ich es vergessen. Hast du mir auch erzählt, was für einen Beruf sie ausübt?«

»Nein, das habe ich nicht getan«, antwortete Ran rasch, weil Wills Mund aufgeklappt war wie eine Falltür. »Sie arbeitet in der Werbung.«

»Genau wie Jo. Das ist fein, dann habt ihr ja etwas, worüber ihr euch unterhalten könnt.«

»Wenn es etwas gibt, worüber ich mich nicht unterhalten möchte, dann ist es mein früherer Beruf«, widersprach ich. »Vielleicht können wir über die lokale Geschichte sprechen. Kennt sich Anne in bezug auf den Handel mit China genausogut aus wie Sie, Will?«

Wenn Blicke töten könnten, wäre ich eine Leiche gewesen. Doch Zorn regte Wills Gehirntätigkeit offenbar genauso an wie die meine. Er reagierte jedenfalls schlagartig.

»Sie haßt Geschichte. In der Schule hat sie in diesem Fach immer Ungenügend bekommen.«

»Das ist aber schade. Ich interessiere mich sehr dafür.«

Es war dumm von mir, ihn zu reizen. Obwohl er sich bereit erklärt hatte, an der Verschwörung teilzunehmen, war es durchaus möglich, daß er die Beherrschung verlor und mit der Wahrheit herausplatzte. Das wurde auch Ran klar, und er griff ein.

»Wenn es dich so sehr interessiert, kann ich dir ein paar Bücher darüber borgen.« Er warf mir einen warnenden Blick zu. »Ich habe heute mit Sam über das Boot gesprochen, Will. Er sagt, daß wir nächste Woche damit hinausfahren können. Welcher Tag wäre dir recht?«

Bis zum Ende der Mahlzeit unterhielten sie sich unverfänglich und langweilig über das Boot, und dann ging Will endlich. Ran begleitete ihn hinaus, und als er zurückkam, sah er wesentlich entspannter aus als während der letzten Tage. Er lächelte mich beinahe so unbefangen an wie in alten Zeiten. Vielleicht hatte er mit Will über den betrunkenen Zwischenfall von neulich gesprochen.

Mary stand am Fenster.

»Es wird regnen«, stellte sie fest. »Hoffentlich erwischt es Will nicht unterwegs.«

»Er ist schon bei schlechterem Wetter, als uns heute abend bevorsteht, über diese Straßen gefahren.«

»Du hast wahrscheinlich recht.« Mary zog den Vorhang wieder zu. »Wie wäre es mit einem Drink?«

»Für mich nicht«, lehnte ich ab.

»Danke nein«, sagte Ran.

»Ihr seid zwei richtige Langweiler. Wollt ihr mich allein trinken lassen?«

Sie stand lachend, mit leicht geneigtem Kopf vor uns, und es tat mir leid, daß Will weder sie noch Rans Gesichtsausdruck sehen konnte, während er seine Frau beobachtete.

Ran akzeptierte also einen Drink, und auf Marys Drängen einen zweiten, und dann ging ich hinauf. Sie brauchten mich nicht. Mary saß auf der Armlehne von Rans Stuhl, und die Art, wie sie einander ansahen, war mir noch gut im Gedächtnis. Früher war ich bei solchen Szenen vor Eifersucht und Schuldbewußtsein ausgeflippt. Jetzt war ich nicht mehr eifersüchtig, aber ich kam mir ein wenig verlassen vor, als ich die Treppe allein hinaufging.

Ich lag im Bett und las, als ich hörte, wie sie heraufkamen. Sie gingen an meiner Tür vorbei, und man merkte, daß Ran nicht mehr ganz sicher auf den Beinen war. Er stolperte, fluchte, und Mary lachte.

Vielleicht war es dieses Lachen, das mich ... mißtrauisch ist ein zu starkes Wort für die leichte Unruhe, die mich erfaßte. Es war nicht Marys normales Lachen, sondern es klang schrill und hoch, wie bei einem kichernden Kind. Mir fiel ein, was Will über ihre Stimmung bei Nacht gesagt hatte, und meine Unruhe wuchs. Ich versuchte, mir gut zuzureden. Ran konnte unmöglich betrunken sein; er konnte seit meinem Weggehen nicht so viel getrunken haben; außerdem war er bestimmt zu vernünftig dazu.

Als ich merkte, daß ich kerzengerade aufgerichtet im Bett saß und auf Geräusche lauerte, die unmöglich durch zwei geschlossene Türen dringen konnten, klappte ich mein Buch zu und löschte das Licht. Aber ich schlief nicht. Nachdem ich mich stundenlang herumgeworfen hatte, geriet ich in einen Dämmerzustand, der schlimmer ist als Schlaflosigkeit. Ich war gerade noch wach genug, um zu wissen, daß ich nicht schlief, aber nicht in der Lage, mich aufzusetzen und das Licht einzuschalten. Ich weiß nicht, wie lange ich so dalag, dem Trommeln des Regens lauschte, und jedes Knarren und Knacken in den Fußböden und Wänden hörte. Ich sagte mir immer wieder, daß alte Häuser bei Nacht Geräusche verursachen, aber meine Angst ließ sich nicht unterdrücken, und meine Muskeln verkrampften sich bei jedem neuen Laut. Doch schließlich schlief ich ein. Ein Teil meines Gehirns blieb jedoch wach. Das Unterbewußtsein arbeitet weiter; eine Krankenschwester kann während eines Gewitters schlafen, und bei der geringsten Änderung im Atemrhythmus ihres Patienten aufwachen.

Mir erging es ähnlich; ich hörte Schritte, obwohl man sie kaum wahrnehmen konnte, aber ich war so erschöpft, daß ich einige kostbare Sekunden brauchte, um mich aufzuraffen. Als ich endlich aus dem Bett kletterte und die Tür öffnete, war nichts zu sehen. Ich schwankte und blinzelte und verfluchte meine blühende Fantasie, dann aber hörte ich, wie die Haustür geschlossen wurde.

Ich war so vernünftig, nicht laut schreiend die Verfolgung aufzunehmen. Der nächtliche Spaziergänger konnte einer der Willards sein, der aus gutem Grund unterwegs war. Statt dessen trat ich an mein Fenster, von dem aus man die Eingangstür sah.

Weil der Regen über die Scheiben floß und die schweren Wolken Mond und Sterne verdeckten, konnte man nur schwer etwas erkennen. Aber die Rasenfläche war etwas heller, und nach einigen Augenblicken machte ich nicht nur eine, sondern zwei dunkle Gestalten aus. Eine stand am Ende der Auffahrt. Die andere bewegte sich. Es war Mary; sie überquerte den Rasen schnell, beinahe laufend.

Dann begriff ich, wer die zweite dunkle Gestalt war, und ich wurde von so heftigem Entsetzen erfaßt, daß meine Knie nachgaben und ich hingefallen wäre, wenn ich mich nicht am Fensterrahmen festgehalten hätte. Es war ein Entsetzen, für das es keine rationelle Erklärung gab. Ich warf noch einen Blick auf die regungslose Gestalt und floh dann vor ihr wie vor einer Flutwelle oder einer Lawine. Als ich aus dem Zimmer in den düsteren Korridor trat, ließ meine Panik nach. Aber ich zitterte, und mein Nachthemd war schweißnaß. Ich betrat ohne zu klopfen Rans und Marys Zimmer und schaltete das Licht ein.

Sie war natürlich fort. Ihre Seite des Bettes war unberührt. Die Decke hatte sie zurückgeschlagen, aber das Kissen war nicht zerknittert. Ran lag mit dem Rücken zu mir im Bett und rührte sich nicht; mein unbeherrschtes Eindringen hatte ihn nicht gestört. Er atmete so schwer, daß es wie Schnarchen klang.

Ich zerrte an seiner Schulter, und er rollte auf den Rücken. Sein Gesicht war schlaff, denn er schlief tief — und war betrunken, dachte ich. Meine Verachtung und mein Zorn waren so groß, daß ich ihn ins Gesicht schlug; er bewegte sich, wachte aber nicht auf, und mir kam ein neuer, schlimmerer Verdacht. Ich schlug ihn immer wieder, nicht mehr zornig, sondern gezielt. Endlich öffnete er die Augen, starrte mich an, ohne mich zu sehen, und schloß sie dann wieder. Ich fuhr herum und griff nach dem Telefon auf dem Nachtkästchen.

Ich kannte die Nummer nicht und hatte keine Zeit, ein Telefonbuch zu suchen, aber die Vermittlung gab sie mir sofort. Die Telefonistin war vermutlich an verzweifelte Stimmen gewöhnt, die diese Nummer verlangten. Als ich Wills Stimme hörte, nahm ich mir nicht einmal die Zeit, meinen Namen zu nennen.

»Mary ist fort«, sagte ich. »Ich habe gesehen, wie sie das Haus verlassen hat und in den Wald gegangen ist. Ich kriege Ran nicht wach. Er verhält sich, als hätte er ein Betäubungsmittel bekommen. Haben Sie auch ihm Schlaftabletten verschrieben?«

»Nein. Wie schlimm steht es um ihn?«

»Er hat die Augen geöffnet und mich angesehen. Aber ich mußte ihm einige Ohrfeigen geben.«

»Wecken Sie Bertha. Sie wird wissen, was sie mit Ran tun muß. Sie und Jed suchen Mary. Ich fange von hier aus an zu suchen und treffe Sie in einer Stunde beim Haus, unabhängig davon, ob wir Mary bis dahin gefunden haben oder nicht.«

»Unabhängig davon ...«

»Wenn wir sie innerhalb einer Stunde nicht gefunden haben, müssen wir die Polizei verständigen. Irgendwelche Fragen?«

»Nein.«

»Dann setzen Sie sich in Bewegung.«

Ich rannte die Treppe hinunter. Mrs. Willard reagierte so schnell auf mein Klopfen, daß ich mich fragte, ob sie überhaupt jemals schlief. Das runde Gesicht, das mich durch den Türspalt ansah, wirkte jedenfalls überhaupt nicht verschlafen. Als ich mit meiner Geschichte zu Ende war, nickte sie ruhig und musterte mißbilligend mein dünnes Nachthemd.

»Ziehen Sie sich warme Sachen an. Sie werden sie brauchen. Ich komme sofort hinauf.«

»Wir treffen uns in fünf Minuten in der Küche«, rief

Jed aus dem Hintergrund. Ich hörte, wie er im Zimmer herumging. Als ich in eine Hose, einen Pullover und Turnschuhe geschlüpft war, kam Mrs. Willard bereits herauf. Ich traf sie auf dem Korridor. Sie trug in einer Hand eine dampfende Kaffeekanne, und in der anderen eine Schüssel mit Eis. Wie zum Teufel hatte sie das Wasser so schnell zum Kochen gebracht? Ich fühlte Mitleid mit Ran, aber hier waren drastische Maßnahmen angebracht, und Mrs. Willard konnte sie am besten ergreifen.

Jed erwartete mich mit einer großen Taschenlampe in jeder Hand. Er war vollkommen angekleidet und trug sogar hohe Schnürschuhe.

»In welche Richtung ist sie gegangen?«

Wir traten vors Haus, und ich zeigte es ihm.

»Dort gibt es keinen Weg«, murmelte er, »und zwischen den Bäumen kann sie jede Richtung eingeschlagen haben. Ich gehe dort hinüber, und Sie bleiben auf dem Weg, denn ich möchte nicht, daß Sie sich auch noch verirren. Sie haben doch keine Angst, oder?«

»Ich habe Angst. Aber machen Sie sich keine Sorgen, ich gerate schon nicht in Panik.«

Er nickte und gab mir eine der Taschenlampen.

»Sehen Sie von Zeit zu Zeit auf die Uhr. Will hat recht mit der einen Stunde. Aber verlieren Sie nicht den Kopf. Langsam und cool, das ist die richtige Methode. Wir werden sie finden.«

Er wartete meine Antwort nicht ab, sondern stapfte quer über den Rasen davon. Ich ging die Auffahrt hinunter und versuchte, nicht zu laufen. Ich wußte, daß ich anfangen würde zu rufen und kopflos herumzurennen, wenn ich mich nicht bewußt zwang, mich langsam zu bewegen. Er hatte recht, wir würden Mary finden — irgendwann. Aber selbst wenn sie auf keine anderen Gefahren stieß, konnten Feuchtigkeit und Kälte bei ihrem geschwächten Zustand tödlich sein, falls wir sie nicht bald aufspürten.

Ich hatte Jed versichert, daß ich nicht in Panik geraten

würde, und daran hielt ich mich. Doch ich zögerte am Waldrand; wenn Mary sich nicht in Gefahr befunden hätte, wäre ich niemals freiwillig in diese düstere Welt eingedrungen. Ich hatte geglaubt, daß ich den Weg kannte, aber in dem schwachen Licht sah er ganz anders aus. Einmal kam ich von ihm ab und geriet in ein kopfhohes Brombeergestrüpp, aus dem ich mich mühsam wieder hinauskämpfte. Ich machte verdammt viel Lärm — jedenfalls kam es mir in der Stille der Nacht so vor. Von Zeit zu Zeit blieb ich stehen, horchte, rief und richtete den Lichtkegel auf das Dickicht zu beiden Seiten des Weges. Die Stabtaschenlampe war groß und schwer, aber ihr Licht reichte nicht weit; die Dunkelheit verschlang es wie ein gieriger Mund. Nach einiger Zeit begann ich, das Vertrauen zu meinen Sinnesorganen zu verlieren. Das Knacken eines Zweiges klang wie verstohlene Schritte, und der Schrei eines Nachtvogels konnte genausogut eine schwache menschliche Stimme sein, die um Hilfe rief.

Ich kam nur langsam voran, weil ich so viel wie möglich von meiner Umgebung in Augenschein nehmen wollte, ohne dabei den Weg zu verlassen. Mary konnte stürzen, in Ohnmacht fallen, sich den Kopf anschlagen: Vielleicht kauerte sie hinter einem Stamm oder einem umgestürzten Baum und war so tief in ihre Welt versunken, daß sie uns nicht hörte. Oder sie versteckte sich sogar vor uns. Es war eine häßliche Vorstellung, lag aber durchaus im Bereich des Möglichen. Doch den Hauptgrund für mein Zögern gestand ich mir nur widerwillig ein — ich wollte nicht auf dem Friedhof suchen.

Ich sagte mir immer wieder, daß Mary keinen besonderen Grund hatte, dorthin zu gehen, aber das stimmte nicht. Es war ein verrückter Grund; doch Marys Verhalten war in letzter Zeit nicht gerade vernünftig gewesen. Die Hinterbliebenen haben seit undenklichen Zeiten versucht, die Toten zurückzurufen. Auf der einsamen Lichtung im Wald lag nicht ihr eigen Fleisch und Blut. Was

Mary suchte, hatte sie nie verlieren können, weil es nie ihr gehört hatte. Aber ich wußte nicht, welche wahnsinnige Logik ihren Geist beherrschte, und dieser Ort besaß eine magische Anziehungskraft. Wenn sogar ich das spürte, dann konnte ich mir vorstellen, wie stark es auf Mary wirkte.

Wenn ich dem Weg bis an sein Ende folgen und in einem Halbkreis nach Hause zurückgehen wollte, mußte ich den Friedhof überqueren. Es war der einzige Teil des Geländes, den ich so gut kannte, daß ich ihn absuchen konnte, ohne mich zu verirren. Es blieb mir also gar nichts anderes übrig, als zum Friedhof zu gehen, aber alles in mir sträubte sich dagegen.

Etwa fünfundzwanzig Minuten — also die Hälfte der uns zugestandenen Zeit — waren vergangen, als ich hinter mir ein Geräusch hörte. Mein erster Gedanke war, daß es Mary war, deshalb drehte ich mich um und blickte zurück. Ich hielt die Taschenlampe tief, um Hindernisse auf dem Weg rechtzeitig zu sehen, und als hinter einer Wegbiegung die dunkle Gestalt auftauchte, atmete ich erleichtert auf. Dann wurde mir klar, daß sie zu groß und kräftig war, und im nächsten Augenblick schien mir das Licht ihrer Taschenlampe voll ins Gesicht. Ich blieb stehen und legte die Hand schützend vor die Augen.

»Du bist es, Jo?«

»Ran?« Seine Stimme hatte müde und enttäuscht geklungen; er hatte gehofft, daß ich Mary war. »Wieso bist du hier? Als ich dich das letztemal gesehen habe, warst du für die Welt gestorben.«

»Bertha. Die Frau ist ein Teufel ... Keine Spur von Mary?«

»Noch nicht. Aber es ist so verdammt dunkel ...«

»Ich weiß. Wir könnten in einem Meter Entfernung an ihr vorbeigehen, ohne sie zu sehen.«

»Holen wir Hilfe, Ran. Jetzt gleich. Zwanzig oder dreißig Männer könnten den Wald durchkämmen ...«

»Nicht einmal ein Polizeiaufgebot kann vor dem Morgen viel tun. Komm jetzt. Wir vergeuden nur unsere Zeit.«

Ich zögerte und widerstand dem Druck seiner Hand auf meiner Schulter.

»Du hast keine Ahnung, wohin sie sich gewendet haben könnte?«

Seine Hand ließ mich los. Er kniff die Augen zusammen und starrte mich an.

»Warum fragst du das? Glaubst du, daß ich, wenn ich auch nur eine Ahnung hätte ...«

»Ich habe es nicht so gemeint. Ich weiß nicht mehr, was ich rede.«

»Keiner von uns weiß es mehr.« Ran fuhr sich mit der Hand über das Gesicht. Er wirkte geistig und körperlich erschöpft. Trotz Mrs. Willards erprobter Methoden mußte er seine ganze Kraft zusammennehmen. »Gehen wir weiter, Jo. Wenn ich nicht in Bewegung bleibe, verliere ich den Verstand.«

Wir suchten den Friedhof gemeinsam ab, umkreisten ihn in entgegengesetzten Richtungen, leuchteten hinter jeden Grabstein und unter die dunklen Gesimse des Mausoleums. Ich konnte Ran zwar nicht sehen, aber der Schein seiner Taschenlampe war beruhigend. Ich war nicht allein.

Als wir am gegenüberliegenden Tor wieder zusammentrafen, hatte keiner von uns etwas zu berichten. Ran trug keinen Hut, und der Regen lief ihm übers Gesicht. Unter dem dichten Laubdach hatte es nur getropft, aber hier im Freien wurden wir durchnäßt. Ich dachte an Mary, die vielleicht bewußtlos im kalten Regen lag, und mein Magen krampfte sich zusammen.

»Hier ist nichts«, stellte ich fest. »Ich folge dem Weg, Ran, und du könntest in einer anderen Richtung suchen.«

»Die Zeit verrinnt.« Ran sah auf die Uhr. »Vielleicht sollten wir zum Haus zurückkehren.«

»Aber du hast gesagt ...«

»Vielleicht habe ich mich geirrt. Wir brauchen eine Armee und Scheinwerfer. Vielleicht ist sie gar nicht im Wald. Vielleicht ist sie unterwegs in die Stadt oder ... Wir vergeuden unsere Zeit, Jo.«

Ich verstand ihn nur zu gut, denn mir ging es genau wie ihm. Ich wäre am liebsten davongerannt, hätte die Büsche weggerissen, alle Hindernisse glattgewalzt. In diesem Augenblick holte er scharf Luft und wendete den Kopf. Mein Gehör war nicht so gut wie das seine, aber das nächste Geräusch vernahm auch ich: ein Schlittern und leises Knistern, als wäre jemand im weichen Schlamm ausgeglitten.

Ran hatte sich wortlos in Bewegung gesetzt und lief in halsbrecherischem Tempo den schmalen Weg entlang. Ich folge ihm genauso schnell, und das Unvermeidliche ließ nicht lange auf sich warten — ein Krachen, ein Fluch und ein Sturz. Ich sprang über ein Gewirr aus Blättern und abgebrochenen Ästen; Ran lag halb auf dem Boden, und sein Kopf und seine Schultern lehnten merkwürdig verdreht an einem Baumstamm, gegen dessen tiefhängenden Ast er gerannt war. Er war bei Bewußtsein, denn als ich neben ihm auf die Knie sank, setzte er sich stöhnend auf. Aus einer Platzwunde über seinem Auge tropfte Blut.

»Du hast sie gehört«, keuchte er und versuchte aufzustehen. Doch bei der Bewegung wurde ihm schwindlig, und er lehnte sich wieder an den Baum.

»Ja. Bleib sitzen. Du bist benommen.«

»Ich kann nicht warten — sie wird uns entwischen ...«

»Ich werde ihr folgen, und du bleibst sitzen, bis du wieder in Ordnung bist. Ich gehe ...«

Als ich aufstand, packte er mich am Arm.

»Nicht dorthin, sie hat den Weg verlassen — deshalb bin ich gegen diesen verdammten Baum gerannt; sie ist irgendwo dort drüben ...«

Angesichts des dunklen Gestrüpps, auf das er zeigte, verstummten wir beide. Ran schüttelte verzweifelt den

Kopf. Ein kleiner roter Tropfen fiel auf meinen Handrükken, und ich starrte ihn wie gebannt an.

Dann vernahmen wir in der Stille das unverwechselbare Geräusch. Es war die leise, aber seltsam deutliche Stimme eines Kindes — eines kleinen, weinenden Kindes.

Es klang mitleiderregend; die kläglichsten und gleichzeitig schrecklichsten Laute, die ich jemals gehört hatte. Als sie mit einem verzweifelten Schluchzen verklangen, waren Ran und ich auf den Füßen. Es herrschte plötzlich eisige Kälte. Später merkte ich, daß wir einander bei den Händen gefaßt hatten und er die meinen so fest umklammerte, daß er blaue Flecken hinterließ.

»Was, um Himmels willen?« stieß ich hervor.

Rans Antwort klang fast hysterisch. »Das ist der Laut, den Mary hört, dem sie folgt.«

»Kein Wunder«, stammelte ich zitternd. »Laß mich los, Ran, du tust mir weh. Sie kann nicht weit vor uns sein. Wir müssen sie finden.«

Ich ließ ihn stehen. Er schwankte, sein Gesicht war kalkweiß, das Blut lief ihm über die Wange, und der Regen wusch es zum Teil weg. Der Schlag auf den Kopf war heftig gewesen, aber ich konnte mich jetzt nicht um ihn kümmern; Mary brauchte mich dringender.

Nach einer Weile hörte ich, daß er hinter mir herstolperte. Als ich stehenblieb, prallte er gegen mich. Ich drehte mich zu ihm um und befahl ihm wütend, leise zu sein. Sogar sein keuchendes Atmen machte zu viel Lärm. Er mußte allein zurechtkommen, ich konzentrierte mich voll und ganz auf Mary. Wir waren ihr so nahe gewesen, daß wir sie gehört hatten, und wenn wir sie jetzt verloren ... Dann sah ich sie, am Rand des Lichtkegels — nur eine kurze, rasche Bewegung, aber das genügte mir.

»Mary! Bitte, Mary, lauf nicht davon.«

Es blieb still, aber das machte mir Mut; wenn sie weitergelaufen wäre, hätte ich sie gehört.

Ich rief wieder und bedeutete Ran, still zu sein. Er schwieg. Sogar sein schweres Atmen wurde leiser.

»Mary«, rief ich. »Bitte komm zurück, Mary. Ich bin naß und so müde ...«

Ein Zucken, ein Schatten, der sich flüchtig bewegte, wie ein Tier, das sich umstellt sieht. Ich rührte mich nicht, atmete kaum, und mir wurde plötzlich bewußt, daß es aufgehört hatte zu regnen und der auffrischende Wind die schweren Wolken vertrieb. Vor mir flackerte ein Stern über den Bäumen, verschwand und erschien wieder. Wir mußten uns am Waldrand befinden. Vor uns lagen Wills Haus und die Klippen ...

Und die Klippen.

»Mary!«

Vielleicht war es die schrille Angst in meiner Stimme, die den Zauber zerriß, mit dem ich sie beinahe eingefangen hatte. Oder vielleicht war es das Gespenst eines schluchzenden Kindes, dessen Weinen sich mit dem Murmeln des Windes vermischte. Was immer es war — die Schattengestalt am äußeren Rand des Lichtkegels meiner Taschenlampe entfernte sich. Ich konnte sie nicht mehr sehen, aber ich hörte sie krachend durchs Unterholz brechen wie ein verfolgtes Tier.

Ich lief den Weg wie von Furien gehetzt hinunter und stürzte rechtzeitig aus dem Wald ins Freie, um sie zu erkennen. Es war jetzt hell, im Vergleich zum dunklen Wald strahlend hell, denn eine Hälfte des Mondes war frei, und das grobe Gras zwischen dem Haus und den Klippen schimmerte bleich.

Mary befand sich auf der Straße, auf halbem Weg zu den Klippen. Sie lief nicht, sondern sie ging mit gleichmäßig schnellen Schritten auf den Rand der Klippen zu.

Während ich zögerte, weil ich mich an Geschichten von Selbstmördern erinnerte, die ein unbedachter Schrei zum Sprung getrieben hatte, stürzte Ran aus dem Wald heraus. Gleichzeitig erschien rechts von mir eine weitere

Gestalt, die auf die Straße zulief. Es war unverkennbar Will.

Bei Marys Anblick blieb er unvermittelt stehen, wahrscheinlich aus dem gleichen Grund, der auch mich zum Verstummen gebracht hatte. Aber Ran konnte nicht mehr klar denken. Er stolperte an mir vorbei, wich meiner ausgestreckten Hand aus und rief ihren Namen.

Mary blieb stehen. Sie blickte zurück, und eine Sekunde lang glaubte ich, daß Ran das Richtige getan hatte. Dann ertönte zum letztenmal in dieser Nacht das Weinen.

Es war jetzt leiser und kam aus keiner bestimmten Richtung. Es war, als würde die Nacht selbst weinen. Mir wurde vor Mitleid schlecht und vor Entsetzen kalt. Mary begann zu laufen. Ich lief ebenfalls ein paar Schritte und blieb dann stehen; sie würde die Klippen erreichen, bevor Ran sie aufhalten konnte, und ich befand mich hinter ihm. Auch Will war ihr nicht näher.

Will bückte sich und richtete sich dann auf. Sein Arm bewegte sich. Eineinhalb Meter vom Rand der Klippen entfernt begann Mary zu schwanken und brach im Gras zusammen.

SECHSTES KAPITEL

1

Ich finde noch immer, daß Sie ein entsetzliches Risiko eingegangen sind.«

»Jetzt sei doch vernünftig, Jo«, unterbrach mich Ran zornig. »Er hat ihr das Leben gerettet.«

»Wenn der Stein sie am Kopf getroffen hätte ...«

»Aber das hat er nicht getan.« Diesmal unterbrach mich Will. »Der Stein hat sie ins Zwerchfell getroffen, wohin ich gezielt hatte. Ich habe sie damit nicht einmal k.o. geschlagen, sondern sie ist in Ohnmacht gefallen. Wenn sie hinuntergesprungen wäre ... Das hat doch keinen Sinn. Warum soll ich mich einer hysterischen Frau gegenüber verteidigen? Mit dir muß ich allerdings ein ernstes Wort reden, Ran. Warum hast du es mir nicht erzählt, verdammt noch einmal?«

»Ich weiß es nicht.« Ran griff sich an die Stirn und an den Verband, der die sechs Zentimeter lange Platzwunde bedeckte. Er sah schrecklich aus. Er hatte trockene Sachen angezogen wie wir alle, aber er zitterte immer noch. »Wahrscheinlich konnte ich es nicht glauben. Oder vielleicht hatte ich Angst zuzugeben, daß ich es glaube.«

»Früher warst du kein solcher Idiot«, meinte Will.

Er ging zur Bar, schenkte einen ordentlichen Schuß Brandy ein und brachte mir das Glas. Ich kauerte auf dem Teppich vor dem Feuer und glaubte, daß mir nie mehr warm werden würde. Aber ich wollte keinen Brandy. Will kümmerte sich nicht um meine gerunzelte Stirn und mein Kopfschütteln, sondern drückte mir das Glas in die Hand.

»Ärztliche Verordnung«, sagte er. »Sie brauchen dringend etwas, um sich zu beruhigen. Du solltest bei Kaffee bleiben, Ran. Ich nehme an, daß du eine leichte Gehirnerschütterung hast, aber auch wenn das nicht der Fall sein sollte, vertragen sich die Schlaftabletten nicht mit Alkohol.«

»Ich möchte nur wissen, wie Mary sie mir eingeflößt hat«, meinte Ran müde.

»Du bist nie auf die Idee gekommen, daß sie es damit versuchen würde, warum hättest du also mißtrauisch sein sollen?«

Es war mir schwergefallen, diese Tatsache zur Kenntnis zu nehmen, obwohl mir gleich der Verdacht gekommen war, als ich Ran nicht wecken konnte. Mary hatte vorsätzlich mehrere ihrer Schlaftabletten in einem seiner Drinks aufgelöst. Ihre Flucht war nicht aus einem plötzlichen Impuls erfolgt, sondern sie hatte sie schon den ganzen Tag geplant. Ihr beinahe normales Verhalten gehörte wahrscheinlich zu dem Plan, um uns in Sicherheit zu wiegen.

Der Brandy und das Feuer erwärmten mich, und ich fühlte mich körperlich allmählich besser. Ich wollte mich gerade als Kaffeeköchin anbieten, als Jed mit einem Tablett hereinkam.

»Bertha ist oben«, meldete er. »Die Injektion, die Sie Mary gegeben haben, scheint zu wirken, aber Bertha ist trotzdem sicherheitshalber oben geblieben.«

»Richtig«, stimmte Will zu. »Sie darf nicht eine Minute alleingelassen werden. Kaffee oder Brandy, Jed?«

»Wenn ich jetzt Kaffee trinke, kann ich nicht mehr schlafen«, erklärte Jed ernsthaft, und Will reichte ihm ein Glas Brandy. Jed setzte sich, und Will sah ihn mißtrauisch an.

»Haben Sie und Bertha von dieser — dieser Suche gewußt, auf der sich Mary befindet?«

»Sie wollen wissen, ob wir von dem Weinen wußten?« Jed trank einen Schluck. »Bertha ahnte etwas.«

»Zum Teufel noch mal — was habt ihr eigentlich gespielt? Eine Verschwörung des Schweigens?«

»Mary hat nie etwas Genaues gesagt. Und es war nicht unsere Sache, es Ihnen zu erzählen, Will. Ich nahm an, daß Sie es schon wußten.«

»Jetzt weiß er es«, mischte ich mich ein. »Er könnte allmählich aufhören, darauf herumzureiten, daß wir ihm nicht vertraut haben, und dann wäre es endlich möglich, ein konstruktives Gespräch zu führen.«

»Glauben Sie?« fragte Will.

»Hören Sie auf zu streiten«, befahl Jed. »Das bringt uns überhaupt nicht weiter.«

Er saß in einem der Brokatlehnstühle. Sein abgetragener Overall und die schweren Stiefel hätten eigentlich deplaziert wirken müssen, aber Jed benahm sich immer und überall vollkommen unbefangen. Er paßte so genau in diese Umgebung wie ein Eichhörnchen in einen Baum.

»Okay«, begann ich. »Es tut mir leid, Will. Sie haben heute nacht Mary das Leben gerettet, und es war unverzeihlich von mir, so zu reden. Ich bin nicht gerade in Hochform.«

Will wurde verlegen.

»So geht es uns allen. Wir müssen eine Menge besprechen, aber das ist vielleicht nicht der richtige Augenblick dafür. Ran gehört ins Bett.«

Ran hatte den Kopf nach vorn sinken lassen, seine Arme hingen schlaff herab, und er sah aus, als würde er im nächsten Augenblick einschlafen. Aber als er seinen Namen hörte, blickte er auf, und der Ausdruck in seinen Augen ließ mich die Müdigkeit in seinem Gesicht vergessen.

»Wir müssen jetzt sprechen. Habt ihr alle vergessen, wer morgen kommt?«

»Du meine Güte«, murmelte Will.

»Die Psychiaterin«, sagte ich. »Na und? Warum die Bestürzung?«

»Psychiaterin?« wiederholte Jed.

Ran erklärte es ihm. Während er sprach, wurde Jeds

Gesicht immer länger, und schließlich schüttelte er den Kopf.

»Es wäre besser gewesen, Sie hätten mit uns darüber gesprochen, Ran. Ich möchte nicht den Eindruck erwekken, daß ich Bertha und mich entschuldigen will, aber wenn ich gewußt hätte, was Sie vorhaben, hätte ich Bertha dazu überredet, mit Ihnen zu sprechen.«

Will hatte recht, wir konnten vor Erschöpfung nicht mehr klar denken. Es dauerte einige Sekunden, bis wir begriffen, was Jed damit sagen wollte. Will reagierte als erster.

»Soll das heißen — wollen Sie damit sagen —, daß Sie und Bertha den Laut auch gehört haben?«

»Ja.«

»Wann?«

»Es ist — ich würde sagen, beinahe dreißig Jahre her.«

»Sie beide?«

»Ich habe es einmal gehört, und Bertha mehrere Male.«

»Ich fühle mich wirklich geschmeichelt«, stellte Will fest. »Ihr habt alle so viel Vertrauen zu mir.«

»Seien Sie vernünftig, Will. Als es das erstemal geschah, waren Sie noch nicht einmal auf der Welt. Und was wußten wir diesmal eigentlich wirklich? Bertha hat lange gebraucht, bis sie Marys Schwierigkeiten und unser damaliges Erlebnis miteinander in Verbindung brachte; noch gestern abend war sie ihrer Sache nicht vollkommen sicher. Und es ist etwas, über das man nicht unbefangen sprechen kann.«

»Das stimmt«, bestätigte Ran.

»Ich hätte es dir erzählt, Will, wenn ich imstande gewesen wäre, mich dazu durchzuringen. Ich habe geglaubt, daß ich verrückt werde. Es gibt so etwas wie eine kollektive Halluzination.«

»Wie oft hast du es vor heute abend schon gehört?«

»Einmal. Wahrscheinlich bin ich deshalb nach Boston geflogen. Ich sah bereits Mary und mich jede Nacht wie

Dämonen durch den Wald schleichen.« Er erschauerte. »Das Ding ... zieht einen an, Will. Ich weiß nicht, ob du es heute abend bemerkt hast. Aber der ... Zug ist sehr stark.«

»Du hast Dr. Wood wahrscheinlich nichts davon erzählt?«

»Nein, ich konnte es einfach nicht.« Ran blickte auf. »Ich vertraue dir, Will, aber manchmal fällt es einem leichter, so etwas einem Fremden zu erzählen. Du verstehst mich doch? Das habe ich jedenfalls geglaubt. Ich habe mich geirrt. Ich habe das Ganze vermasselt.«

»Hör damit auf«, sagte Will scharf; aber es war offenbar genau das, was Ran hören wollte. Die beiden Männer sahen einander lange an, und Ran entspannte sich ein wenig.

»Du gehörst ins Bett«, murmelte Will kopfschüttelnd. »Es gibt so vieles, das ich wissen muß, und wir haben so wenig Zeit. Ich nehme an, daß wir dieses verdammte Weib nicht mehr abbestellen können?«

»Sie ist schon unterwegs. Sie wollte irgendwo übernachten und morgen nachmittag hier sein.«

»Sie hat nicht zufällig erwähnt, wo sie übernachtet? Soviel Glück haben wir nicht ...« Will fuhr sich durch die Haare. »Warum ist sie nicht geflogen wie jeder normale Mensch?«

»Sie hat Angst vorm Fliegen«, erklärte Ran.

Ich lachte. Die anderen sahen mich an, als hätte ich gerade ordinär geflucht, und ich sagte hilflos:

»Es kommt mir komisch vor, daß eine Psychiaterin Angst vor dem Fliegen hat ... also gut, es tut mir leid. Aber ich verstehe nicht, warum ihr so entsetzt seid. Es ist doch nichts dabei, wenn sie kommt.«

Die Männer wechselten einen jener Blicke, die Frauen zur Weißglut bringen. Der stets nachsichtige Jed nahm es auf sich, mich aufzuklären.

»Sie sind erschöpft, Jo, sonst würden Sie klarer denken. Die Dame ist Ärztin. Sie wird nach den Anzeichen für einen netten, einfachen Nervenzusammenbruch, oder wie man das heute nennt, Ausschau halten und wird keine finden, weil wir es hier mit etwas anderem zu tun haben. Muß ich es aussprechen? Anscheinend haben wir Angst vor dem Wort.«

»Ein Gespenst«, meinte ich vorsichtig. Das Wort kam mir tatsächlich komisch vor.

»Jetzt wartet mal«, mischte sich Will ein. »Ich habe nicht gesagt, daß ich nicht daran glaube, sondern daß ich vollkommen verwirrt bin und ein paar Tage brauche, um die Situation zu überdenken. Deshalb macht es mich nicht glücklich, daß eine Fremde hierher kommt, die wir belügen und betrügen müssen. Natürlich können wir ihr nicht von dem Weinen erzählen. Sie würde uns alle für verrückt halten.«

»Ich habe es vor dreißig Jahren gehört«, meinte Jed. »Aber niemand, der es jemals gehört hat, kann es vergessen oder für etwas anderes halten. Und Sie sind nicht überzeugt?«

Will setzte sich zur Wehr. »Sie verlangen von mir, ein ganzes Leben rationalen Denkens über Bord zu werfen, Jed. Ich weiß nicht, was ich glauben soll.«

»Was könnte es sonst sein?«

Will schüttelte den Kopf. »Es gibt ein Dutzend Möglichkeiten. Manchmal streicht der Wind zufällig durch eine Spalte in einer Klippe oder einem Baum. Ein Nachtvogel, ein Tier ...«

»Augenblick, Will«, mischte ich mich ein. »Was ist mit Ihren Katzen? Sie haben mir erzählt, daß ein verliebter Siamkater wie eine verlorene Seele klingt. Oder wie ein weinendes Kind.«

Ran fluchte halblaut und setzte sich auf, und einen Augenblick lang hellte sich Wills Gesicht auf. Doch es verdüsterte sich wieder, und man merkte deutlich, wie ungern er auf diese Lösung verzichtete.

»Sie haben nie einen verliebten Siamkater gehört, aber ich habe es erlebt. Es ist ein scheußliches Geräusch, aber nicht so schlimm wie das Jammern, das wir heute nacht gehört haben.«

»Fügen Sie etwas Fantasie hinzu und eine Prise Angst ...«

»Nein. Ich habe dafür gesorgt, daß beide Siamesen heute nacht eingesperrt waren. Ich wollte nicht, daß meine Tiere im Unterholz herumschleichen, während ich auf Geräusche von Mary horche. Davon abgesehen ist das Weibchen zur Zeit nicht läufig.«

»Sprechen Sie weiter, Will«, forderte ihn Jed auf. »Jo weiß es nicht, und Ran war zu lange fort. Aber Sie und ich kennen jede Tierart, die in diesem Wald lebt. Keiner von uns würde sich über eine Eule oder einen Waschbären aufregen. Ich kenne ein einziges Wesen, das ein solches Geräusch erzeugen kann. Es muß sich um ein Menschenkind handeln.«

Ich konnte ihm nicht widersprechen, denn er wußte, wovon er redete. Ich war zu drei Vierteln überzeugt; niemand, der das Geräusch je gehört hatte, konnte glauben, daß es von einem Tier stammte. Das einzige, das mich noch schwanken ließ, war nicht Logik, sondern wie bei Will die Denkmuster eines ganzen Lebens. Es ist schwer, über Nacht auf rationale Überzeugungen zu verzichten, die einem als Kind eingeimpft wurden.

Will mußte es schwerer fallen als mir, weil er Mary nicht so gut kannte wie ich. Absurderweise fiel es mir leichter, an ein Gepenst zu glauben als daran, daß Mary den Verstand verloren hatte. Aber die Menschen wehren sich mit den erstaunlichsten Mitteln dagegen, sich eine Wahrheit einzugestehen, die ihren ältesten Vorurteilen widerspricht, selbst wenn sie auf der Hand liegt. Draußen, in Nacht und Sturm, hatte ich es geglaubt. Wenn ich nicht so sehr damit beschäftigt gewesen wäre zu laufen, wäre ich auf die Knie gesunken. Hier, inmitten der Annehmlichkeiten der Zivilisation, meldete sich die Skepsis wieder zu Wort. Ich hatte eine Menge Zeit, um über diese Dinge nachzudenken, denn nach Jeds Rede trat eine lange Stille ein. Schließlich erklärte Will eigensinnig:

»Ich sage weder ja noch nein. Wir müssen alle Möglichkeiten in Betracht ziehen, auch wenn sie noch so weit hergeholt sind.«

»Eine Menge sehr kluger Leute haben an ein Leben nach dem Tod geglaubt«, wandte Jed ein.

»Ich leugne diese Möglichkeit ja nicht. Aber sie ist nur eine unter vielen.«

»Zum Beispiel?«

Das Gespräch war zu einer Debatte zwischen den beiden Männern geworden. Bis jetzt war Jed im Vorteil; er hatte Wills erste beiden Vorschläge abgeschmettert. Will holte tief Luft und ging zum Angriff über.

»Erstens könnte sich wirklich ein Kind im Wald herumtreiben. Ich weiß, daß es praktisch unmöglich ist, wir hätten es erfahren, wenn ein Kind verschwunden wäre. Aber wir müssen es überprüfen. Es könnte auch ein exotischer Vogel oder ein anderes Tier sein, das vielleicht aus einem Zoo entkommen ist.«

Ran knurrte angewidert.

»Nein, Will hat recht«, widersprach Jed ruhig. »Seine Lösungen sind noch weiter hergeholt als die Erklärung mit dem Gespenst, aber wir müssen jede Möglichkeit prüfen. Und es gibt noch eine, die Will nicht erwähnt hat.«

Ran sah ihn genauso verblüfft an wie ich, aber Will wußte offenbar, wovon Jed sprach, und war keineswegs damit einverstanden.

»Ich kann es genausogut aussprechen«, fuhr Jed fort. »Wir haben schon genügend Schwierigkeiten bekommen, weil die Leute ihre Gedanken für sich behielten. Diese Möglichkeit ist eine mechanische Vorrichtung.«

»O nein«, widersprach ich unwillkürlich. »Es war eine menschliche Stimme. Etwas Mechanisches könnte nie so mitleiderregend klingen.«

»Maschinen geben Geräusche wieder«, erklärte Jed,

»einschließlich der menschlichen Stimme. Zum Beispiel ein Radio oder ein Kassettenrekorder.«

Will nickte nachdenklich, und bei mir machte sich ein merkwürdiges Gefühl in der Magengrube bemerkbar.

»Wollen Sie damit sagen, daß jemand bewußt solche Geräusche erzeugt? Um Mary aus dem Haus zu locken oder sie in den Wahnsinn zu treiben?«

»Nicht unbedingt«, meinte Jed.

Mir war eindeutig übel. Ran hatte offenbar nicht verstanden, worauf Jed hinauswollte; er hat keine so verderbte Fantasie wie ich.

»Wenn ich daran denke, wieviel Zeit wir vergeudet haben«, murmelte er. »Wenn ich nur so vernünftig gewesen wäre, jemanden ins Vertrauen zu ziehen ...«

»Das hätte wahrscheinlich auch nichts geändert.« Jed erhob sich. »Es ist zu spät, Leute, um heute nacht noch etwas zu unternehmen. Morgen früh machen wir uns wieder an die Arbeit. Gute Nacht.«

Ich folgte ihm praktisch auf den Fersen. Mein Abgang glich einer Flucht. Ran war infolge des Schlafmittels, seines Unfalls und des mangelnden Schlafes zu benommen, um zu begreifen, aber mir war nur zu klar, was die letzte Hypothese beinhaltete.

Natürlich würde Will diese Hypothese vorziehen, auch wenn er es nicht laut sagen konnte. Die anderen Theorien waren zu weit hergeholt. Im Wald konnte sich kein lebendes Kind befinden, denn dann wären alle Bewohner der Insel längst zu einer Suchaktion aufgebrochen. Die Vorstellung von irgendeinem Tier war genauso absurd. Und der rationale, wissenschaftlich ausgebildete Will konnte unmöglich eine übernatürliche Ursache für das Geräusch akzeptieren.

Also blieb eine einzige Erklärung übrig. Will würde logischerweise daraus schließen, daß das klägliche Weinen eine Tonbandaufzeichnung war. Das Geräusch hatte eine unheimliche, gefährliche Wirkung auf Mary ausgeübt. Heute nacht wäre sie beinahe ums Leben gekommen. Im besten Fall befand sie sich in Gefahr, ihre geistige oder körperliche Gesundheit zu verlieren. Und wer hatte ein Interesse daran, Mary aus dem Weg zu schaffen? Wer sonst als Marys Schwester, die — wie Will selbst gesehen hatte — eine Affäre mit Marys Mann hatte.

2

Im Grunde meines Herzens bin ich offenbar ein Optimist. Es braucht so wenig, um mir meine naiv-hoffnungsvolle Weltanschauung wiederzugeben — Kleinigkeiten wie genügend Schlaf, Sonnenschein und der Duft von Kaffee. Vor Erschöpfung schlief ich wie eine Tote. Das erste, was ich am nächsten Morgen erblickte, war der strahlende Sonnenschein, der zum Fenster hereinfiel. Durch die gleiche Öffnung drang auch der himmlische Duft von Mrs. Willards Kaffee in mein Zimmer, und als ich endlich angezogen war, konnte ich auch meine trüben Nachtgedanken einer Revision unterziehen.

Nicht einmal Will Graham konnte ernsthaft annehmen, daß ich imstande war, Mary etwas anzutun. Ich hatte sogar ein Alibi, falls es jemals so weit kommen sollte. Als das Weinen begann, war ich fünftausend Kilometer von hier entfernt gewesen. Natürlich gab es noch einen Verdächtigen, aber daran wollte ich nicht denken. Ich glaubte es nicht.

Damit blieb eine einzige Hypothese übrig.

Als ich diesen Punkt meiner Überlegungen erreichte, putzte ich mir gerade die Zähne. Ich erinnere mich genau an die grimmige Belustigung in dem Gesicht, das mich aus dem Spiegel anstarrte. Es war so hirnrissig an einem schönen Frühjahrsmorgen, während man sich die Zähne putzte, ausgerechnet daran zu denken. Das Gesicht im Spiegel war nicht mehr das gleiche, das ich in meiner Wohnung in San Francisco so oft betrachtet hatte. Die braunen Haare und die Stupsnase waren gleich geblieben, aber alles andere hatte sich verändert. Meine Wangen waren eingefallen, mein Mund war schmal geworden, und auf meiner Stirn bildete sich eine Falte, die noch nicht dagewesen war.

Ich preßte versuchsweise die Lippen zusammen und schob das Kinn vor. Es war ohnehin ein kämpferisches Kinn, und ich hatte Mary oft genug erklärt, daß es genau zu den Nachkommen von dickschädligen irischen Bauern paßte. Vielleicht war es an der Zeit, daß ich endlich diesen Kampfgeist bewies, statt mich zu bedauern. Das wäre ja noch schöner — eine McMullen, die sich von ein paar Geistern einschüchtern ließ.

In prächtiger Kampfstimmung marschierte ich durch das Zimmer, stieß die Tür auf und wollte in die Schlacht ziehen.

Ich stand Will Graham gegenüber. Einige Sekunden lang verließ mich mein frisch erwachter Mut; hatte er mir womöglich aufgelauert? Dann begriff ich, daß er wahrscheinlich zufällig vorbeigekommen war, und riß mich zusammen.

»Guten Morgen. Ich habe nicht gewußt, daß Sie vorhatten, die Nacht hier zu verbringen.«

»Das habe ich auch nicht getan. Ich war um sechs Uhr wieder hier.«

Er sah müde aus, aber ich weigerte mich, ihn zu bedauern. Wir waren alle müde. Wenn jemand Arzt wird, dann darf er nicht damit rechnen, daß er jede Nacht durchschlafen kann.

»Wie geht es Mary?« fragte ich.

»Erstaunlich gut. Diese Frau kommt so rasch wieder auf die Beine ... Sie schläft jetzt. Aber sie behauptet, keine Ahnung davon zu haben, was sie vergangene Nacht getan hat.«

Eine Tür ging leise auf, und Ran kam auf Zehenspitzen den Korridor entlang. Will sah ihn stirnrunzelnd an.

»Ich will nicht, daß sie allein bleibt, Ran.«

»Ich gehe sofort zurück. Ich habe euch sprechen gehört und muß dir etwas sagen, Jo. In deiner Gegenwart, Will.«

»Also Ran«, begann ich unglücklich.

Körperlich befand sich Ran nicht gerade in ausgezeichneter Verfassung. Seine Haut war aschgrau, und die Kratzer in seinem Gesicht traten deutlich hervor. Aber seine Augen waren klar und hart.

»Es tut mir leid, wenn es dir peinlich ist, Jo, aber von heute an halte ich mich an Jeds Politik der Offenheit. Ich muß mich bei dir entschuldigen, und Will muß es auch tun. Ich habe ihm gestern abend erklärt, daß du für mein blödsinniges Verhalten von neulich nicht im geringsten verantwortlich bist. Du weißt, was ich für Mary empfinde — ich habe keine andere Frau angesehen ...«

»Na, na«, bremste ich ihn, und Ran grinste.

»Also gut, ich habe geschaut. Und vielleicht habe ich auch manchmal an ein Abenteuer gedacht. Aber das war schon alles. Und du, Jo, bist nicht nur meine kleine Schwester, sondern meine Freundin; ich hoffe jedenfalls, daß du es noch bist. Mir wurde erst klar, wie wichtig diese Beziehung für mich ist, als ich sie beinahe zerstörte. Glaubst du, daß ich dieses seltene Gefühl für eine billige kurze Affäre aufs Spiel setzen würde? Ich hätte weder dich noch Mary jemals durch so etwas beleidigt, wenn ich bei klarem Verstand gewesen wäre. Du glaubst mir doch? Und du glaubst mir hoffentlich auch, daß es nie wieder vorkommen wird.«

»Du mußt dich nicht entschuldigen, Ran«, widersprach ich.

»O doch, und zwar vor diesem alten Moralapostel.« Er zeigte auf Will, dem das Ganze sicherlich noch peinlicher war als mir. »Es gibt nichts Spießigeres als die Kombination von puritanischen Neuengländern und schottischen Presbyterianern. Die sogenannte neue Moral, von der jeder spricht, ist vielleicht bis nach Massachusetts vorgedrungen, hat aber nie die Grenze von Maine überschritten. Ich will, daß Will von seiner Kanzel heruntersteigt und sich bei dir entschuldigt. Wenn jemand sich etwas vorzuwerfen hat, dann bin das ausschließlich ich. Du hast in mir nie etwas anderes als deinen Bruder gesehen, und ich hoffe, daß es so bleiben kann.«

Er hatte nie attraktiver ausgesehen. Die dunklen Schatten der Erschöpfung unter den Augen und der verrutschte Verband, den die dunklen Locken zum Teil verbargen, erhöhten nur seine Anziehungskraft. Doch es gab etwas, das der arme Ran, der sich Selbstvorwürfe machte, nicht wußte: Ich war moralisch nicht so unschuldig, wie er glaubte. Er würde es nie erfahren, denn ich konnte ihm damit keine Last von der Seele nehmen. Er würde sich bestimmt noch mehr Vorwürfe machen, wenn er erfuhr, daß ich ihn jahrelang verehrt hatte. Doch das war jetzt vorbei, als wäre es nie gewesen.

Auch ich glaube an Aufrichtigkeit. Aber alles hat seine Grenzen.

»Du bist ein alter Kalvinist.« Ich stellte mich auf die Zehenspitzen und küßte ihn auf den Mundwinkel. Das war der entscheidende Test; nicht, daß ich ihm beiläufig einen Kuß geben, sondern daß ich es vollkommen unbefangen vor Will tun konnte. »Geh zu Mary zurück«, fügte ich hinzu. »Ich werde Mrs. Willard bitten, dir das Frühstück hinaufzubringen.«

»Das wäre großartig.« Aber er rührte sich nicht vom Fleck, sondern sah Will an. Will, der vor Verlegenheit puterrot war, murmelte etwas, das wie ›Entschuldigung‹ klang.

»Das ist schon in Ordnung«, winkte ich ab und ging würdevoll weiter.

Er folgte mir. Ich war nicht sicher, ob er Ran glaubte, oder ob es ihm gleichgültig war. Er würde sich in beiden Fällen wie ein Gentleman benehmen. Mir war es gleichgültig, ob der alte Moralprediger mich für tugendhaft hielt oder nicht. Ran hatte recht. Wir hatten uns alle zu lange um alles Mögliche herumgedrückt.

Das Frühstück war immer eine zwanglose Mahlzeit, und an diesem Morgen stellte Mrs. Willard genügend Essen für eine Armee auf den Küchentisch. Essen war für sie mehr als Nahrung; sie drückte damit ihre Gefühle aus. Je schlechter die Lage wurde, desto mehr kochte sie.

Die Küche war der richtige Aufenthaltsort für angespannte Nerven. Ich habe nie einen wärmeren, gemütlicheren Raum erlebt. Ein Ende war gründlich modernisiert worden und enthielt die neuesten Errungenschaften an Küchengeräten, sowie einen Tisch in einem runden Erker. Am anderen Ende stand noch der große Ziegelherd des alten Hauses. Die Willards benutzten diesen Teil des großen Raumes als Wohnzimmer; neben dem Kamin standen Eichenbänke sowie einige bequeme Stühle, und ein schöner, handgewebter Flickenteppich bedeckte den Herd. Auf den Bänken türmten sich Kissen. Die meisten waren mit Baumwollstoffen oder Kordsamt überzogen, aber eines sah aus, als wäre es mit dem langhaarigen Kunstpelz bezogen, der immer beliebter wird. Das paßte überhaupt nicht zu Mrs. Willard, und als ich genauer hinsah, erkannte ich die Katze Prudence, die sich zu einer Kugel zusammengerollt hatte und der häuslichen Behaglichkeit den letzten, entscheidenden Tupfen verlieh.

Mrs. Willard ging mit einem Tablett zu Ran hinauf, und Jed kam herein und setzte sich zu uns. Ich muß zugeben, daß ich über seine Anwesenheit froh war. Die Spannung zwischen Will und mir war noch immer spürbar. Aber ich hatte ohnehin beschlossen, auch aus meinem Herzen keine Mördergrube zu machen und meinen bescheidenen Beitrag zum allgemeinen Wissensstand zu leisten.

»Wie steht es heute morgen um die Gespenster-Theorie?« fragte ich Jed.

Will runzelte die Stirn; wahrscheinlich störte es ihn, daß ich mich zu dem Thema so leichtfertig äußerte. Jed war toleranter. Er schluckte seinen Pfannkuchen hinunter, bevor er antwortete.

»Im Augenblick stehen die Wetten hundert zu eins für das Gespenst.«

»Waren Sie heute morgen im Wald?« erkundigte sich Will.

»Sobald es hell geworden ist.«

»Und Sie haben nichts gefunden?«

»Kein Kind, kein fremdes Tier.«

»Sind Sie sicher?«

»Niemand kann sicher sein«, erläuterte Jed geduldig, »es sei denn, er reißt alle Bäume aus: Aber ich nehme an, daß ich Spuren gesehen hätte, wenn es welche gibt.«

»Wenn jemand dazu imstande ist, dann Sie.«

»Also?« fragte ich Will.

Er runzelte wieder die Stirn und sprach weiterhin mit Jed.

»Haben Sie sich in der Stadt erkundigt, ob ein Kind verschwunden ist?«

Jed zeigte grinsend auf seine Frau, die gerade hereingekommen war.

»Glauben Sie wirklich, Will, daß in diesem Staat ein Kind verschwinden könnte, ohne daß Bertha davon erfährt?«

»Worüber schwatzt ihr da?« Mrs. Willard wandte sich vom Herd ab und uns zu.

»Das Weinen«, antwortete Jed.

»Ach so.« Mrs. Willard warf einen Pfannkuchen in die Höhe. »Geben Sie noch immer nicht auf, Will Graham? Ich hätte Ihnen mehr Verstand zugetraut. Glauben Sie, daß jetzt ein Kind verschwunden ist, und daß vor dreißig Jahren, als Jed und ich das Weinen hörten, ein anderes verschwunden ist? Strengen Sie doch Ihr Gehirn an.«

Ich strahlte Mrs. Willard an.

»Was sagen Sie jetzt, Will?«

»Verdammt«, fluchte Will. »Sehen Sie mich nicht so an, Bertha, wegen eines einzigen kleinen ›Verdammt‹ werde ich mich nicht entschuldigen. Sie fordern es ja heraus. Kommen Sie her, setzen Sie sich und erzählen Sie mir alles über Ihr damaliges Erlebnis.«

»Also gut.« Mrs. Willard legte den letzten Pfannkuchen auf den bereits vorhandenen Berg und schaltete den Herd ab. »Aber Sie müssen den Mund halten, Will. Wenn Sie alter Klugscheißer anfangen, sich über mich lustig zu machen, verliere ich die Beherrschung.«

»Hören Sie uns wenigstens unvoreingenommen zu«, ergänzte Jed. »Ihre übrigen Theorien können wir eigentlich vergessen. Und Sie wissen ja, was Sherlock Holmes zu sagen pflegte.«

»Scheiden Sie alles Unmögliche aus, und was übrig bleibt, ist die Wahrheit, wie unwahrscheinlich sie auch klingen mag«, zitierte ich frei aus dem Gedächtnis.

Will schüttelte verdrossen den Kopf.

»Conan Doyles Verstand war in Ordnung«, stellte Jed fest. »Und er glaubte schließlich an einige der Dinge, die Sie anzweifeln, Will.«

»Er hat seinen Sohn verloren«, widersprach Will eigensinnig. »Wenn Menschen einen solchen Verlust erleiden, brechen sie zusammen. Es ist ein Jammer, aber verständlich.«

»Mrs. Willard hat niemanden verloren«, erklärte ich und hätte mir im nächsten Augenblick am liebsten die Zunge abgebissen. »Entschuldigen Sie«, stammelte ich. »Ich habe nicht gedacht ...«

»Warum entschuldigen Sie sich?« fragte Jed ruhig. »Sie haben es nicht gewußt.«

»Aber *ich* habe es gewußt«, murmelte Will. »Meine Mutter hat mir von einem kleinen Mädchen erzählt. Aber mir war nicht klar ...«

Mrs. Willard begann vollkommen unerwartet zu lachen. Es war das erstemal, daß ich sie laut lachen hörte, und ich war darüber erstaunt, daß es so vollkommen unbeschwert klang.

»Du meine Güte«, sagte sie. »Sie alle machen so ein Aufhebens darum. Es liegt dreißig Jahre zurück, und so lange leidet kein Mensch unter einer Tragödie.« Sie sah mich an. »Zu jener Zeit war die Insel im Winter von der Welt abgeschnitten, und es gab hier keinen Arzt. Damals wurde man nicht gegen Diphtherie geimpft, jedenfalls nicht in dieser Gegend. Sie war unser einziges Kind — das einzige, das wir jemals hatten. Aber wie gesagt, das war vor einem halben Menschenleben. Und ich werde sie wiedersehen; jetzt muß ich nicht mehr dreißig Jahre darauf warten.« Sie sprach in dem gleichen Ton, in dem sie gesagt hätte: »Ich fahre nächste Woche nach Boston, um sie zu besuchen.«

»Natürlich war ich sofort nach ihrem Tod beinahe wahnsinnig vor Kummer«, fuhr sie fort. »Außerdem war ich damals krank und konnte nicht einmal das Bett verlassen. In dieser Woche, während eines der schlimmsten Blizzards, die wir je erlebten, hörte ich das Weinen. Ich hörte es vier Nächte lang, und in der fünften Nacht hielt ich es nicht mehr aus, stand auf und wollte auf die Suche gehen.«

Sie blickte in die Runde. »Will denn niemand diese Pfannkuchen essen? Wenn sie übrigbleiben, muß ich sie wegwerfen; man kann sie nicht aufwärmen.«

»Erzählen Sie weiter, Bertha«, ermahnte sie Will. »Sie wissen, daß wir atemlos vor Spannung sind. Sie sind doch nicht während eines Blizzards hinaus ins Freie gegangen?«

»Der Sturm war vorbei.« Mrs. Willards Gesicht war ausdruckslos, als sehe sie etwas weit Zurückliegendes. »Ich habe die Hintertür aufbekommen, ohne Jed zu wecken, und vor mir lag eine Welt, die ich noch nie gesehen hatte; als wäre es eine Welt aus einem Buch. Es war so still, daß man die Äste unter dem Gewicht des Schnees knacken hörte. Alles war weiß und schwarz.

Der Schnee war tief, und nachher hatte sich eine Eisschicht darauf gebildet. Die ganze Fläche glitzerte im Mondschein wie Glas. Der Mond war klein und glänzte wie eine winzige Silbermünze, und die Sterne waren so kalt wie Eissplitter... Ich hörte das Weinen ganz deutlich; ich habe nie etwas Traurigeres gehört. Ich kann mich heute noch daran erinnern, wie das Weinen mich angezogen hat. Ich dachte daran, wie kalt und tief der Schnee war, und wie dunkel und einsam es da draußen für sie sein mußte.

Dann sah ich jemanden auf dem Rasenplatz stehen. Ich habe nie ihr Gesicht gesehen, weil sie die Kapuze ihres schwarzen Umhangs über den Kopf gezogen hatte...«

Diesmal unterbrach sie sich nicht wegen des dramatischen Effekts, sondern sah mich erschrocken an; die Geräusche, die ich von mir gab, klangen wahrscheinlich, als wäre ich am Ersticken.

»Was ist los, Jo?«

»Sie haben sie gesehen«, stieß ich hervor. »Auch Sie haben sie gesehen. Ich habe geglaubt — ich wollte Ihnen allen erzählen...«

Jed richtete sich auf und schlug mit der Faust auf den Tisch.

»Annie Marks!« rief er. »Ich bin offenbar so alt, daß ich nicht mehr klar denken kann. Als Sie mir damals von der Frau im Wald erzählten, habe ich genau gewußt, daß die arme alte Annie sich nie so weit von ihrer Behausung entfernt. Aber ich habe den Zusammenhang nicht...«

»Bertha«, sagte Will in einem Ton, den ich noch nie bei ihm gehört hatte. »Schwören Sie mir, daß Sie die Wahrheit sagen. Haben Sie Mary oder Jo jemals von diesem Erlebnis erzählt?«

»Will!« rief ich. »Ich habe noch nie etwas so Empörendes...«

»Nein«, unterbrach mich Jed ruhig. »Es geht schon in

Ordnung, Jo. Natürlich kennt er uns zu gut dafür, aber er muß fragen. Ich würde es auch tun.« Er warf seiner vor Wut stotternden Frau, deren Wangen glühten, einen Blick zu und fuhr lächelnd fort. »Ich erlebe zum erstenmal, daß Bertha die Luft wegblieb. Deshalb will ich Ihnen antworten. Keiner von uns hat jemals einer Menschenseele ein Wort davon gesagt. Nicht einmal dem alten Gentleman — Rans Großvater. Es gibt keine Möglichkeit, daß eines der beiden Mädchen die Geschichte gehört hat.«

»Es tut mir leid.« Will sah schuldbewußt zu Mrs. Willard hinüber. »Ist alles in Ordnung, Bertha?«

Sie erlangte ihre Beherrschung wieder.

»Warten Sie nur, bis Sie das nächstemal vorbeikommen, um eine Mahlzeit zu schnorren«, drohte sie.

»Ich habe ja gesagt, daß es mir leid tut!«

»Halten Sie endlich den Mund, Will«, forderte ich ihn scharf auf. »Sie unterbrechen immer wieder und übersehen das Wichtigste. Ich habe diese Frau ebenfalls gesehen, Mrs. Willard, und genau wie Sie nicht sehr deutlich. Sie trägt einen langen schwarzen Umhang, und die Kapuze verbirgt ihr Gesicht. Ich habe sie auf dem Friedhof im Wald gesehen — zweimal an der gleichen Stelle. Haben Sie ...«

»Nein.« Sie schüttelte den Kopf. »Ich habe sie nur einmal gesehen, und da stand sie vor dem Haus am Waldrand ...«

Sie verstummte, und ich nickte ungeduldig.

»Ja, ich habe sie ebenfalls dort gesehen. Aber es gibt etwas, das ich für wichtig halte, und ich werde mich verdammt noch mal nicht davon ablenken lassen. Vielleicht werden Sie die Frage nicht beantworten, aber ich muß sie trotzdem stellen — Marys wegen. Sie haben es überlebt. Wie? Wie haben Sie dagegen gekämpft?«

»Wir haben darüber gesprochen«, antwortete Jed an Berthas Stelle.

Er sah mein ungläubiges Gesicht und lächelte traurig.

»Glauben Sie wirklich, Jo, daß wir es Ihnen nicht sagen würden, wenn wir ein magisches Gegenmittel besäßen? Meiner Meinung nach sind die beiden Fälle nicht identisch. Bertha und ich wußten damals nicht, daß wir keine Kinder mehr bekommen würden. Ich glaube auch, obwohl ich es nicht beweisen kann, daß manche Menschen für solche Phänomene empfänglicher sind als andere. Vielleicht hätte Bertha es nicht gehört, wenn sie nicht krank und geschwächt gewesen wäre. Ich selbst habe nur ein fernes Echo dieser Geräusche vernommen — und das nur dank Bertha. Die Gestalt habe ich nie zu Gesicht bekommen. Aber es kommt noch etwas dazu, und ich weiß nicht, wie ich es ausdrücken soll. Mary ist römisch-katholisch, nicht wahr?«

»Sie war es, aber in den letzten Jahren fühlte sich keine von uns einer Religion zugehörig. Mary hat Gott wahrscheinlich nie verziehen, daß er uns unsere Eltern genommen hat.«

»Genau das meine ich«, sagte Jed. »Ihre Generation kann es nicht. Ich behaupte nicht, daß unser Glaube nur gut war. Er kann schrecklich engstirnig und grausam sein. Aber er kann andererseits ein Felsen sein, auf dem man bauen kann. Ich weiß nicht, was mich in jener Nacht geweckt hat, aber ich kam rechtzeitig zur Tür, um Bertha daran zu hindern, barfuß in den Schnee hinauszulaufen. Und als ich hörte, was sie gehört hatte ... Ich war damals jung und dumm. Ich kannte die Bibel, und meiner Meinung nach konnte dieses Geräusch nur von einem einzigen Ort kommen. Deshalb haben Bertha und ich — ja also, wir haben in den nächsten drei Nächten mit Satan gerungen. Dann war es vorbei. Verstehen Sie, warum ich Ran nicht davon erzählen kann? Ich würde jetzt wahrscheinlich anders handeln, denn ich habe zu viel gelesen und zu viele Fragen gestellt. Es würde Ran und Mary bestimmt nichts nützen. Und ich glaube, daß Marys Fall viel schlimmer ist als Berthas.«

»Es ist kein Fall, sondern ein Alptraum«, stöhnte Will.

»Jetzt bin ich noch verwirrter als vorher. Was ist diese Erscheinung überhaupt?«

»Das weiß ich nicht«, antwortete ich. »Aber sie heißt Kevin.«

Ich konnte mit dem Aufsehen, das diese Bemerkung hervorrief, zufrieden sein.

»Mary hat es mir an dem Tag gesagt, an dem ich hier eingetroffen bin. ›Es ist ein Junge; er heißt Kevin.‹ Das muß etwas bedeuten, Will. In all den Jahren, in denen sie sich nach einem Kind sehnte, hatte sie die Namen bereits festgelegt, wenn es ein Junge gewesen wäre, so hätte er Ran geheißen.«

»Kevin ist ein guter alter irischer Name«, warf Will ein.

»Aber es ist kein in unserer Familie gebräuchlicher Name. Es ist ein Fraser-Name; ich habe ihn auf einem halben Dutzend Grabsteinen im Friedhof gefunden. Warum sollte Mary diesen Namen erfinden, wenn diese Geschichte nichts mit dem Haus oder der Familie zu tun hat?«

»Jetzt kommen wir zur Sache«, stellte Jed befriedigt fest. »Ran hat mir erzählt, daß es Marys Idee war, diesen Sommer hierherzukommen. Sie hat sich in das Haus verliebt, als sie vor einigen Monaten hier waren.«

»Das stimmt«, bestätigte ich. »Es liegt am Haus — es gibt hier etwas, das sich nur an Frauen wendet, die ein Kind verloren haben. Ihr einziges Kind. Deshalb hat man es nicht öfter gesehen oder gehört.«

»Schlag nach bei Charlotte Brontë«, murmelte Will. »Ein Fluch, der auf der Familie liegt ... Das würde erklären, warum Mary immer wieder heimgesucht wird. Sie ist die letzte Fraser-Frau in direkter Linie, während Bertha, die nur entfernt mit der Familie verwandt ist, seltener damit zu tun hat ... Verdammt, das klingt vollkommen verrückt.«

»Nein«, widersprach ich, »es klingt vollkommen richtig. Ich zerbreche mir nur den Kopf über die Verbindung zwischen der Frau und dem Weinen. Es ist seltsam; das Kind wurde nie gesehen, und die Frau gibt keinen Ton von sich. Zwischen den beiden muß eine Verbindung bestehen, es kann sich nicht um zwei verschiedene Phänomene handeln.«

Will leuchtete die Theorie allmählich ein; er erlag ihrer Faszination, als wäre das Ganze ein Puzzle, dessen Teile er zusammensetzte.

»Es fällt mir leichter, ein unmögliches Phänomen zu akzeptieren als zwei verschiedene«, meinte er. »Und wenn wir uns darüber einig sind, daß die beiden Phänomene zusammenhängen, dann besitzen wir einen weiteren Hinweis. Ein Datum und einen Namen.«

»Ich bin froh, daß Sie selbst zu dieser Folgerung gelangt sind«, sagte ich.

»Beim zweitenmal war ich nicht dabei«, erklärte Will halb sich selbst, halb den Willards. »Aber Jo hat offenbar die Erscheinung an dem gleichen Platz gesehen wie beim erstenmal, und dadurch haben wir auch das Grab gefunden. Nehmen wir einmal an, daß es sich bei der Erscheinung um Miss Smith handelt.«

»Und was nützt uns das?« wollte ich wissen. »Wir waren beide der Meinung, daß es unmöglich sein wird, etwas über sie herauszufinden.«

»Damals nahmen wir an, daß sie nur eine geheimnisvolle Fremde ist«, wandte Jed ein. »Wenn sie so sehr an der Familie hängt, daß sie unbedingt hier spuken muß, dann muß eine engere Beziehung bestehen.«

Will blickte zuerst Jed, dann mich an. »Ihr beide habt einen seltsamen Sinn für Humor.«

Ich kümmerte mich nicht um ihn.

»Wir kennen auch das Datum«, fuhr ich fort. »Ihr Sterbejahr war 1846, nicht wahr?«

»Ja«, gab Will zu. »Das muß also zu Hezekiahs Lebzeiten gewesen sein, und das erinnert mich an etwas.«

»Und zwar?«

»Nur die Kombination: geheimnisvolle Frau, weinendes Kind, und ein Mann, von dem der Volksaberglaube behauptet, daß er seine Seele dem Teufel verkauft hat. Ziemlich vielsagend, finden Sie nicht?«

»Und Sie kritisieren die Überlegungen anderer«, bemerkte ich. »Mir ist klar, worauf Sie hinauswollen. Aber Sie haben nicht einmal den Schatten eines Beweises.«

»Die Zeit stimmt jedoch.«

»Das ist richtig. Und jetzt weiß ich, was ich heute vormittag tun werde.« Ich stand auf. »Sie haben eine Truhe voller Dokumente erwähnt, Jed. Wo steht sie?«

»Oben in einer der Dachkammern. Ich hole sie herunter, damit Sie nicht oben im Staub hocken müssen. Wohin soll ich sie bringen — in Ihr Zimmer?«

»Das wäre großartig.«

»Es ist Sonnabend vormittag«, stellte Will fest. »He, das ist ja mein freier Tag. Ich werde also nach Hause gehen und mich aufs Ohr legen.«

Ich schaute zum Fenster hinaus.

»Das werden Sie wahrscheinlich nicht tun.«

»Wenn ich nicht einmal das Recht auf ein Schläfchen habe ...«

»Sie haben vielleicht das Recht darauf, aber Sie werden trotzdem nicht schlafen.« Ich zeigte zum Fenster hinaus. »Sie werden sich mit Ihrer Schwester unterhalten, die Sie so lange nicht gesehen haben.«

Einen Augenblick lang glaubte ich, daß er sich zum Fenster hinausstürzen würde.

Vielleicht war der Wagen daran schuld. Ich verstehe nicht viel von Autos, aber ich erfuhr bald, daß es ein Maserati war, denn die Leute sprachen den Namen genauso ehrfürchtig aus, als handle es sich um den heiligen Petrus. An diesem ersten Tag sah ich nur, daß es sich um ein himmelblaues niedriges Kabriolett handelte. Und das Mädchen, das ihm entstieg, sah genauso aus wie die Mädchen, die man mit einem solchen Wagen assoziiert — die Mädchen aus den Fernsehreklamen — groß, schlank und goldblond.

Sie war allerdings kein Mädchen, sondern eine Frau. Wenn man nahe vor ihr stand, sah man die verräterischen Fältchen um den Mund und am Hals, die kein Make-up überdecken kann. Zumindest ich konnte sie sehen. Die meisten Männer achteten wahrscheinlich nicht darauf.

Sie trug einen weißen Hosenanzug, aber weil es warm war, hatte sie sich das Jackett nur umgehängt. Die rotweiß gestreifte Bluse schmiegte sich wie eine zweite Haut an ihren Oberkörper. Ich wußte, wer sie war, und fand es unfair: diese Figur und dieser Verstand in einer einzigen Frau vereint.

Sie hatte es offenbar nicht eilig, ins Haus zu kommen, deshalb beschloß ich, hinauszugehen und sie zu begrüßen. Sie hatte bestimmt die Gesichter gesehen, die sie vom Fenster aus anstarrten. Ich warf Will einen Blick zu. Es wäre etwas übertrieben gewesen zu behaupten, daß seine Augen tatsächlich aus den Höhlen quollen.

Will folgte mir hinaus. Die Frau kam uns freundlich lächelnd entgegen und begrüßte uns mit einem kräftigen Händedruck. Aber sie konnte mich nicht täuschen: Ich bemerkte genau, wie sie Wills Gesicht und seine beeindruckende Größe musterte. Sie war größer als ich; beinahe ein Meter siebzig, und eine so große Frau lernt nicht oft attraktive Männer kennen, die größer sind als sie.

»Sie müssen nach der langen Fahrt müde sein, Doktor«, sagte ich. »Möchten Sie einen Schluck Kaffee? Haben Sie gefrühstückt?«

»Bitte nicht ›Doktor‹«, ersuchte sie. »Es sei denn, Mr. Fraser hat es sich überlegt und hat nichts dagegen, daß seine Frau erfährt, wer ich bin. Anne klingt besser, finden Sie nicht auch? Wenn es Ihnen nichts ausmacht, werde ich auf den Kaffee verzichten. Es ist eine gute Gelegenheit, mir über ein paar Punkte Klarheit zu verschaffen, bevor ich die Patientin, also meine Gastgeberin, kennenlerne. Ich hatte gehofft, daß sich vorher ein

Gespräch mit Ihnen ergeben werde, Doktor — na also, jetzt mache ich den gleichen Fehler. Ich muß ja Will sagen.«

»Unter dem Rosenbusch steht eine Bank«, schlug Will vor. »Es wäre nicht schlecht, wenn ich Sie über einiges informiere.«

Es war nicht zu übersehen, daß ich nicht zur Konferenz eingeladen war, aber so eine Kleinigkeit war für mich kein Hindernis. Mich interessierte brennend, was Will der Dame erzählen würde. Deshalb ging ich mit — ich hatte wirklich keinen anderen Grund —, und obwohl Anne nicht sehr glücklich aussah, hatte sie doch nicht den Mut, mich wegzuschicken. Will bemerkte wahrscheinlich überhaupt nicht, daß ich vorhanden war.

Auf der Bank hatten nur zwei Personen Platz, deshalb setzte ich mich ins Gras. Von dort aus konnte ich ihre Gesichter besser beobachten. Außerdem gab es im feuchten Schatten unter dem Busch noch Veilchen — große, leuchtend violette, und weiße, aus deren amethystfarbenen Herzen zarte violette Streifen zum Rand verliefen.

Ran hatte Anne offenbar die allgemeine Situation recht genau geschildert, denn sie nickte immer wieder, während Will sprach. Nur einmal blickte sie überrascht auf, und ich war ebenfalls überrascht. Ich war nicht sicher gewesen, ob Will ihr von dem Weinen erzählen würde.

»Ist dieser spezifische Wahn eine neue Entwicklung?« fragte sie. »Mr. Fraser hat darauf hingewiesen, daß seine Frau sich weigert, den Verlust des Fetus zu akzeptieren, aber er erwähnte keine auditiven Halluzinationen.«

Unter anderen Umständen hätte es mir Spaß gemacht zuzusehen, wie Will sich wand. Er hatte keine Zeit gehabt, sich eine glaubhafte Geschichte auszudenken, und weil er kein guter Lügner war, fiel ihm nicht so schnell eine ein. Wenn man lügt, oder nicht die ganze Wahrheit sagt, merkt man oft erst, daß man sich selbst in eine

Ecke manövriert hat, wenn man nicht mehr hinaus kann.

»Ich habe ... hmmm ... erst in der vergangenen Nacht davon erfahren«, murmelte er. »Aber ich glaube, daß sie ... na ja ... schon seit einiger Zeit auftreten. Mr. Fraser hat ... ja also ... er hat ebenfalls Geräusche gehört.«

Anne schien seine Verlegenheit nicht zu bemerken. Wahrscheinlich war sie daran gewöhnt, daß Männer in ihrer Gegenwart rot wurden und zu stottern begannen. Sie nickte wieder.

»Eine kollektive Illusion. Das kommt angesichts der emotionellen Spannung nicht überraschend.«

»Ich gehöre auch dazu«, erwähnte ich freundlich. »Ich habe ebenfalls eine kollektive Illusion gehabt.«

Anne warf Will einen Blick zu. Dieser Blick gab Will den Rest; er war vielsagend, so deutlich wie ein Wink mit dem Zaunpfahl. Er verwandelte die beiden Profis in Verbündete gegen die Verrückten. Nach diesem Blick hätte nur ein Heiliger den Mut gehabt zuzugeben, daß er zu den Verrückten gehörte.

»Das ist sehr interessant«, meinte Anne. »Was war es denn, Jo?«

»Es hat wie ein weinendes Kind geklungen.«

»Ich verstehe.« Sie schwieg einen Augenblick, dann sagte sie: »Ich stelle Theorien auf, ohne über genügend Anhaltspunkte zu verfügen, und das ist unentschuldbar. Haben Sie die Möglichkeit in Betracht gezogen, daß es tatsächlich Geräusche gibt, daß es eine auditive Illusion ist und keine echte sensorische Halluzination? Natürlich kein Kind, aber vielleicht ein Tier oder sonst etwas, das eine Person mit Mrs. Frasers besonderem Problem für ein Kind halten könnte. Wenn dem so ist, dann ist die Insel kein sehr geeigneter Aufenthaltsort für sie. Ich sollte mich nicht so weit vorwagen — vielleicht bin ich ganz und gar auf dem Holzweg —, aber es wäre vielleicht gut, wenn Sie sie von hier fortbringen.«

Mein Mund klappte auf. Die Lösung lag auf der Hand, und trotzdem war sie keinem von uns eingefallen. Ich gab es nur ungern zu, aber die Dame war nicht dumm.

Will war so beeindruckt, daß er kaum mehr sprechen konnte.

»Mein Gott, Doktor ... Anne ..., warum zum Teufel habe ich nicht ...«

Sie unterbrach ihn lachend.

»Vielleicht irre ich mich, Will. Für mich ist es leicht, voreilige Schlüsse zu ziehen. Und natürlich berührt mich das alles nicht emotionell. Sie haben erst heute nacht von der auditiven Halluzination erfahren. Sie haben noch keine Zeit gehabt, sich damit auseinanderzusetzen. Und ich habe das Gefühl, daß diese Information ein Schock für Sie war.«

Es war nicht schwierig, zu dieser Schlußfolgerung zu gelangen. Als Ärztin hatte sie bestimmt an unseren Gesichtern gemerkt, wie erschöpft und verzweifelt wir waren. Will jedoch, dieses leichtgläubige Männchen, sah sie an, als hätte sie ihm soeben aus der Hand gelesen und alles richtig erraten.

SIEBTES KAPITEL

1

Will fuhr mit seiner ›Schwester‹ zum Lunch in die Stadt. Das war an und für sich selbstverständlich, denn wir hatten sie nicht zum Lunch erwartet, und Will mußte wenigstens eine Andeutung von brüderlicher Zuneigung zeigen. Doch als sie in Annes Wagen davonrauschten, hätte ich am liebsten gespuckt, mit dem Fuß gestampft oder sonst etwas Kindisches getan.

Als ich mich umdrehte, stand Jed hinter mir. Er stützte sich wie gewöhnlich auf seinen Rechen und betrachtete mich amüsiert.

»Ist das die Ärztin?«

»Ja.«

»Eine gut aussehende Frau.«

»Ja.«

»Machen Sie sich keine Sorgen. Sie haben ihr gegenüber mindestens zehn Vorzüge.«

»Und zwar welche?«

»Zehn Jahre.«

Ich lachte bitter.

»Bestenfalls vier oder fünf.«

»Wenn sie das Medizinstudium nicht mit zwölf Jahren begonnen hat, dann muß sie weit über dreißig sein. Aber ich finde, daß das nicht so wichtig ist. Was halten Sie von ihr als Ärztin?«

»Sie ist gut. Ich gebe es ungern zu, also ist sie wahrscheinlich noch besser, als ich annehme. Sie hat etwas vorgeschlagen, das so vernünftig ist, daß ich sprachlos war. Wenn Mary hier etwas hört, das sie zur Verzweiflung bringt, dann sollten wir sie fort und nach New York zurückbringen.«

»Hmmm.« Jeds Augenbrauen wuchsen zu einer geraden Linie zusammen. »Um die Wahrheit zu sagen, es hat mich gewundert, daß keiner von Ihnen darauf gekommen ist.«

»Sie haben daran gedacht? Sie hätten ... Wieso bin eigentlich ich so dumm?«

»Sie sind nicht dumm, sondern besorgt. Natürlich habe ich daran gedacht, und ich halte es noch immer für eine gute Idee, aber es wird nicht funktionieren.«

»Warum nicht?«

»Weil sie nicht fahren wird.«

Damit ließ mich Jed stehen, um die Rosen zu begießen oder zu mulchen oder zurückzuschneiden — was immer man mit Rosen im Frühjahr tut. Ich ging eine Weile ziellos spazieren. Ich war deprimiert. Alle meine schönen Entschlüsse und Pläne erwiesen sich als Schlag ins Wasser. Ich dachte die ganze Zeit an die beiden professionellen Skeptiker, die einander im Gasthaus über die Hummersuppe hinweg bewunderten und sich zweifellos über die Dummheit von uns Laien schief lachten.

Als ich mich endlich zwang, in das Haus zurückzukehren, saß Ran in der Küche, und Mrs. Willard versuchte, ihn zum Essen zu überreden. Ich setzte mich zu ihm, nicht weil ich hungrig war, sondern weil ich nicht die Kraft aufbrachte, mit Mrs. Willard über das Essen zu streiten.

»Wie geht es Mary?« erkundigte ich mich.

»Sie hat mich hinausgeworfen«, erwiderte Ran. »Ja, ich weiß, daß sie nicht allein bleiben darf, aber was soll ich tun, wenn sie behauptet, daß sie keine Ahnung hat, was heute nacht geschehen ist? Vielleicht ist es sogar wahr. Wenn sie mich mit ihren großen braunen Augen ansieht, Jo, dann frage ich mich, ob nicht ich derjenige bin, der Halluzinationen hat.«

»Das bist du nicht«, sagte ich. »Glaub mir, du hast keine. Ich gehe zu ihr hinauf.«

»Das würde ich an deiner Stelle nicht tun. Sie will

sich heute nachmittag ausruhen, um für Wills Schwester frisch zu sein.«

»Die Lady ist inzwischen eingetroffen.« Ich erzählte Ran von dem Gespräch mit Anne. Es interessierte ihn nicht besonders, denn Marys verändertes Verhalten machte ihm sichtlich Sorgen.

»Ich habe sie noch nie so erlebt«, meinte er hilflos. »Sie sagt immer wieder, daß sie müde ist, aber sie sieht nicht so aus. Man sollte annehmen, daß sie nach einer solchen Nacht körperlich und nervlich ein Wrack wäre, aber das ist sie keineswegs. Manchmal glaube ich, daß Riesenkräfte in ihrem Körper wohnen. Kann es nicht sein ...«

»Nein«, unterbrach ich ihn entschieden. »Du bist auf dem Holzweg. Ich werde dir erzählen, worüber wir heute morgen gesprochen haben. Sie haben doch nichts dagegen, Mrs. Willard?«

»So ein Aufhebens um nichts«, brummte sie, aber sie folgte meinem Bericht mit kaum verhohlenem Interesse. Als ich fertig war, rührte und freute mich Rans Reaktion. Er ergriff Mrs. Willards abgearbeitete Hand und drückte sie.

»Es tut mir leid, Bertha. Ich hatte keine Ahnung.«

»Ich habe schon gesagt, daß Sie aus einer Mücke einen Elefanten machen«, erwiderte sie mürrisch. »Die Frage ist, was Sie jetzt tun werden.«

»Das ist eine gute Frage«, antwortete Ran sarkastisch. »Ich habe nichts gegen deine Schlußfolgerungen einzuwenden, Jo, aber ich habe keine Ahnung, was wir daraufhin unternehmen können.«

»Anne hat gemeint, wir sollen Mary von hier fortbringen.« Rans Gesicht leuchtete auf. Ich tat es ungern, aber ich mußte ihm die Hoffnung nehmen. »Ich bin nicht sicher, daß sie die Insel verlassen wird, Ran. Oder daß es etwas nützen wird, wenn sie nach New York zurückkehrt.«

»Es ist den Versuch wert.«

»Vielleicht.« Ich erhob mich, obwohl ich mein Essen kaum angerührt hatte. »Inzwischen werde ich mit Hilfe einiger alter Dokumente eure Familiengeheimnisse ergründen. Hast du etwas dagegen?«

»Willst du versuchen, das Gespenst zu beschwören?« fragte Ran lächelnd. »Mach dir nur keine allzu großen Hoffnungen. Meines Wissens gibt es in der Familiengeschichte nichts, das diese Vorgänge erklären könnte.«

»Ich kann dabei jedenfalls meine Zimmertür offenlassen und den Korridor im Auge behalten.«

»Das ist gut«, stimmte Mrs. Willard zu. »Und ich werde die Wäschekammer gründlich putzen, das ist schon überfällig.«

»Und dabei können Sie das andere Ende des Korridors beobachten«, ergänzte Ran. »Danke.«

»Du solltest ein bißchen an die frische Luft gehen«, schlug ich vor. »Du siehst selbst schon wie ein Gespenst aus.«

»Ich werde wahrscheinlich in die Stadt fahren und die beiden Ärzte suchen. Ich bin neugierig, was für eine haarsträubende Geschichte Will der Dame aufgetischt hat.«

»Ich auch«, sagte ich.

Ran fuhr weg, und ich ging hinauf. Wie Jed versprochen hatte, stand die Truhe in meinem Zimmer. Sie war niedrig, dunkel, mit Leder überzogen und etwa einen Meter lang und einen halben Meter hoch. Am oberen Rand war sie mit fleckig gewordenem Messing beschlagen. Bei dem Anblick erwachten meine Lebensgeister wieder. Als ich mich neben die Truhe auf den Fußboden setzte und den Deckel öffnete, überlief mich ein erwartungsvoller Schauer.

Ich weiß nicht, was ich erwartet hatte. Das heißt, ich weiß es, gebe es aber nur ungern zu: eines jener Dokumente, die in den Schauerromanen des vergangenen Jahrhunderts so beliebt waren. Das ›Manuskript‹ — es handelte sich beinahe immer um Manuskripte — tauchte im Kapitel fünfzig auf und löste alle Rätsel aus den vorhergehenden neunundvierzig Kapiteln.

Natürlich war ich nicht so naiv, aber ich war trotzdem enttäuscht, als die Zeit verging und ich nichts fand, das auch nur im entferntesten mit unserem Problem zusammenhing.

Auf ihre Art war es eine interessante Sammlung. Der Inhalt lag wild durcheinander. Es gab Briefe, Kinderbücher, Alben und sogar ein Rezeptbuch. Die Rezepte auf den vergilbten Blättern begannen meist mit ›Man nehme zwölf Eier und ein Pfund gute Butter‹. So war tatsächlich die gute alte Zeit gewesen.

Es gab Fotos von grimmig dreinsehenden Männern und Frauen mit mürrischen Gesichtern, die alle steif herumstanden oder -saßen. Wahrscheinlich konnte man die wenigsten von ihnen jetzt noch identifizieren. Es ist traurig, wie rasch die Erinnerung verblaßt. Ich hatte einmal mit Mary ein altes Fotoalbum von Mutter durchgeblättert, und sie hatte sich den Kopf darüber zerbrochen, wer die pausbäckigen Babies und die lachenden Mädchen in den kurzen Kleidern sein mochten.

Es war kein sehr fröhlicher Gedanke ... Ich legte die Fotos zur Seite; sie hatten bestimmt nichts mit der Zeit zu tun, die mich interessierte.

Ich fand ein einziges nützliches Dokument: einen Familienstammbaum, der aussah, als hätte ihn eine der Tanten gezeichnet. Rans Name war der letzte darauf: Das wird Mary interessieren, dachte ich, aber dann wurde mir klar, daß es sie schwer treffen würde: Ran stand als letzter Fraser auf dem Blatt, und so würde es wahrscheinlich bleiben. Einen Augenblick lang war es ein sehr bedrückendes Gefühl, aber dann ärgerte ich mich nicht nur darüber, daß ich so dachte, sondern über die ganze idiotische Sentimentalität. Der letzte Fraser — na und? Es war das erstemal, daß Marys Sehnsucht nach Kindern bei mir kein Mitgefühl hervorrief. Es gab so vieles, wofür sie dankbar sein konnte; und wenn sie tatsächlich unbedingt ein Kind haben wollte, so gab es jede Menge süßer Babies, deren Gene genauso viele Möglichkeiten enthielten wie die geheiligten Gene der Frasers. Dieser ganze geheimnisvolle Nimbus um alte Familien, blaues Blut, Wilhelm den Eroberer ... Was war denn an Wilhelm dem Eroberer so großartig? Er war ein blutdürstiger, des Lesens und Schreibens unkundiger Mörder wie alle alten Könige, die die Leute so gern in ihren Familienstammbäumen haben möchten. Kennen Sie viele Menschen, die damit angeben, daß sie Nachkommen von Shakespeare oder Erasmus von Rotterdam sind?

Trotzdem hatte der Fraser-Stammbaum auch sein Gutes. Ohne ihn hätte ich einen Teil des übrigen Materials nicht verstanden. Es gab ein Bündel Briefe von einem Mädchen namens Angela an eine Prudence Fraser, und diese Prudence fand ich auf dem Stammbaum. Sie war Hezekiahs Enkelin, die Tochter seines Sohnes Jeremia. Es waren unterhaltsame Briefe voller Klatsch über Verehrer, hübsche Kleider und Parties. Sie hätten einen Sozialhistoriker begeistert, aber mir halfen sie nicht weiter.

Die meisten übrigen Briefe waren langweilig. Einige stammten aus der Zeit zwischen 1860 und 1864. Die Empfängerin war eine Frau namens Mercy, und die Schreiberin deren Schwiegertochter in Providence. Mein Interesse erwachte, als ich erkannte, daß Mercy Hezekiahs Frau war. An diesen Briefen verblüffte mich allerdings mehr, daß der Krieg kaum jemals erwähnt wurde. Die meisten von uns denken bei diesen Jahreszahlen an ein überwältigendes historisches Ereignis (den Sezessionskrieg). Doch obwohl Mercy und Abigail erzählten, daß sie Verbände zusammenrollten und im Krankenhaus aushalfen, sprachen sie in dem gleichen Ton darüber, in dem eine moderne Frau ihre Bridgenachmittage schildern würde. Wahrscheinlich waren es geistig träge Frauen. Dann erinnerte ich mich an die Briefe, die ich während des vergangenen Jahres an Mary geschrieben hatte. Wie oft hatte ich eigentlich Tagesereignisse erwähnt?

Über die Daten dachte ich länger nach. Mercy mußte 1864 schon eine sehr alte Dame gewesen sein. Doch als ich im Stammbaum nachsah, stellte ich fest, daß sie gar nicht so alt gewesen war. Ihr Mann war 1800 zur Welt gekommen und 1846 gestorben.

Dieses Datum warf neue Fragen auf, weil es das gleiche war wie auf Miss Smiths Grabstein. Hatte das etwas zu bedeuten? Vielleicht, aber ich hatte keine Ahnung, was. Es war allerdings interessant, daß der ›alte‹ Hezekiah erst sechsundvierzig gewesen war, als er starb. Ich hatte ihn mir als Tattergreis mit einem langen weißen Backenbart vorgestellt. Aber er war bis zu seinem Tod kraftvoll und zweifellos potent gewesen. Wie er wohl gestorben war? Bestimmt nicht an Altersschwäche. Vielleicht hatte ihn seine Frau vergiftet. Wenn er so lasterhaft gewesen war, wie es seine Nachkommen von ihm behaupteten, dann hatte sie mehr als einen Grund dafür gehabt.

Mercy, geborene Barnes, war 1811 zur Welt gekommen. Ich rechnete mir aus, daß sie erst siebzehn gewesen war, als sie Hezekiah 1828 heiratete. Er war damals achtundzwanzig gewesen. Für einen Mann jener Zeit hatte er spät geheiratet. Aber mir hatte jemand erzählt, daß der Kapitän ein Selfmademan gewesen war, und ich sah ihn allmählich deutlicher vor mir. Stolz, sogar arrogant; entschlossen, sich einen Namen und ein Vermögen zu machen, bevor er eine Frau nahm. Als er sein Ziel erreicht hatte, konnte er um eine Frau aus einer angesehenen Familie werben und sie auch bekommen. Sobald es soweit gewesen war, hatte er keine Zeit vergeudet. Sein Sohn Jeremia war in dem Jahr nach der Hochzeit geboren worden. Mercy war damals achtzehn gewesen.

Ich dachte an das wohlerzogene, erst siebzehn Jahre alte Mädchen aus Boston, das die Frau eines Mannes wie Hezekiah wurde und mit ihm an diesem abgelegenen Ort lebte. Achtundzwanzig ist kein Alter; aber zu diesem Zeitpunkt war er seit mindestens zehn Jahren zur See gefahren, wahrscheinlich sogar länger, und seinem Ruf nach konnte er kein sanfter Mann gewesen sein. Mercy tat mir leid. Das erste Kind mit achtzehn, und dann alle zwei Jahre ein Kind. Wenn der Kapitän nicht so lange fort gewesen wäre, hätte sie wahrscheinlich jedes Jahr ein Kind bekommen. Neun Kinder, alle mit ordentlichen biblischen Namen wie ihre Eltern. Fünf hatten das Säuglingsalter überlebt. Kein schlechter Durchschnitt für jene Zeit. Aber wenn man zusieht, wie ein Kind an Diphtherie oder Masern stirbt, dann hilft einem auch das Bewußtsein nicht, daß man über dem Durchschnitt liegt. Kein Wunder, daß die Briefe der Frauen gespreizt und kalt klangen. Sie mußten so sein, um überleben zu können.

Natürlich fabulierte ich vor mich hin. Aber es ist erstaunlich, was man alles aus ein paar Namen und Daten herauslesen kann.

Ich hatte inzwischen die oberste Schicht in der Truhe durchgesehen und nichts gefunden. Dann erblickte ich auf dem Boden einen Stapel Bücher, und ich griff eifrig nach dem obersten, das wie ein Tagebuch aussah.

Es war kein Tagebuch, sondern ein schmales, in roten, verschossenen Stoff gebundenes Haushaltsbuch. Meine Stimmung verschlechterte sich, als ich es aufschlug und die Eintragungen überflog. »Ein Yard Baumwollstoff für eine Haube für Hepzibah, zehn Cents.«

»Zwei Pfund Talgkerzen für die Diener, sieben Cents.« So ging es Seite um Seite weiter, und nicht einmal das Datum — 1837 — oben auf der ersten Seite konnte mein Interesse wecken. Mercy hatte also Haushaltsbücher geführt. Trotz ihrer Jugend war sie nicht das zerbrechliche kleine Etwas gewesen, das ich mir vorgestellt hatte. Sie hatte sofort energisch die Zügel des Haushalts ergriffen und sie nicht mehr losgelassen. Jeder Penny war angeführt, und die Eintragungen zeigten, daß sie eine sparsame Hausfrau gewesen war. Talgkerzen für die Diener — Wachs für die Herrschaft.

Ich legte das Buch in die Truhe zurück und erhob mich mühsam, denn ich hatte so lange auf dem Boden gehockt, daß meine Beine steif waren. Es war später, als ich angenommen hatte. Ich ging zur Tür, Marys Tür stand jetzt offen, und ich hörte, wie sie im Zimmer herumging.

Ich ging den Korridor hinunter und schaute hinein. Wahrscheinlich konnte man mir meine Unsicherheit von der Nasenspitze ablesen, denn als sie mich erblickte, lachte sie laut auf.

»Du siehst aus wie ein Erdhörnchen, das ängstlich aus einem Loch hervorlugt, um zu sehen, ob die Katze in der Nähe ist. Komm herein, ich beiße nicht, sondern belle nur ein bißchen, und daran solltest du gewöhnt sein.«

Sie trug ein langes Kleid mit einem weiten, mit leuchtenden Blumen bedruckten Rock und eine tief ausgeschnittene Bluse. Sie saß am Toilettentisch und bearbeitete ihr Gesicht.

»Toll siehst du aus«, sagte ich. »Das Kleid ist großartig.«

Sie drehte sich mit dem Lippenstift in der Hand um und musterte mich.

»Schade, daß du mir nicht erlaubt hast, dir den Hosenanzug zu kaufen.«

»Wozu? Es gibt hier niemanden, den ich beeindrucken möchte.«

»Und ich habe geglaubt, daß ich dir einen netten, annehmbaren Junggesellen zuschanze.«

»Du meinst Will Graham? Kannst du dir vorstellen, wie ich den halben Winter eingeschneit in seiner Hütte sitze und bis zu den Ellbogen in Katzen stecke?«

»Ich habe ja nicht gemeint, daß du ihn heiraten sollst.«

Sie wendete sich wieder dem Spiegel zu, und ich beobachtete sie. Es war verrückt, daß wir über Nichtigkeiten plauderten, die nichts mit dem zu tun hatten, woran wir wirklich dachten. Aber ich wußte instinktiv, daß ich mich so verhalten mußte. Ich durfte die Themen, über die Mary nicht sprechen wollte, nicht einmal erwähnen. Ich weiß nicht, ob sie sich schizophren vorkam. Ich fühlte mich jedenfalls so, und wußte nicht, wie lange ich es durchhalten konnte.

Da Ran noch nicht zurückgekommen war, nahm ich an, daß er Will und Anne aufgestöbert hatte. Meine Vermutung erwies sich als richtig. Sie hatten offenbar eine Menge zu besprechen gehabt, denn es war schon spät, als sie endlich eintrafen. Mary und ich saßen im Salon. Mary war nicht so kühl, wie sie sich gab, denn ihr stieg die Röte in die Wangen, als die Vordertür geöffnet wurde.

Doch sie hielt sich gut, als sie Anne begrüßte und ihr anbot, sie in ihr Zimmer zu führen. Sie gingen zusammen die Treppe hinauf, und Ran folgte ihnen mit Annes Koffern.

Sobald sie außer Sichtweite waren, drehte ich mich zu Will um.

»Also?«

»Also was?«

»Was haben Sie ihr erzählt?«

»Schreien Sie noch ein bißchen lauter«, meinte Will bissig. »Dann hört Mary Sie bestimmt.«

Er stolzierte in den Salon, und ich folgte ihm wie ein Hündchen. Als ich wieder versuchte, ihn zu verhören, zuckte er gereizt die Achseln.

»Fangen wir gar nicht erst mit dieser Geheimniskrämerei an, Jo. Es wäre das beste Mittel, um Mary in ihrem Verfolgungswahn zu bestärken.«

Er hatte recht, aber das gab ich natürlich nicht zu. Kurz darauf kamen Ran und Mary herunter, und es dauerte nicht lang, bis auch Anne erschien. Sie hatte selbstverständlich Marys langes Kleid bemerkt, und es überraschte mich daher nicht, daß sie genauso elegant gekleidet war. Es war wieder ein Hosenanzug; diese Mode schmeichelte ihrer großen, schlanken Figur, und ich nahm an, daß sie eine ganze Menge davon besaß. Diesmal bestand er aus Hose und Tunika und war für Cocktailparties gedacht. Der Saum der Tunika glitzerte, und auch über die Brust zog sich ein glitzernder Streifen. Der hohe Stehkragen war nicht bestickt. Die Farbe, ein leuchtendes Türkis, paßte sehr gut zu ihren blonden Haaren.

Es war ein seltsamer Abend. In dem Salon gab es so viele unterschwellige Strömungen, daß ich sie beinahe wie Bänder sah, die sich durch den Raum spannten, sich ineinander verschlangen und miteinander verwoben. Man hatte das Gefühl, daß jeder etwas vor den anderen verbarg. Die ganze Gruppe versuchte, Mary zu täuschen, und sie war uns gegenüber bestimmt nicht offen. Will dachte von Ran und mir weiß Gott was, und was Anne betrifft, wollte wahrscheinlich keiner von uns genau wissen, was sie von uns hielt.

Überraschend war nur Marys Reaktion auf Anne. Ich hatte mich schon gefragt, ob Mary nicht die Wahrheit über Wills ›Schwester‹ ahnte. Doch wenn ich jetzt beobachtete, wie die beiden Frauen miteinander plauderten, merkte ich, daß das keine Rolle mehr spielte. Annes Charme hatte Mary sofort gefangengenommen. Sie unterhielten sich wie alte Freundinnen. Natürlich gehört es zum Beruf des Psychiaters, das Vertrauen des Patienten zu gewinnen; trotzdem war mir dabei ein wenig unbehaglich zumute.

Zuerst glaubte ich jedenfalls, daß die beiden an meinem Unbehagen schuld waren. Doch als die Dämmerung allmählich hereinbrach, wurde mir klar, daß das zunehmende Unbehagen nichts mit den Vorgängen im Raum zu tun hatte. Es ist schwer, das Gefühl zu beschreiben; am ehesten vergleichbar ist es mit dem Beginn einer Seekrankheit oder einer Grippe, wenn man sich komisch fühlt, ohne zu wissen warum. Doch in diesem Fall war es nicht körperliches Unbehagen, sondern rein geistiges. Es wurde so stark, daß ich nicht mehr stillsitzen konnte. Ich stand auf und trat ans Fenster.

Es war die lieblichste Zeit des Tages, die sanfte graue Stunde, wenn die Welt entspannt und friedlich aussieht und das Licht noch ausreicht, um alles deutlich zu erkennen. Im Osten war der Himmel dunkelviolett; dort strahlte ein einziger heller Stern wie ein Leuchtfeuer. Im Westen waren die Farben des Sonnenuntergangs noch nicht verblaßt. Das Licht dämpfte die Farben der Gegenstände, doch ihr Umriß blieb deutlich. Deshalb sah ich sie genau; ein Irrtum war unmöglich.

Sie stand keine fünf Meter von mir entfernt am Rand der Terrasse. So nah war sie mir noch nie gewesen. Ihr Gesicht konnte ich noch immer nicht erkennen, denn wegen der Kapuze lag es im Schatten. Etwas wußte ich jetzt allerdings genau, falls ich noch im Zweifel gewesen wäre. Die Gestalt war nicht Annie Marks.

Das Glas in meiner Hand klirrte auf den Boden. Ich war vor Entsetzen wie betäubt und zitterte trotz der Temperatur im Raum vor Kälte.

»Schau doch«, krächzte ich. »Schau doch, Will.«

Daß ich seinen Namen rief, ist ein Hinweis darauf, wie durcheinander ich war. Er kam, und seine Hand umfaßte meinen nackten Arm. Sie war warm, lebendig und menschlich, und seine Berührung wärmte meinen frierenden Körper wie Brandy. »Schau doch«, plapperte ich. »Schau doch, wie sie dort steht. Mach, daß sie weggeht, Will. Finde heraus, was sie will. Es wird jedesmal schlimmer, jedesmal kommt sie ein Stückchen näher ...«

Wills Finger umklammerten meinen Arm so heftig, daß ich das Gefühl bekam, meine Knochen würden zersplittern. Ich schrie vor Schmerz auf. Ran stürzte zu uns, ohne zu wissen, was los war; er sah nur, daß Will mir weh tat. Er löste Wills Hand von meinem Arm und umfaßte meine Schultern. Ich hatte vor Schmerz Tränen in den Augen, aber ich wendete den Kopf und sah zum Fenster hinaus.

Auf dem Rasen lagen Schatten, aber nur normale Schatten. Sie war fort.

»Das hat weh getan«, beklagte ich mich weinend.

»Es tut mir leid«, begann Will.

»Das ist unwichtig. Sie haben sie gesehen.«

Sein Gesicht war ausdruckslos.

»Ich habe überhaupt nichts gesehen«, antwortete er.

Anne war ebenfalls zum Fenster getreten, stand aber etwas abseits von uns und zündete sich eine Zigarette an. Unsere Blicke trafen einander, und ich wußte, daß sie sich fragte, welche der Schwestern wirklich geisteskrank war. Vielleicht beide.

»Was war es, Jo?« fragte Ran. »Wovon sprichst du?«

»Die Frau, von der ich euch heute früh erzählt habe. Die Frau im ...«

Zu spät fiel mir Mary ein. Ich drehte mich um. Sie saß ruhig in einem Lehnstuhl und beobachtete mich liebevoll besorgt. Das war ein schlechtes Zeichen. Normalerweise hätte sie sich auf mich gestürzt und versucht herauszubekommen, was mir Angst eingejagt hatte. Ich schluckte alle Worte, die mir auf der Zunge lagen, obwohl ich an ihnen beinahe erstickte. Ich stellte mir lieber nicht vor, was für eine Wirkung eine detaillierte Schilderung auf sie gehabt hätte.

»Es war nur meine Fantasie«, sagte ich langsam. »Die Dämmerung ist wirklich eine gespenstische Tageszeit.« Natürlich glaubte mir niemand. An Rans Gesicht konnte ich ablesen, daß er wußte, wovon ich redete, und entsetzt war. In seiner Angst und Sorge um Mary sprach er mit brutaler Offenheit.

»Es ist nicht die Dämmerung, sondern das ganze verdammte Haus. Wir verschwinden von hier. Mary, Jo, wir fliegen am Montag nach New York zurück. Vielleicht können wir etwas später für einige Monate ins Ausland fahren. Es ist nicht die richtige Jahreszeit für die Schweiz, aber im Juni ...«

Ich versuchte, ihn zu unterbrechen, aber es war zu spät. Mary sprang wie von einer Feder geschnellt auf.

»Wir sollen von hier fort?«

Sie sah aus, als würde sie im nächsten Augenblick in Ohnmacht fallen. Ran lief mit ausgestreckten Armen zu ihr, aber sie wehrte ihn mit einer Handbewegung ab.

»Ich fahre nicht weg, Ran, ich bleibe hier. Mir gefällt es auf der Insel. Hier fühle ich mich besser. Wenn ich fort muß, werde ich krank. Wirklich krank.«

Es war eine Drohung, und Ran wußte es. Seine ausgestreckten Arme sanken schwer herab. In dem Blick, mit dem er Mary ansah, lag nackte Angst.

Angesichts seiner Verzweiflung wurde Mary weicher. Sie hatte gesiegt und konnte sich jetzt Mitgefühl leisten.

»Du verstehst es nicht, Ran«, sagte sie bittend; es schien, als seien die beiden allein im Zimmer. »Man muß es ertragen oder verlieren; etwas anderes gibt es nicht. Laß mir nur noch ein wenig Zeit.«

»Mary«, sagte ich heiser.

Mary sah mich an.

»Nein, Jo, ich kann jetzt nicht reden. Ich habe zu viel zu tun. Setzt euch doch alle wieder hin und entspannt euch. Ich muß — ich muß etwas mit Mrs. Willard besprechen.«

Sie verließ den Raum, und Ran folgte ihr.

»Was war das jetzt?« fragte Will.

»Erpressung«, antwortete Anne ruhig und drückte ihre Zigarette aus. »Sie droht damit, daß sie gänzlich zusammenbrechen wird, wenn er sie zwingt, die Insel zu verlassen.«

»Ja, das ist klar. Aber was hat sie damit gemeint, daß ...«

Er unterbrach sich, weil Ran wieder ins Zimmer gekommen war. Will sah ihn fragend an, und Ran nickte müde.

»Ich wollte mich nur vergewissern, daß sie tatsächlich zu Mrs. Willard gegangen ist. Ihr solltest hören, wie sie über Hors d'œuvres plaudert.« Er sah mich an. »Jed hat also recht gehabt; sie wird die Insel nicht verlassen.«

»Ich habe diese Möglichkeit ebenfalls erwähnt«, warf Anne scharf ein. Sie wirkte nicht mehr so hübsch und bezaubernd, wenn es um ihren beruflichen Ehrgeiz ging. »Wenn Sie nicht damit herausgeplatzt wären, Mr. Fraser ...«

Ran sah aus wie ein geprügelter Hund, und ich unterbrach sie zornig.

»Das hätte auch keine Rolle mehr gespielt. Wir haben alle gewußt, daß es wahrscheinlich nicht funktionieren wird, aber wir wollten es wenigstens versuchen. Natürlich hat Jed recht gehabt; er hat immer recht.«

»Jed? Wer ist dieser Jed, den alle immer wieder zitieren?«

»Hat mich jemand gerufen?«

Er stand in der Tür. Er hatte sich bestimmt schon einige Zeit dort aufgehalten und nur auf eine Gelegenheit gewartet, uns zu unterbrechen. Wie Will bereits festgestellt hatte, besaß Jed einen merkwürdigen Sinn für Humor. Wahrscheinlich genoß er Annes Gesichtsausdruck; sie verglich gerade seine schlaksige in einem Overall steckende Gestalt mit der Vorstellung, die sie sich aufgrund unserer respektvollen Äußerungen machte. Vermutlich hatte sie einen Psychiater erwartet.

Für Ran war Snobismus ein Fremdwort, deshalb bemerkte er ihn bei anderen nie. Er stellte die beiden einander vor. Jed nickte höflich.

»Haben Sie gehört, was geschehen ist?« fragte Ran.

»Ich nehme an, daß Mary sich weigert, das Haus zu verlassen.«

»Sie hat etwas Merkwürdiges gesagt«, mischte sich Will ein. »Was soll das bedeuten: ›Man muß es ertragen oder verlieren‹?«

Inzwischen überraschte mich Jeds genaue Kenntnis

der Klassiker nicht mehr, aber ich erwartete wirklich nicht, daß jemand dieses obskure Zitat kannte. Er war natürlich die Ausnahme. Sein Blick wanderte von einem Gesicht zum anderen und blieb dann auf mir haften.

»Sie kennen es ebenfalls. Sie und Mary haben bestimmt die gleichen Bücher gelesen.«

»Es hat im ganzen Haus Bücher gegeben«, sagte ich. »In jedem Zimmer, sogar in den Korridoren. Die Erinnerung ist etwas Seltsames. Wenn ich mich an das Gesicht meiner Mutter erinnere, dann nur von Fotos; aber ich kann die Augen schließen und Kiplings Werke vor mir sehen. Sie befanden sich im Eßzimmer in einem Bücherschrank. Brauner Stoff mit Goldbuchstaben. Die ›Unheimlichen Geschichten‹ und ›Das Dschungelbuch‹ waren die ersten, dann kam ›Puck von Pook's Hill‹. Ab meinem dritten oder vierten Lebensjahr las mir jeden Abend jemand vor. Mutter, Vater und Mary wechselten sich ab. Sobald ich selbst lesen konnte, war ich unersättlich. Ich las alles, von Vaters alten Abenteuerbüchern bis zu Shakespeare. Vieles davon verstand ich nicht. Aber niemand kontrollierte, was ich las. Wenn ich Fragen stellte, erklärten sie es mir, schlugen Bücher vor, die mir gefallen würden, aber niemand ...« Ich unterbrach mich, weil ich plötzlich merkte, daß mich alle anstarrten. Die Erinnerung ist wirklich etwas Merkwürdiges. Sie kann nach Jahren der Gleichgültigkeit aufwachen und schmerzen. »Also daher kenne ich die Geschichte«, fuhr ich fort. »Es ist keine seiner bekannteren Erzählungen, und heutzutage liest niemand mehr Kipling: Für den modernen Geschmack ist er zu sentimental, und das ist eine besonders sentimentale Geschichte.«

»Moment mal«, unterbrach mich Will. »Ich habe gewußt, daß ich es von irgendwoher kenne. Klar, es ist die Geschichte der blinden Frau, deren Haus offensteht und voller Spielsachen für die Gespensterkinder ist. Sie kann sie hören; aber die einzigen, die die Kinder sehen können, sind die Eltern, die sie verloren haben.«

»›Du mußt es ertragen oder verlieren‹«, zitierte ich. »Der Erzähler der Geschichte ist einer der Väter. Ich habe mich immer gefragt, ob die Erzählung nicht zum Teil autobiographisch ist. Soviel ich weiß, hat Kipling eine kleine Tochter verloren.«

Anne zündete die nächste Zigarette an.

»Natürlich ist mir klar, welche Form Marys Wahn angenommen hat«, sagte sie. »Sie glaubt, daß der Geist des Kindes, das sie nie gehabt hat, sich in der Dunkelheit verirrt hat und sie ruft. Ihre Schilderung der Geschichte paßt sehr gut dazu. Aber ich glaube nicht, daß wir dadurch etwas erfahren, was wir noch nicht wissen.«

Sie sah unglaublich selbstgefällig aus, und ich war ohnehin in Fahrt.

»Sie wissen es, wir wissen es, alle wissen es«, explodierte ich. »Aber Sie wissen es nicht. Nicht wirklich, nicht tief in Ihrem Innersten. Verdammt, Doktor, Sie können Mary nicht helfen, wenn sie nicht die Tatsache akzeptieren, daß die Menschen sentimental, primitiv und kritiklos sind. Unser Intellektualismus ist eine dünne Lackschicht. Wenn wir in Schwierigkeiten geraten, kehren wir zu den emotionalen Mustern des Mittelalters oder einer noch früheren Zeit zurück. Ich weiß nicht, wie Sie über die Seele, über das Weiterleben nach dem Tod oder überhaupt über solche Dinge denken; wichtig ist, was Mary glaubt. Ich weiß, was sie fühlt, weil ich die gleichen Schwächen habe wie sie. Die Vorstellung vom Tod als einer Reise ist nur eine Metapher, um einen Übergang zu beschreiben, der sonst unbegreiflich ist. Aber es ist nicht nur eine akademische Beschreibung; für einige von uns besitzt sie eine komplexe Bedeutung. Und wenn wir dann an die Kinder denken … Die Vorstellung muß schrecklich sein, daß sie sich auf eine so lange Reise begeben, während wir sie nicht einmal allein auf die Straße gelassen hatten. Wenn es in den dunklen Nächten regnet oder schneit, ist der Gedanke unerträglich. Und ganz gleich, wie herrlich der Himmel ist — wir können nicht glauben, daß sie sich dort nicht fremd und einsam fühlen werden.«

»Weder Harfen noch Kronen noch taubengeflügelte Cherubim
konnten Freude bringen.
Die Kinder hielten einander an Händen, wanderten unter
der Kuppel und blieben nur stehen,
Um kläglich an den leuchtenden Gewändern jener zu zupfen,
die vorübergingen,
Und um das zu bitten, was Fürsten und Mächtige verweigerten:
›Ach bitte, dürfen wir jetzt nach Hause gehen?‹«

Als Jed verstummte, herrschte lange Zeit Stille. Er unterbrach sie selbst mit einem unglaublich zynischen Lachen.

»Der Alte hat genau gewußt, wie er auf die Tränendrüsen drücken kann, was?«

So leicht ließ ich ihn nicht davonkommen.

»Vergessen Sie nicht das Ende. ›Soll ich, der die Kinder zu mir kommen ließ, sie gegen ihren Willen festhalten?‹«

Anne schnaubte angewidert. »Das ist tatsächlich keine gute Idee.«

Zu meiner Verblüffung nickte Jed heftig.

»Sie haben nie etwas Wahreres gesagt, Doktor. Aber gerade darauf wollte Jo hinaus. Das Thema ist emotionell überfrachtet. Wenn man daran denkt, dann fallen einem automatisch diese Bilder ein, und wenn man das zuläßt, dann zerbrechen sie uns. Das Ganze ist wie Kiplings Geschichte, die Mary so tief beeindruckt hat. Für jemanden, der diese Schwäche nicht erlebt hat, ist sie nur sentimentales Gewäsch. Aber was für den einen Unsinn ist, kann für den anderen Leben und Tod sein. Das hat Jo gemeint — nicht wahr, Jo? Man wagt nicht, zuviel Mitgefühl zu empfinden, sonst versinkt man im

Kummer. Doch man kann diese Dinge trotzdem weder beiseiteschieben noch so tun, als gäbe es sie nicht. Es ist entsetzlich schwer, nicht in eines der beiden Extreme zu verfallen.«

Ich strahlte Jed an. Er hatte mich beinahe davon überzeugt, daß ich tatsächlich genau das hatte sagen wollen. Ich hatte gar nicht gewußt, wie klug ich bin.

2

Die Uhrzeiger wanderten auf Mitternacht zu und daran vorbei. Bis auf den Lichtschein meiner Leselampe war der Raum dunkel. Die Stille und die kühle Brise, die die Vorhänge bewegte, hätten mich schläfrig machen sollen, vor allem, weil die vorhergehende Nacht so hektisch gewesen war.

Ich war nicht schläfrig, obwohl das Buch, das ich las, als Schlafmittel dienen konnte. Es war ein Geschichtsbuch, das Ran mir aufgedrängt hatte, weil ich einmal unvorsichtigerweise erwähnt hatte, daß ich mich für den Handel mit China interessiere. Wir waren beim Abendessen darauf zu sprechen gekommen, denn wir hatten alle verzweifelt nach einem unverfänglichen Thema gesucht. Obwohl ich allmählich davon überzeugt war, daß die Schwierigkeiten im Haus mit Hezekiah und seiner Familie zusammenhingen, hielt ich es für ungefährlich, über ihn zu sprechen, solange Mary nichts von dem Zusammenhang wußte.

Hezekiah sorgte sogar für gute Laune. Ich neckte Ran, weil er sich weigerte, über die Schwächen seines Vorfahren zu sprechen, und er erzählte uns schließlich einige der deftigen Geschichten. Es war sehr verständlich, daß die Familie keineswegs auf die Taten ihres unternehmungslustigen Kapitäns stolz war. Sogar in der viktorianischen Epoche bewunderte man potente, lebenslustige Männer; aber Hezekiah hatte eine unerfreuliche

Schwäche für sehr junge Mädchen, und ›Verführung‹ war ein zu mildes Wort für seine Vorgangsweise.

Ran ließ jedem das Seine. »Er war trotzdem ein verdammt guter Seemann, sonst hätte er nicht mit neunzehn ein eigenes Schiff befehligt.«

»Das war damals gar nicht so ungewöhnlich«, widersprach Will. »Mich hat der Fall mehr beeindruckt, bei dem die Frau des Kapitäns das Kommando übernahm, als ihr Mann an Gehirnfieber erkrankte. Der erste Offizier lag wegen Insubordination in Ketten, und der zweite Offizier hatte keine Ahnung von Navigation. Deshalb übernahm Mrs. Patten, die sich auf einer früheren Reise selbst Navigation beigebracht hatte, den Befehl über das Schiff. Sie pflegte nicht nur ihren Mann gesund, sondern steuerte auch den Klipper mit seiner wilden, rauhen Besatzung vom Kap Horn nach San Francisco. Sie war damals neunzehn.«

»Klar«, meinte ich beeindruckt, »so eine Kleinigkeit hätte ich auch fertiggebracht, als ich neunzehn war. Kennen Sie noch einige Geschichten, um meinen Minderwertigkeitskomplex zu verstärken, oder wollen Sie über Hezekiah sprechen?«

»Ich ziehe vor, über seine guten Eigenschaften zu sprechen«, schlug Ran vor.

»Hatte er überhaupt welche?«

»Wenn man Ehrgeiz und Tüchtigkeit für gute Eigenschaften hält, ja. Er hat sich hinaufgearbeitet, durch die Klüsen, wie man damals sagte; das heißt, er begann als einfacher Matrose. Mit neunzehn führte er ein Schiff; mit sechsundzwanzig baute er in Bath selbst Schiffe und hatte dieses Haus gekauft. Das bedeutet nicht unbedingt, daß er skrupellos war; wenn man damals tüchtig war, konnte man schnell reich werden. Die Gehälter waren nicht sehr hoch, aber ein Schiffsoffizier durfte auf der Heimfahrt private Fracht mitnehmen und bekam, nachdem die Ladung verkauft worden war, eine Provision vom Gewinn. Hezekiah kaufte sich in dem Augenblick in eine Schiffsbaufirma ein, in dem der Handel einen ungeheuren Aufschwung nahm, und er segelte später auf seinen eigenen Schiffen ... Sie sehen gelangweilt aus, Anne. Es tut mir leid, daß das Thema so uninteressant ist.«

Sie hatte ihr Gähnen hinter der perfekt manikürten Hand verborgen. Jetzt beugte sie sich vor; ihre Augen funkelten belustigt.

»Erzählungen über rechtschaffene Leistungen sind doch immer langweilig. Kehren wir zu seinen Lastern zurück. Er muß sehr gut ausgesehen haben, wenn er solchen Erfolg bei Frauen hatte.«

»Angeblich war er häßlich wie der Teufel.«

»Angeblich? Gibt es denn nirgends ein Bild des Familienhelden?«

»Man sollte annehmen, daß eines vorhanden ist, und ich erinnere mich auch dunkel daran, aber ich weiß nicht, was aus ihm geworden ist. Er war jedenfalls kein gut aussehender Mann. Er war klein und untersetzt, hatte O-Beine und war behaart. Anscheinend hat er über Sex-Appeal oder so etwas verfügt, denn die Leute sperrten ihre Töchter ein, wenn Hezekiahs Bramsegel am Horizont auftauchte. Nach seiner Heirat wurde er etwas ruhiger; seine Frau stammte aus einer Bostoner Reederfamilie, und er brauchte ihr Geld und ihre Beziehungen. Natürlich war er nicht viel zu Hause und hatte während seiner Reisen genügend Zeit, sich seiner Lieblingsbeschäftigung zu widmen.«

»Die alte männliche Prahlerei«, stellte Anne fest. »Genügend gleichaltrige hochgewachsene Söhne, damit sie seine Bahre tragen konnten.«

»Das ist widerlich«, sagte ich.

»Es kommt auf den Standpunkt an«, meinte Will.

»Wie auch immer«, mischte sich Ran hastig ein, »Hezekiah hätte es wahrscheinlich geschafft. Sie legten auf der Hinfahrt meist in Hawaii an. Die Damen auf den Sandwichinseln waren wegen ihrer Schönheit und Freizügigkeit berühmt. Außerdem besaßen die großen Reederfamilien ein Haus in Hongkong, und manche sogar Sommersitze in Macao. Ich sehe Hezekiah vor mir, wie er sich dort draußen wie ein orientalischer Pascha austobt. Auf der Heimreise suchten sie Java, Madagaskar und das Kap der Guten Hoffnung auf. Ganz zu schweigen von den roten Laternen in New York und Boston.«

»Sie haben rund um die Welt auf den Putz gehaut«, murmelte ich, »während die Frauen brav zu Hause schrubbten und kochten und kranke Kinder pflegten.«

Anne lachte.

»Vielleicht war Mrs. Hezekiah froh, ihn aus dem Haus zu haben. Ich verstehe wirklich nicht, Ran, warum die Familie so ein Drama aus seinen Sünden macht. Sie hören sich doch vollkommen normal an.«

»Das hängt vom Standpunkt ab.« Ich sah Will an. »Ich meine, was man als normal bezeichnet.«

»Die Geschichten, die bis heute überlebt haben, sind die bereinigte Version«, erklärte Ran. »Was seinen Nachkommen wirklich Unbehagen bereitete, war die Fracht, auf die sich Hezekiah spezialisierte. Er begann mit Tee und Seide und was sonst noch üblich war. Aber die Nachfrage nach europäischen Importen war in China nicht groß, und darum wendete sich mein bewundernswerter Ahn dem Opium zu.«

»Großartig«, stellte ich fest. »Ein Pusher in der Familie.«

»Er hat Opium nach China, und nicht aus China nach Europa gebracht«, stellte Ran richtig. »Vielleicht bin ich ihm gegenüber etwas zu streng. Wenn wir moralische Urteile fällen, müssen wir die Sitten jener Zeit in Betracht ziehen. Die Engländer hatten seit Jahrzehnten indisches Opium nach China gebracht. Als die chinesischen Händler Einwendungen erhoben, zogen die ehrenwerten Kaufleute von Bristol und London in den Krieg, um dafür zu sorgen, daß ihre Gewinne nicht gemindert wurden.«

»Soll das heißen, daß es bei den Opiumkriegen darum ging?« fragte ich ungläubig. »Ich habe von ihnen gehört, aber mir war nie klar ... Ich hatte die undeutliche Vorstellung, daß die Engländer wütend wurden, weil die Chinesen versuchten, den Opiummarkt an sich zu reißen.«

»Genau das Gegenteil stimmt«, erklärte Will. »Die Leute, die heutzutage verschiedene Formen billiger Euphorie legalisieren wollen, merken nicht, daß das schon andere Länder versucht und dabei festgestellt haben, daß es nicht funktioniert. Die Chinesen hatten bereits vor 1800 die Einfuhr von Opium verboten. Aber die frommen christlichen Kaufleute Europas fanden den Handel zu gewinnbringend, bestachen unredliche chinesische Beamte und brachten das Zeug weiterhin ins Land. Schließlich griff die chinesische Regierung durch, und daraufhin zwangen die Europäer eine ganze Nation mit Waffengewalt dazu, süchtig zu werden. Die meisten Kaufleute Neuenglands weigerten sich zwar, mit Opium zu handeln. Vielleicht waren ihre Motive aber gar nicht so edel; sie hatten Angst vor einem Handel, der illegal war und daher gewisse Risiken beinhaltete. Jedenfalls bleibt die Tatsache bestehen, daß Hezekiah der größte amerikanische Opiumhändler war. Manche seiner Geschäftsmethoden führten bei seinen Zeitgenossen zu Brechreiz, obwohl sie an etliches gewöhnt waren.«

Dieses Gespräch hatte mein Interesse soweit geweckt, daß ich mehr über das Thema erfahren wollte, und daher las ich jetzt dieses Buch. Es war eine scheußliche Geschichte. Die Lektüre von Geschichtswerken hat eine heilsame Wirkung: Es wird einem klar, daß wir nicht schlechter sind als unsere Vorfahren — vielleicht sogar ein bißchen besser. Aber das Buch war langweilig geschrieben, und nach einiger Zeit interessierte mich nicht einmal mehr die Tragödie der Opiumkriege.

Ich stand auf und trat ans Fenster. Um ehrlich zu sein: Es erforderte einigen Mut hinauszusehen. Aber auf der Rasenfläche lagen nur die Schatten der Büsche und Bäume, die das Mondlicht warf. Ich dachte daran, wie schön es hier wäre, wenn man das Entsetzliche, das Mary verfolgte, exorzieren könnte — und ich bezweifelte, daß ich hier jemals eine Nacht durchschlafen würde. In dieser Beziehung war der Aufenthalt bis jetzt sehr frustrierend gewesen.

Nach einer Weile wurde ich schläfrig, aber ich blieb sitzen, stützte die Arme auf das Fensterbrett und blickte in die stille Schönheit der Nacht hinaus. Es tat mir leid, daß vor den Fenstern Drahtgitter angebracht waren. Ich hätte am liebsten Kopf und Schultern in die kalte Luft und das Mondlicht, das wie kristallisiertes Wasser wirkte, hinausgesteckt.

Das Gefühl stellte sich nur allmählich ein, so daß ich es zuerst nicht bemerkte. Als ich es endlich erkannte, war es zu spät. Ich versuchte, tief Luft zu holen, und konnte es nicht; ein eiserner Ring umschloß meine Brust.

Dann vernahm ich ein bestimmtes Geräusch, taumelte auf die Beine und hielt mich an den Vorhängen fest. Es kam nicht von draußen, aus dem kristallklaren Mondlicht, sondern aus dem Haus.

Bis jetzt war der Wind, der zum Fenster hereinstrich, nicht kalt gewesen, sondern nur kühl; jetzt wurde es zunehmend kälter, die Luft schien vom Nordpol zu kommen. Meine Zähne begannen zu klappern. Zuerst konnte ich mich nicht bewegen, weil meine Beine vor Kälte starr waren. Dann ertönte das Weinen wieder, diesmal lauter, und ich drehte mich um und stolperte zur Tür.

Meine Finger waren steif und mühten sich mit dem Türknauf ab. Als die Tür endlich aufging, schlug mir nicht wärmere Luft entgegen, sondern der Korridor war von polarer Kälte erfüllt. Und noch etwas war da: eine wortlose, gebieterische Forderung, die so stark an mir zerrte wie die Schwerkraft an einem fallenden Körper.

Ich wendete mich ohne zu zögern oder zu denken

nach links — fort von den bewohnten Zimmern zu der Treppe am Ende des Korridors. Das Licht war gedämpft, aber es kam mir düsterer vor als gewöhnlich, denn die Kälte schwächte das warme Orange der Lampen ab. Auf der Treppe gab es überhaupt kein Licht. Als ich mich hinauftastete, schmerzten meine nackten Füße, und über meinen Körper liefen pausenlos Schauer.

Das schlimmste an dem Erlebnis war die Tatsache, daß mein Geist trotz des Zwanges normal arbeitete. Mir war bewußt, daß etwas Grauenhaftes an meinen Gliedern zerrte, und daß ich unfähig war, ihm Widerstand zu leisten. Mein Gehirn versuchte vergeblich, die unsichtbaren Stricke zu zerreißen, die es fesselten.

Ich erreichte den vertrauten Treppenabsatz; hierher drang durch das kleine Fenster in der Wand Licht. Es war ein kaltes, blasses Licht, die sichtbare Ausstrahlung der Kälte, die mich betäubte. Das Weinen drang jetzt von allen Seiten auf mich ein und füllte meinen Kopf. Als mein willenloser Körper vor einer bestimmten Tür stehenblieb, war mein Verstand nicht überrascht. Ich ergriff den Türknauf, drehte ihn, und die Tür ging auf.

Das Mondlicht warf den Schatten der vergitterten Fenster auf den nackten Fußboden. Dichtere Schatten drängten sich wie Fledermäuse in der gähnenden Höhlung des Kamins. Der Raum war nicht leer, sondern von Geräuschen und Bewegung erfüllt. Mäuse, sagte die letzte vernünftige Stimme in meinem gepeinigten Gehirn; Mäuse und die Geräusche eines alten Hauses ... Das weiße Schaukelpferd schwankte knarrend und zitternd. Ein leises Zirpen, das man kaum vernahm, kam vielleicht von einer Spieldose, deren Klang aus einem vergangenen Jahrhundert zu mir drang.

Hier war die Kälte unerträglich, hier war das Zentrum, aus dem sie kam. Ich blieb wie angefroren stehen und konnte mich nicht bewegen. Das Weinen hatte in dem Augenblick aufgehört, als ich die Tür öffnete, aber die verstohlenen Geräusche waren schlimmer als das

Weinen. Dann wendete ich den Kopf und erblickte sie neben den Schränken in der von mir am weitesten entfernten Ecke.

Ich sah, wie sie Gestalt annahm. Falls ich jemals gehofft hatte, ihr Wesen leugnen zu können, war dies jetzt nicht mehr möglich. Sie bildete ihren Körper aus den Schatten und raffte sie wie Kleidungsstücke um sich zusammen. Vielleicht war es das Mondlicht, oder vielleicht strahlte von ihr selbst Licht aus, aber jetzt sah ich ihr Gesicht deutlich. Die Kapuze war zurückgeglitten ... Nein, Umhang und Kapuze waren fort; natürlich, sie befand sich im Haus, und da trägt man keinen Mantel. Meine Füße bewegten sich widerstrebend und trugen mich durch die Tür in den Raum.

Ihr Kleid war genauso dunkel wie ihr Umhang, aber an Hals und Handgelenken schimmerte etwas weiß — oder war es nur das Mondlicht, das durch sie schien? Ihre Haare waren dunkel und glatt zurückgekämmt. Ihre Augen ... Ich senkte den Blick, weil ich diese Abgründe aus Dunkelheit nicht ertrug. Ihr Gesicht war unheimlich deutlich zu erkennen — die zusammengepreßten Lippen, die schmale Nase, die ungewöhnlich breiten Bakkenknochen. Das Gesicht lief unvermittelt in einem spitzen Kinn aus. Neben ihrem linken Mundwinkel bemerkte ich ein Muttermal.

Zuerst fand ich, daß ihre Regungslosigkeit das Schrecklichste an ihr war. Sie war deshalb so schrecklich, weil sie jeder normalen Erfahrung zuwiderlief. Keine Statue kann das Leben so geschickt nachahmen; kein lebendes Wesen kann so regungslos verharren. An jedem lebenden Wesen gibt es Bewegung, und sei sie auch noch so schwach — das Heben und Senken der Brust, das Pochen des Pulses am Hals. Kein Atem, kein Puls belebte das Geschöpf, das vor mir stand.

Doch ich irrte mich. Ihre Regungslosigkeit war entsetzlich, aber Bewegung wäre noch schlimmer gewesen. Ich erkannte es, als sie versuchte, sich zu bewegen.

Ich sah die scheußliche Anstrengung, bevor ich das von ihr verursachte Geräusch vernahm. Aber dieses Geräusch war wahrscheinlich das einzige, das meine Lähmung beenden konnte. Ich strengte mich so sehr an, daß meine Muskeln zu reißen drohten, aber es gelang mir, mich von dem verzerrten weißen Gesicht abzuwenden und meinen widerstrebenden Körper in den Türrahmen zu zwingen. Ich hatte das Geräusch von laufenden Füßen gehört und in dem Augenblick, in dem ich den Arm ausstreckte und so die Tür blockierte, warf sich Mary dagegen. Sogar in diesem Augenblick war ich stärker als sie. Die Kälte, die mir die Kraft raubte, schwächte sie ebenfalls; ihre Zähne klapperten. Doch ich hatte den Eindruck, daß die Kälte nachließ. Vielleicht hielt mich auch nur der Gedanke warm, die Notwendigkeit, Mary mit allen Mitteln daran zu hindern, das Ding zu sehen, das in der Ecke stand und versuchte, seine Fesseln zu sprengen. Ich drängte Mary von der Tür zurück; dann entspannte sich meine erstarrte Kehle, und ich brüllte, so laut ich konnte.

In der Stille war das Geräusch entsetzlich; ich war selbst über den Krach erschrocken, den ich verursachte. Etwas schien zu zerbersten und zu zerbrechen. Ich wußte, ohne mich umzusehen, daß die schattenhafte Gestalt fort war. Mary fiel auf meinen Arm, und gleichzeitig hörte ich Stimmen und das Dröhnen von Schritten, weil die anderen aufgewacht waren und uns suchten.

ACHTES KAPITEL

1

Warum geben wir nicht einfach auf?« Ran lächelte mich schwach an, als ich ihn erschrocken ansah. »Ich meine, daß wir aufgeben, wie normale Menschen zu leben. Wir sollten den ganzen Tag schlafen und uns damit abfinden, daß wir die ganze Nacht wach sein werden.«

Will fand das gar nicht komisch.

»So kann es nicht mehr lange weitergehen«, stellte er fest. »Es ist für uns alle körperlich zu anstrengend, ganz zu schweigen von den übrigen Auswirkungen. Und ich kann nicht jede Nacht hier verbringen, zu Hause wartet auch Arbeit auf mich.«

»Heute nacht hätte es keine Rolle gespielt, wenn Sie nicht dagewesen wären«, bemerkte ich.

»Das stimmt.« Will war keineswegs beleidigt, sondern musterte mich interessiert. »Heute nacht waren Sie die Heldin. Nachdem der Tumult jetzt vorbei ist, könnten Sie uns eigentlich erzählen, was sich abgespielt hat.«

»Nicht schon wieder eine Besprechung«, protestierte ich. »Ich bin todmüde.«

Doch das war nicht der wahre Grund, warum ich nicht reden wollte. Anne befand sich bei uns. Sie war erst erschienen, als das Schlimmste vorbei war, und ihre untadelige Frisur sowie ihr perfektes Make-up machten mich wütend. Ich machte ihr keinen Vorwurf daraus, daß sie sich nicht mit Lockenwicklern und Nachtcreme zeigen wollte, aber jede Ärztin, der ihr Aussehen wichtiger ist als ein Notfall, hat ihren Beruf verfehlt.

Sie trug einen prachtvollen rosa Schlafrock, der ihrem

Teint schmeichelte. Sie schlug die Beine übereinander und sah mich an.

»Es muß bald hell werden«, sagte sie.

»Es ist zwei Uhr früh«, antwortete ich ärgerlich und unterdrückte ein Gähnen. »Ich habe überhaupt noch nicht geschlafen.«

»Dann warst du also wach, als Mary ihr Zimmer verließ«, meinte Ran. »Ich habe mich schon gefragt, wieso du sie gehört hast und ich nicht.«

»Ich habe nicht Mary gehört, sondern das Weinen.« Mir war es jetzt gleich, was Anne von mir dachte. »Es war das gleiche Geräusch wie neulich, nur kam es nicht von draußen, sondern aus dem Haus. Ich folgte ihm in den Turm und in den Raum, der einmal ein Kinderzimmer gewesen ist. Die Frau war dort. Diesmal habe ich ihr Gesicht gesehen, und zwar so deutlich, daß ich es auch in einer Menschenmenge wiedererkennen würde. Mary folgte mir, vielleicht hatte sie ebenfalls das Weinen gehört. Als ich sie hörte, wußte ich, daß ich sie nicht in diesem Raum lassen durfte ...«

»Warum?« fragte Anne. Es klang nicht kritisch, sondern nur neugierig. Trotzdem ärgerte mich die Frage — wahrscheinlich weil ich keine vernünftige Antwort darauf wußte.

»Ich weiß nicht, warum. Ich wußte nur, daß sie nicht hineingehen sollte. Es war falsch. Schlecht.«

»Ich verstehe.« Anne lehnte sich zurück und griff nach einer Zigarette.

»Sie haben es nicht gesehen, und darin liegt die Schwierigkeit. Man kann so etwas erst glauben, wenn man es persönlich erlebt hat.« Ich wandte mich Will zu, der mich ausdruckslos beobachtete. »Ich mache auch Ihnen keinen Vorwurf, aber ich kann es verdammt noch mal nicht verstehen, warum Sie damals am Abend dieses — dieses Ding auf der Terrasse nicht gesehen haben.«

»Ich habe es gesehen. Warum glauben Sie denn, daß ich Ihnen beinahe den Arm zerquetscht habe?«

Ich starrte ihn an und wußte nicht, ob ich erleichtert oder wütend sein sollte.

»Du Mistkerl«, sagte Ran. »Warum zum Teufel hast du es nicht gesagt?«

»Vor Mary?« Will zögerte. »Okay, ich werde ehrlich sein. Es hat mich umgehauen, deshalb. Ich wußte nicht, was ich sagen sollte, deshalb habe ich den Mund gehalten.«

Anne räusperte sich und stand auf.

»Ich will Sie nicht in Verlegenheit bringen, Mr. Fraser. Sie werden sich daran erinnern, daß Sie zu mir gekommen sind, und nicht umgekehrt. Es bleibt Ihnen überlassen, ob Sie auf meine Dienste verzichten wollen. Wenn Sie jedoch wünschen, daß ich bleibe, dann müssen Sie mir gegenüber ehrlich sein. Sie alle.«

Will ging durch das Zimmer und legte Anne die Hand auf den Arm. Sie waren ein seltsames Paar — sie in ihrer makellosen Eleganz, und er mit wild zerzaustem Haar in einem Schlafrock, den jeder Landstreicher als Zumutung empfunden hätte. Doch sein Lächeln war überzeugend. Ich war nicht erstaunt, als ihr Gesicht sich entspannte und sie das Lächeln erwiderte.

»Setzen Sie sich«, sagte Will. »Sie haben recht, Doktor, wir schulden Ihnen eine Entschuldigung und eine Erklärung. Nachdem Sie sie gehört haben, werden Sie uns wahrscheinlich sitzenlassen. Ich würde es Ihnen nicht übelnehmen.«

Sein Bericht war ein Meisterwerk, genau und unparteiisch. Während Anne zuhörte, schwand der letzte Rest ihrer Feindseligkeit. Als Will zu Ende war, meinte sie nachdenklich:

»Ich — ehrlich, ich weiß nicht, was ich sagen soll. Sie haben den falschen Beruf gewählt, Will. Hätte mir ein anderer diese Geschichte erzählt, so hätte ich gelacht oder ihn sitzengelassen, wie Sie es ausgedrückt haben.«

»Jedes Wort ist wahr«, stellte ich fest.

Will sah mich wütend an. »Ich weiß, wie Anne zumute ist, Jo.« Er wandte sich ihr wieder zu: Anscheinend war es für ihn sehr wichtig, sie zu überzeugen. »Sie wissen nicht, Anne, daß wir zu dieser Erklärung buchstäblich gezwungen wurden. Sie kennen Bertha Willard nicht, aber ich kenne sie. Es fällt mir leichter, an Gespenster zu glauben, als anzunehmen, daß Bertha so etwas erfinden würde. Sie haben auch das Weinen nie gehört; es ist unbeschreiblich. Und ohne diesen Background müssen Sie skeptisch sein. Ich wäre es auch.«

»Und keiner von euch kennt Jo so gut wie ich«, warf Ran ein. »Sie hat weder Halluzinationen, noch lügt sie.«

»Danke«, sagte ich. »Das habe ich gebraucht.«

»Sie sind also alle davon überzeugt, daß es sich um übernatürliche Phänomene handelt?« fragte Anne.

Sie sah uns der Reihe nach ernst und fragend an. Keiner sprach; wahrscheinlich war uns der Ausdruck immer noch peinlich. Sie nickte.

»Ich verstehe. In diesem Fall — Sie müssen entschuldigen, wenn ich mich unbeholfen ausdrücke — verstehe ich nicht, wozu Sie einen Psychiater brauchen. Sie sollten lieber einen Spiritisten oder ein Medium zuziehen.«

Zuerst verstand ich nicht, was mich an dieser Vorstellung so empörte, doch ich entdeckte auf Rans Gesicht den gleichen Widerwillen. Will widersprach heftig:

»Das ist wohl das Letzte, was wir brauchen.«

»Das ist interessant.« Anne zog die nächste Zigarette aus der Packung. Sie sah zu Will hinüber, aber er war in unangenehme Gedanken versunken und runzelte die Stirn offenbar über sich selbst. Nach einer kurzen Pause lächelte sie, zuckte die Schultern und griff nach dem Feuerzeug. »Warum ruft dieser Vorschlag so hartnäckige, heftige Gefühle hervor?«

»Meine Patienten haben für Séancen nicht viel übrig«, antwortete Will. »Aber ich habe von Fällen gelesen, in denen die Leute nach dem Spiritismus süchtig wurden. Ein betrügerisches Medium kann die Gefühle des Patienten manipulieren und seine Fixierung verstärken.«

»Natürlich«, gab Anne zu. »Und die meisten, wenn nicht alle Medien, sind Betrüger. Sogar ein anständiger, aber dummer Hysteriker könnte beträchtlichen Schaden anrichten. Sie wissen jedoch genausogut wie ich, daß nicht alle Betrüger sind. Die Gesellschaft für psychische Forschungen genießt weltweit Ansehen.«

»Nein«, widersprach ich, »keine Séance, um Himmels willen.«

»Warum nicht?«

Früher oder später würde sie einmal zu oft ›Warum‹ fragen, und ich würde einen Tobsuchtsanfall bekommen. Aber ich hatte noch nicht ganz den Siedepunkt erreicht. Und es war eine faire Frage, verdammt noch mal.

»Warum nicht?«

»Das kann ich Ihnen sagen«, antwortete ich trübsinnig. »Und ich könnte wetten, daß es Ran und Will genauso geht, obwohl sie zu feig sind, es zuzugeben. Ich habe keine Angst vor einem betrügerischen Medium oder vor einer Séance, die ein Fehlschlag wird. Ich habe vor einer erfolgreichen Séance Angst.«

Ran nickte. Er sah beunruhigt aus, aber die Idee konnte bei ihm kaum solchen Widerwillen auslösen wie bei mir. Er hatte das Ding nicht gesehen, das kommen würde, wenn man es rief.

»Warum sollten Sie das nicht zugeben?« fragte Anne so sanft, wie es nur einem Psychiater möglich ist. »Wenn man Ihre grundlegende Einstellung bedenkt, ist die Angst durchaus berechtigt. Aber gehen wir einen Schritt weiter. Wenn Sie es tatsächlich mit einem — wie nannte es Hamlet doch — einem verstörten Geist zu tun haben, dann gibt es nur eines, das Sie tun können. Wenn der Geist erdgebunden und unglücklich ist, dann muß man ihn zur letzten Ruhe betten, stimmen Sie mir zu?«

Sie hatte mich als Ansprechperson in der Diskussion gewählt, und unter ihrem kühlen, aufmerksamen Blick hatte ich das Gefühl, daß ich es mit einem Gegner zu tun hatte, der mehr Erfahrung besaß als ich. Sie drängte mich mit ihrer Logik in die Ecke, obwohl mir mein Gefühl sagte, daß ich recht hatte. In den Streitgesprächen von Sokrates hatte ich heimlich immer zu seinen Gegnern gehalten.

»Ja«, sagte ich zögernd, »das könnte zutreffen.«

»Sie dürfen mir nicht aus Höflichkeit zustimmen«, säuselte Anne. »Wenn Sie Einwände haben, dann äußern Sie sie.«

Ich gab mir einen Ruck.

»Wenn der Geist menschlich und erdgebunden ist, dann holt man — zumindest laut den Geschichten, die ich gelesen habe — einen Priester und exorziert ihn. Es gibt ein eigenes Verfahren dafür, nicht wahr?«

»Nein«, widersprach Anne entschieden. »Ich meine, es gibt zwar ein Verfahren, aber das wollen Sie bestimmt nicht. Ich kann mir nicht vorstellen, daß Sie die Prozedur je erlebt haben, aber ich habe es getan. Der Geist wird in die ewige Finsternis verbannt. ›Ich exorziere dich, du unreiner Geist ... Im Namen unseres Herrn Jesus Christus, lasse ab von diesem Geschöpf und begib dich von hinnen‹, und so weiter.«

»Woher, zum Teufel, kennen Sie das?« fragte Will.

»Einer von meinen Patienten glaubte, von einem unreinen Geist besessen zu sein. Ich glaube kaum, daß das Verfahren eine günstige Wirkung auf Mary hätte.«

»Sie haben vollkommen recht«, murmelte ich. »Warum mußten Sie es dann zur Sprache bringen?«

»Sie haben damit angefangen«, gab Anne beinahe scharf zurück. »Ich habe den Exorzismus nicht erwähnt, sondern an etwas ganz anderes gedacht. Die modernen Spiritisten exorzieren einen unglücklichen Geist nicht, sondern beruhigen ihn und versuchen, wenn Sie den Ausdruck entschuldigen, ihn über die Schwelle des Paradieses zu stoßen.«

Wir schwiegen und verdauten diese Mitteilung, und

dann räusperte sich Will. »Was stellen Sie sich eigentlich vor?«

»Es ist nur ein Vorschlag, und ich muß ihn erst genau überdenken, bevor ich ihn ernsthaft zur Debatte stelle. Aber wenn Sie darauf bestehen — ich denke an eine Zeremonie, bei der Marys Gespenst beruhigt wird — und daraufhin sie beruhigen könnte.«

»Kurz gesagt, eine dramatische Szene«, meinte Will. In seiner Stimme lag ein seltsamer Unterton. »Dabei läuft eine Platte mit dem Chor der Sixtinischen Kapelle und verklingt am Ende zu himmlischer Stille. Wo sollen wir innerhalb so kurzer Zeit einen Bauchredner hernehmen?«

»Ich weiß, daß es sich um eine unorthodoxe Behandlung handelt«, bemerkte Anne verkniffen. »Aber manchmal ist eine Schocktherapie erforderlich. Marys Fall ist außergewöhnlich. Ich habe so etwas noch nie erlebt, und ich kann Ihnen versichern, daß ich über reiche Erfahrung auf diesem Gebiet verfüge. Ich habe auch das Gefühl, daß sie sich rasch einer Krise nähert, obwohl ich es nicht logisch begründen kann.«

»Ich habe das gleiche Gefühl«, stimmte Will zu. »Verdammt, ich weiß nicht, was ich sagen soll. Im Grund stößt mich der Gedanke an eine vorgetäuschte Séance ab. Ich weiß, daß sie helfen könnte, aber ich belüge meine Patienten nur äußerst ungern.«

»Wenn die Wahrheit für ein Kind unerträglich wäre, würden Sie es auch belügen, nicht wahr?« fragte Anne.

»Einen Augenblick«, mischte sich Ran ein. Er sprach so autoritär, daß die anderen verstummten. »Ich weiß, daß ihr beide die Fachleute seid, aber ich bin derjenige, der letzten Endes eine Entscheidung treffen muß. Ich möchte mich bei Ihnen dafür entschuldigen, Anne, daß ich Sie in eine unangenehme Lage gebracht habe. Zu meiner Rechtfertigung kann ich nur anführen, daß sich diese Entwicklung erst herauskristallisiert hat, nachdem ich mit Ihnen gesprochen habe. Natürlich hoffe ich, daß

Sie bei uns bleiben. Wir brauchen Ihre Sachkenntnis und Ihre Skepsis; vielleicht sind wir alle ein wenig verrückt. Aber zum jetzigen Zeitpunkt bin ich entschieden gegen eine Séance.«

»Sie sind ein sehr ehrlicher Mensch.« Anne schenkte ihm ihr bezauberndes Lächeln.

»Ich schließe mich Ran absolut an«, warf Will rasch ein.

Anne übertrug ihr Lächeln auf Will und überließ ihm als Draufgabe ihre Hand.

»Wir wollen also befreundete Gegner sein«, stellte sie fest. »Immer offen und ehrlich.«

Sie hielten einander noch immer bei den Händen und sahen einander in die Augen. Ich stand auf. Wenn ich sitzengeblieben wäre, hätte ich etwas Unfreundliches gesagt.

»Ich bin ebenfalls ehrlich«, erklärte ich, »aber nicht vorurteilslos. Ich habe eine Menge Vorurteile, und im Augenblick möchte ich unbedingt mit Jed sprechen. Er ist der einzige in diesem Haus, der vernünftig denkt.«

Ich hatte seine Schritte im Korridor gehört, deshalb war sein Erscheinen kein Zaubertrick, obwohl es so aussah. Er blieb in der Tür stehen und begrüßte uns mit einem Nicken.

»Bertha hat mich hinuntergeschickt, um Ihnen zu berichten, daß Mary schläft.«

»Gut«, sagte Ran. »Wir haben mit Dr. Wood offen gesprochen, Jed. Sie findet, daß wir alle übergeschnappt sind, benimmt sich aber sehr verständnisvoll.«

»Das ist gut.« Jed setzte sich. »Sie wissen ja, wie ich denke — je weniger Lügen, desto besser. Wir müssen allmählich diesem Ding gegenüber Fortschritte machen, denn es gefällt mir gar nicht, wie es Jo immer näher kommt.«

»Jo gefällt es genausowenig«, sagte ich. »Es kommt nicht nur näher, sondern es wird auch deutlicher. Ich habe das Gesicht so deutlich gesehen, wie jetzt das ihre.«

»In allen Einzelheiten?«

»Einschließlich des Muttermals auf der Wange.« Ich erschauerte unwillkürlich. »Es war fantastisch, Jed, wie ein lebensgroßes Foto.«

»Dann beschreiben Sie es«, forderte mich Will auf, »solange Sie es noch frisch im Gedächtnis haben.«

Jed hustete.

»Hat mir nicht irgendwer erzählt, daß Jo Künstlerin ist?« fragte er.

»Ich habe aufgehört zu denken«, antwortete Ran schuldbewußt. »Schaffst du es, Jo? Kannst du die Frau zeichnen?«

»Ich weiß nicht. Porträtieren war nie meine starke Seite, ich bin nur eine Auftragskünstlerin ...«

Jed stand auf und begann, im Nußholzschreibtisch am Fenster zu kramen. Er kam mit einer Handvoll Briefpapier und verschiedenen Schreibutensilien zurück. Ich fand einen Bleistift, der nicht zu hart war, obwohl ich eigentlich für den schattenhaften Umriß etwas Weicheres gebraucht hätte. Doch nach den ersten vorsichtigen Strichen nahm das Bild so schnell Gestalt an, daß ich beinahe Angst bekam. Es war, als führe mir eine fremde Kraft die Hand.

Die übrigen beugten sich über meine Schultern und sahen mir zu. Anne hatte ihre Skepsis vergessen, und ihr Atem streifte meinen Hals, während sie sich über die Rücklehne der Couch neigte. Ich zeichnete das blasse Gesicht mit den breiten Backenknochen und dem schmalen, zarten Kinn, die schön geformte Nase und das glatte schwarze Haar. Mit den Augen konnte ich nicht viel anfangen; ich legte Schatten in die Augenhöhlen und verwischte sie mit dem Daumenballen. Dann wendete ich mich dem Körper zu und wurde von der Arbeit immer mehr gefangengenommen, als der Bleistift Einzelheiten auf das Papier zauberte, die nicht aus meiner bewußten Erinnerung stammten. Als ich fertig war, lehnte ich mich zurück und betrachtete die Skizze verblüfft. Das Kleid war in allen Einzelheiten wiedergegeben. Es war einfach, hochgeschlossen, hatte lange, enge Ärmel und einen in der Taille gezogenen Rock — einen weiten, glockenförmigen Rock, aber ohne Reifen. Das Weiß, das mir am Hals und an den Handgelenken aufgefallen war, waren Kragen und Manschetten — einfach, ohne Spitzen oder Verzierung. Sogar die Frisur war deutlich zu erkennen. Von einem Mittelscheitel aus fiel das Haar weich über Schläfen und Ohren und war im Nacken zu einem schweren Knoten zusammengefaßt.

Ich sah mich um, um zu sehen, wie die anderen reagierten; Will starrte mich geradezu respektvoll an.

»Sie sind gut«, stellte er fest.

»Ich bin nicht besonders gut«, wehrte ich ab. »Ich werde auf Bescheidenheit verzichten und zugeben, daß es das beste Porträt ist, das ich je angefertigt habe. Noch dazu habe ich Einzelheiten gezeichnet, an die ich mich nicht erinnern kann. Nehmen Sie an, daß ich etwas erfunden, ergänzt, rekonstruiert habe?«

»Meiner Ansicht nach haben Sie genau das getan — rekonstruiert.« Jed fuhr sich nachdenklich über das Kinn, ohne den Blick von der Zeichnung abzuwenden.

Ran starrte die Skizze ebenfalls an.

»Du hast nicht erwähnt, daß sie schön ist.«

Ich musterte mein Werk noch einmal.

»Schön ist nicht ganz der richtige Ausdruck ... Ja, der Knochenbau ist gut. Aber ich kann mich nicht daran erinnern, daß der Mund so weich gewesen wäre. Verdammt, Ran, du hast recht, sie ist auf eine seltsame abgehärmte Art schön, und das Ding, das ich gesehen habe, war bestimmt nicht schön. Ich habe es also nicht richtig getroffen.«

»Warten Sie einen Augenblick.« Jeds lange Finger hielten meine Hand fest, als ich nach dem Bleistift griff. »Die Zeichnung stimmt schon, Jo. Verschlechtern Sie sie nicht.«

»Sie erkennen sie wieder, Jed? Wissen Sie, wer sie ist?«

»Nein, ich weiß nicht, wer sie ist. Aber ich habe das Gesicht schon irgendwo gesehen, ich kenne es. Deshalb weiß ich, daß es stimmt.«

»Was ist mit dir, Ran? Vielleicht ist sie eine Vorfahrin.«

»Nein ...« Aber Ran klang nicht ganz sicher, und Will mischte sich ein.

»Wäre es nicht möglich, Jed, daß Ihnen das Aussehen der Dame im allgemeinen vertraut ist? Ich habe auf alten Daguerreotypen solche Kleider und Frisuren gesehen — sogar die Haltung war die gleiche. Ich hatte ebenfalls das Gefühl, es wiederzuerkennen, bis mir klar wurde, woran es liegt.«

»Du hast recht, Will«, bestätigte Ran. »Deshalb habe ich gezögert.«

Jed schüttelte den Kopf.

»Nein, ich habe das Gesicht gesehen. Wenn ich nur wüßte, wo!«

2

Es war genau der richtige Tag für einen Friedhofsbesuch — grau und kühl, und zwischen den Bäumen hing der Bodennebel. Ich hätte wahrscheinlich nicht den Mut gehabt, allein hinzugehen. Die Nebelstreifen, die sich um die Bäume wanden, gaben meiner Fantasie zuviel Nahrung.

Außerdem war Will alles andere als ein fröhlicher Begleiter. Wahrscheinlich bedauerte er, daß er mich begleiten mußte, statt im Haus Annes berufliche Genialität und ihre blaue Stretchhose zu bewundern. Aber im Grunde war es mir gleichgültig. Ich war müde, deprimiert, das Wetter stimmte mich traurig, und ich glaubte nicht an Happy-ends.

Marys Zustand war genauso unklar wie nach dem ersten nächtlichen Abenteuer. Sie behauptete noch immer, daß sie sich an nichts erinnere. Will hielt es für möglich, daß sie an einer Art Gedächtnisschwund litt. Er erläuterte uns, daß Menschen manchmal, wenn sie etwas nicht akzeptieren können, es einfach aus ihrem Gedächtnis löschen. Auch Marys Fixierung konnte sich so auswirken, weil sie im Grunde wußte, daß das, was sie wollte, unlogisch war. Für mich bedeutete es ein gutes Zeichen, wenn sie wenigstens zum Teil noch Fantasie und Realität unterscheiden konnte. Will wußte nicht, was er davon halten sollte.

»Was ich jetzt sage, wird Ihnen vielleicht nicht gefallen«, meinte er düster, während wir den Pfad entlanggingen und er einen abgebrochenen Ast aus dem Weg schob. »Ich habe das Gefühl, daß Mary uns allen etwas vormacht. Manchmal ist ihr Gesichtsausdruck verschlagen und hinterhältig. Am Anfang hatte ich nie diesen Eindruck.«

»Ich spüre es ebenfalls. Aus Marys Augen sieht mich ein feindlicher Geist an.«

»Sie wollen doch nicht sagen, Jo ...«

»Daß sie besessen ist? Nein, und das ist das Schlimme daran. Es ist nicht etwas, das von ihr Besitz ergriffen hat, sondern es ist Mary, die uns ansieht, aber etwas hat ihre negativen Eigenschaften verstärkt, die Gemeinheit, den Haß, Gefühle, die in jedem von uns stecken. Sie piesackt Ran; ich hätte es ihm nicht übelgenommen, wenn er ihr heute morgen eine geklebt hätte.«

»Sie meinen die Bemerkungen beim Frühstück über seine Trinkgewohnheiten?«

»Ja, und das Ganze so süß und besorgt. Er ist kein Alkoholiker, Will, er hat beinahe nie etwas getrunken. Aber wenn man sie hört, bekommt man den Eindruck, daß sie ihn jede Nacht ins Bett schleppen muß.«

»Es könnte zum Teil eine Form der Selbstverteidigung sein. Wenn sie uns etwas vorzuwerfen hat, dann können wir sie nicht kritisieren. Sie ist Ihnen gegenüber nicht ausgesprochen feindselig, aber auch nicht gerade entgegenkommend. Das ist eine Enttäuschung für mich, weil ich gehofft hatte, daß sie mit Ihnen offen sprechen wird.«

Ich trat nach einem Stein, der auf dem Weg lag.

»Ich habe Mist gebaut. Ich hatte eine Chance und habe sie verpatzt.«

»Was meinen Sie damit?«

»Am allerersten Tag hat sie versucht, mich zu erreichen. Als sie mich anflehte, nicht zuzulassen, daß Sie und Ran sie fortbringen, horchte sie mich aus. Ich war so dumm; ich habe geglaubt — ach was, ich kann es genausogut aussprechen. Ich habe geglaubt, daß Sie und Ran Mary in eine Nervenheilanstalt bringen wollen.«

»Das haben Sie Ran zugetraut?«

»Vielleicht wäre es ja notwendig gewesen. Ich hatte so meine Zweifel an Ran. Sie sind nicht der einzige, für den die Alternative zum Übernatürlichen normale menschliche Verderbtheit ist.«

»*Touché.* Da wir gerade eine Orgie der Selbstbeschuldigung veranstalten, will ich zugeben, daß mir dieser Gedanke durch den Kopf gegangen ist.«

»Das habe ich mir gedacht: daß Ran und ich Mary loswerden wollten.«

Will blieb so plötzlich stehen, daß ich in ihn hineinrannte. Er drehte sich um. »Sie und Ran? Ich habe an Ran gedacht, aber ...«

Ich blickte zu ihm auf und freute mich absurderweise, aber sein nächster Satz zerstörte wieder alles.

»Als die Schwierigkeiten begannen, lebten Sie in San Francisco. Ach verdammt, Jo, es war nur ein flüchtiger Gedanke; ich kenne Ran zu gut, um so etwas ernst zu nehmen. Ich war überrascht, als ich Sie beide neulich am Abend erwischte, aber dann dachte ich darüber nach und brauchte Rans Erklärung nicht mehr, um zu verstehen, was geschehen war. Das ist die Wahrheit, Jo.«

»Halten Sie es für möglich, Will, daß Mary uns gesehen hat?«

»Ich nehme es nicht an, aber möglich wäre es, oder Ihr Benehmen hat sie mißtrauisch gemacht ... warum? Glauben Sie, daß sie Ihnen deshalb nicht mehr vertraut?«

»Ich weiß es nicht. Irgend etwas ist geschehen, vielleicht war es auch nur meine Reaktion, das heißt das Fehlen einer Reaktion auf ihre Feststellung, daß sie das Weinen hört. Hätte ich doch versucht ... Es ist müßig, jetzt darüber nachzudenken. Ich habe den Kontakt mit ihr verloren. Im Augenblick möchte sie nur Anne bei sich haben, und das gefällt mir nicht.«

Ich bedauerte diesen Satz noch während ich sprach. Es klang, als wäre ich auf Anne eifersüchtig. Vielleicht war ich es sogar.

»Sie sollten sich darüber freuen«, meinte Will vorwurfsvoll. »Wenn Anne nicht Babysitter für Mary spielte, könnten wir übrigens unsere zweifellos sinnlosen Nachforschungen nicht anstellen.«

»Halten Sie sie tatsächlich für nutzlos?«

»Ach, heute ist einer der Tage, an denen ich alles für sinnlos halte. Kümmern Sie sich nicht um mich. Wir müssen es tun, also streiten wir nicht darüber, ob es einen Sinn hat.«

»Sie haben Mrs. Willard die Zeichnung gezeigt?«

»Ja, und die Reaktion war die gleiche wie bei Jed: Sie kennt das Gesicht, weiß aber nicht, woher.«

»Zu schade, daß die alten Damen dem Museum so viele Aufzeichnungen und Bilder geschenkt haben.«

»Es ist umständlicher geworden, aber es würde Ran auch heutzutage nicht schwerfallen, Einsicht in sie zu bekommen. Der alte Mann, der das Museum leitet, ist ein Fraser-Fan.«

Kurz vor dem Friedhof wurde der Weg breiter, und Will wartete, bis ich ihn eingeholt hatte. Bis jetzt war er vorangegangen, weil der Pfad so schmal war. Statt auf die Lichtung hinauszugehen, lehnte er sich an den Zaun und zog seine Zigaretten heraus. Er bot mir schweigend eine an, und ich nahm sie ebenso schweigend und wartete darauf, daß er mir Feuer gab. Keiner von uns hatte es eilig, den Friedhof zu betreten. Ich hätte nicht einmal sagen können, warum ich überhaupt mitgegangen war.

»Ich weiß nicht, was wir hier suchen«, stellte Will fest. Der Gedanke entsprach so genau dem meinen, daß ich ein bißchen zusammenzuckte.

»Wir wollen Ihre Katzen füttern«, sagte ich.

»Und den Wagen holen.«

»Warum haben Sie ihn gestern zu Hause gelassen?«

»Ich hatte einen Platten, und ich war spät dran.«

»Sie müssen den Reifen also jetzt wechseln.«

»Ja. Eine entmutigende Vorstellung.«

Im Wald raschelte und kreischte etwas; ein Vogel hatte sich offenbar geärgert. Das Kreischen klang verzerrt und traurig, und ich erschauerte.

»Ein schrecklicher Tag. Will die Sonne überhaupt nicht scheinen?«

»Vielleicht steht uns Nebel bevor«, meinte Will. »Der Ausdruck Erbsensuppe ist in dieser Gegend entstanden. In Maine gibt es mehr Nebeltage im Jahr als in jedem anderen Bundesstaat.«

»Sie geben ja nur an. Obwohl ich mir nicht vorstellen kann, warum jemand mit Nebel angeben sollte ...«

Er antwortete nicht, und ich verstummte ebenfalls, weil ich zu niedergeschlagen war, um zu sprechen. Melancholischer Friede lag über dem Ort; nur das scheußliche gotische Mausoleum sah im Nebel wie ein Bühnenbild für *Dracula* aus.

»Ich nehme an, daß sie sich heute nicht zeigen wird«, meinte mein Begleiter nach einiger Zeit.

»Hören Sie damit auf.« Ich sah vorsichtig zu der Stelle hinüber, wo das Grab im Nebel lag.

»Sind Sie nicht deshalb hierhergekommen?«

»Ganz bestimmt nicht.«

»Tatsächlich? Ich habe gehofft, daß sie materialisieren würde. Ich möchte sie einmal genau sehen.«

»Nachher werden Sie anders denken.«

»Ist es so schlimm?«

Ich erschauerte wieder einmal, und Will meinte nachdenklich: »Das ist merkwürdig. Das von Ihnen gezeichnete Gesicht hat nicht diesen Eindruck vermittelt.«

»Es liegt nicht am Aussehen.« Ich suchte nach Worten. »Es war die Atmosphäre, die Kälte, das Gefühl ...«

»Ich weiß. Wie ein Alptraum, in dem die einzelnen Elemente absolut alltäglich sind. Es ist schwierig, so etwas wiederzugeben. Warum wollten Sie überhaupt zum Friedhof kommen, wenn der Anblick Ihnen so sehr auf die Nerven geht?«

»Ich wollte mir den Grabstein noch einmal ansehen und mich vergewissern, daß sonst nichts draufsteht.«

»Sonst steht nichts drauf; ich habe ihn ja auch gesehen.«

»Also schön, wenn Sie es sagen. Ich habe keineswegs das unwiderstehliche Bedürfnis, dem Grab in die Nähe zu kommen.«

»Okay.« Wir standen nebeneinander, seine Schulter berührte die meine, und ich lehnte mich ein ganz klein wenig dagegen. Sie fühlte sich so stark und sicher an. Er fuhr fort: »Es wäre auch möglich gewesen, daß Sie mich gebeten hätten, das Grab zu öffnen.«

»Will!« Ich starrte ihn entsetzt an. »Wie kommen Sie auf diese schreckliche Idee? Warum sollte ich so etwas wollen?«

»Es ist nicht ganz so verrückt, wie es sich anhört — sobald Sie unsere ursprüngliche verrückte Voraussetzung akzeptieren.«

Er lehnte noch immer an den nassen Eisenstangen und rauchte gelassen. Ich überlegte. Die Vorstellung war nach wie vor entsetzlich, aber gleichzeitig äußerst attraktiv.

»Warum?« fragte ich schließlich. »Könnte man nach

all der Zeit noch etwas herausbekommen? Nur aus den ...«

»Aus den Knochen? Nicht viel. Hinweise auf ein Verbrechen? Gift hinterläßt keine Spuren in den Knochen. Und selbst wenn wir Hinweise auf einen gewaltsamen Tod finden, könnte alles Mögliche daran schuld sein. Ein Schädelbasisbruch kann die Folge eines Sturzes sein.«

»Bis jetzt ist niemand auf die Idee gekommen, daß es sich vielleicht um einen Mord handelt, obwohl das einer der traditionellen Gründe dafür ist, daß ein Geist spukt. Aus Rache, oder um ein Unrecht wiedergutzumachen, oder ... Würde es Ihnen sehr viel ausmachen, Will, wenn wir diese Diskussion in unserem Wohnzimmer fortsetzen und dabei alle Lampen einschalten?«

Er antwortete nicht, sah mich auch nicht an, sondern starrte über die Lichtung hinweg. Schließlich sagte er mit gedämpfter Stimme:

»Sehen Sie nur, wie sich der Nebel dort jenseits der Steine verdichtet — das ist der Anfang der meisten Gespenstergeschichten. Der Fleck dort drüben hat die richtige Größe und Form, und die Art, wie er sich im Wind bewegt, erinnert beinahe an ...«

»Hören Sie auf!«

»Entschuldigung.« Jetzt wendete er den Kopf und sah mich an; seine Augen glitzerten belustigt. »Das ist mir geglückt, was? Ich habe Ihnen tatsächlich Angst eingejagt.«

»Sie sind wohl überhaupt nicht abergläubisch?«

»Überhaupt nicht.« Er stützte die Ellbogen auf den Zaun und musterte mich spöttisch. »Aber ich weiß jetzt, wo Ihre Schwierigkeit liegt.«

»Und zwar?«

»Sie sind hoffnungslos sentimental. Sie fallen auf jedes abgedroschene Klischee und jedes banale Gefühl herein.«

»Warum soll ich mit Ihnen streiten?« fragte ich lustlos. »Sie haben vollkommen recht. Ich weine bei jedem sentimentalen Schlager über hoffnungslose Liebe, kleine Kinder oder junge Hunde; ich weine bei jedem rührenden Buch und auch bei *Onkel Toms Hütte.*«

»Wie steht es mit ›Verlassen, verlassen …‹?«

Ich lachte widerwillig.

»Irgendwo gibt es schon eine Grenze, aber sie ist sehr weit gezogen. Einige meiner Bekannten sammeln alte Filme und Bücher. Wenn Shirley Temple um das Leben ihres Vaters fleht, der Soldat ist, dürfen Sie dreimal raten, wer als einzige heult.«

»Anne würde sagen, daß Sie zu leicht beeinflußbar sind, um eine verläßliche Beobachterin abzugeben.«

»Das ist es ja gerade. Ich weiß, daß ich leicht zu beeinflussen bin, und mißtraue deshalb meinem Gefühl. Wenn ich *Vom Winde verweht* lese, blutet mein Herz für den ritterlichen, schönen Süden, aber während mir die Tränen über das Gesicht laufen, weiß ich, daß der ritterliche Süden eine Fiktion ist, und daß sein Standpunkt moralisch unhaltbar war.«

»Schon gut, schon gut, ich glaube Ihnen. Und aus Rücksicht auf Ihre Empfindsamkeit setzen wir die Diskussion erst fort, wenn wir zu Hause sind.«

Auf den Klippen war der Nebel nicht so schlimm; die Meeresbrise vertrieb ihn beinahe ganz. Doch Will behauptete, daß er dichter werden würde.

»Der Wind wird sich legen, und am späten Nachmittag wird man nicht einmal mehr die Hand vor den Augen sehen.«

»Ich frage mich …«

»Was?«

»Ach nichts.« Ich hätte gern gewußt, ob das Wetter Anne zwingen würde, ihre Abreise zu verschieben. Die Vorstellung, daß sie länger bleiben könnte, deprimierte mich, aber das hatte natürlich nichts mit meinen Gefühlen für irgendwen zu tun.

Will dachte im Zusammenhang mit dem Nebel an etwas anderes.

»Ich werde heute wieder im Haus übernachten.«
»Warum?«
»Aus keinem bestimmten Grund. Ich hätte es nur nicht gern, wenn Mary das Haus bei Nacht und Nebel verläßt.«
Eine weitere ermutigende Vorstellung.
Zum Glück war die nächste halbe Stunde mit so viel Arbeit ausgefüllt, daß ich den Nebel und meinen Pessimismus vergaß. Wills Haus wuchs mir allmählich ans Herz. Selbst wenn es dunkel und ungeheizt war, wirkte es warm. Die Wände schlossen sich schützend um die Bewohner. Mir fiel an diesem Tag zum erstenmal auf, daß Katzen ausgezeichnet schauspielern können. Sie sind in mancher Hinsicht lustiger als Hunde, weil sie nicht versuchen, die Menschen zu unterhalten oder sich bei ihnen einzuschmeicheln. Die schauspielerische Leistung der Siamkatzen war einer Duse würdig; es fehlte gerade noch, daß sie vor seinen Füßen in Ohnmacht fielen, um ihm zu zeigen, wie ausgezehrt und verhungert sie waren, und wie herzlos er sie vernachlässigt hatte. Die Waschbär-Katzen waren direkter. Sie kreischten in verschiedenen Stimmlagen von Sopran bis Tenor, aber die Aussage war die gleiche — böswilliges Verlassen und quälender Hunger. Wenn ich nicht gewußt hätte, daß Will am vergangenen Abend eigens nach Hause gelaufen war, um die Katzen zu füttern, hätte ich angenommen, daß sie seit einer Woche nichts zu fressen bekommen hatten. Die Hunde saßen nur regungslos da, sahen Will mit großen, traurigen Augen an und sabberten. Im Nebenraum verliehen verschiedene andere Tierarten ihrer Verzweiflung Ausdruck. Die einzigen, die nicht brüllten, waren die Schlangen; und die hätten es sicher auch getan, wenn sie dazu in der Lage gewesen wären.
Während Will die Dosen für die Hungernden öffnete, kochte ich Kaffee, aber wir mußten ihn sozusagen im Stehen trinken; Will mußte dringend in die Stadt. Ent-

gegenkommenderweise waren seine Patienten während der letzten vierundzwanzig Stunden friedlich gewesen, aber er wollte nach einigen sehen.

»Am Sonntag?« fragte ich ungläubig. »Hausbesuche? Kein Mensch macht Hausbesuche.«

»Ich schon. Trinken Sie noch eine Tasse Kaffee, während ich den Reifen wechsle.«

»Ich helfe Ihnen.«

Wills einzige Reaktion war ein verächtliches »Ha«.

In diesem Augenblick läutete das Telefon.

Aus Wills Antworten schloß ich, daß in der Stadt ein weiterer Patient auf ihn wartete, deshalb ging ich hinaus und begann, den Reifen zu wechseln. Als er herausstürzte, hatte ich den Wagen bereits mit dem Wagenheber hochgehoben und wollte gerade das Rad herunternehmen. Obwohl Will mich mit einem gegrunzten »Danke« wegschob, warf er mir einen seiner seltenen anerkennenden Blicke zu. Was mußte ein Mädchen eigentlich tun, um mit einem herzlichen »Gut gemacht« oder mit einem Schlag auf die Schulter belohnt zu werden? Vielleicht sollte sie ein Blockhaus bauen oder eine Mandeloperation durchführen. Wobei ich auf das Schulterklopfen keineswegs scharf war.

Als wir den Pfad entlangrumpelten, fragte er: »Wo haben Sie Reifen wechseln gelernt? Bestimmt nicht bei Ran, er hat sich die Hände zum letztenmal schmutzig gemacht, als er ein Kind war.«

»Ich habe im vergangenen Jahr eine Menge gelernt. Ich konnte mir nicht jedesmal, wenn etwas kaputtging, einen Mechaniker, einen Installateur oder ein Dienstmädchen leisten. Deshalb lernte ich, wie man Reifen wechselt und Knöpfe annäht. Was ist daran so komisch? Millionen Menschen tun es.«

»Millionen Menschen haben keinen Millionär zum Schwager.«

»Ich versuche nur, Sie mit meinen Pionier-Tugenden und meinen kräftigen Muskeln zu beeindrucken«, bemerkte ich lässig. »Was fehlt eigentlich dem neuesten Patienten, der Sie gerade angerufen hat?«

Er verstand den Wink mit dem Zaunpfahl.

»Wahrscheinlich nur ein verspäteter Virus. Tommy Meservey war ein sogenanntes 10-Monate-Kind und kommt zu allem einen Monat zu spät. Aber seine Mutter gehört zum nervösen Typ und liest in ihrer freien Zeit medizinische Zeitschriften. Damit tut sie mehr als ich.«

Wir brachten den Reifen zu einer Reparaturwerkstatt, und dann ließ Will mich im Stadtzentrum aussteigen, bevor er seine Hausbesuche machte. Wir vereinbarten, uns in einer Stunde im Drugstore zu treffen. Ich sollte Ran im Museum abholen, wo er sich wahrscheinlich in den Familienaufzeichnungen vergraben hatte. Doch als ich mich umdrehte, nachdem ich dem alten blauen Lieferwagen nachgesehen hatte, stand ich vor Sues Antiquitätenladen, und das Gesicht, das mich aus der Auslage ansah, gehörte zweifellos Sue — Sonntagmorgen oder nicht. Die Ladentür ging auf, und sie rief mich.

»Wenn Sie nichts Besonderes vorhaben, dann kommen Sie doch herein und trinken Sie eine Tasse Kaffee mit mir.« Ich ging zu ihr hinüber, und sie fügte lächelnd hinzu: »Sie haben irgendwie verlassen ausgesehen, als Sie dort standen. Vielleicht ist der Nebel daran schuld; der sorgt dafür, daß alles einsam und trübsinnig wirkt.«

»Ich komme mir nicht besonders trübsinnig vor.«

»Aber Sie wissen schon, was ich meine.«

»Klar weiß ich es.« Ich erwiderte ihr Lächeln. Warum sollte ich beleidigt sein, wenn sie nicht vorgehabt hatte, mich zu beleidigen? Bosheit gehörte bestimmt nicht zu Sues Lastern. »Ich soll Ran treffen, aber ich habe noch eine Stunde Zeit.«

Sie schloß die Tür hinter mir, versperrte sie aber nicht, und ich fragte: »Halten Sie am Sonntag offen? Ich möchte Sie nicht bei der Arbeit stören.«

»Ich habe jederzeit, Tag oder Nacht, offen, wenn jemand etwas kaufen will. Das Geschäft geht nicht so gut, daß ich es mir leisten könnte, auf einen Kunden zu verzichten. Man hat mir vorgeworfen, daß ich sie von der Straße hereinschleppe.«

Sie grinste wieder und schob mit schmutzigen Fingern eine goldblonde Locke zurück. Ihr Gesicht war allerdings schon so verschmiert, daß das auch keine Rolle mehr spielte. Ich trank den Kaffee, den sie mir einschenkte, obwohl ich gewisse Bedenken hatte. Nicht zu Unrecht, wie sich herausstellte, denn die Flüssigkeit war schwarz und bitter wie Medizin. Sue stürzte den ihren hinunter und wischte sich die Hände am Hemdzipfel ab.

»Wenn es Ihnen nichts ausmacht, arbeite ich weiter. Ich habe neulich auf dem Festland bunt zusammengewürfelten Plunder gekauft — ich mußte es tun, um ein uraltes Klappbett zu bekommen, auf das ich es abgesehen hatte. Ich möchte das Zeug bis morgen aussortiert haben. Interessieren Sie sich für alte Drucke? Hinten auf dem Regal neben den Büchern liegen einige. Sehen Sie sie durch, wenn Sie Lust dazu haben.«

Ich erwartete nicht, etwas Besonderes zu finden. Sue hatte genügend Erfahrung, um den Wert ihrer Ware zu kennen. Aber einige Zeichnungen waren hübsch und interessant, und ich fand eine, die mich wirklich ansprach. Ich hielt sie gerade hoch und bewunderte sie, als Sue mit einer weiteren Tasse Kaffee zu mir kam.

Der Druck stellte ein Segelschiff in voller Fahrt dar. Der Bug durchschnitt die schäumenden Wellen, und alle Segel waren gesetzt.

»Ist das nicht schön?« fragte ich.

»Muß es ja auch sein. Das ist die *Flying Cloud*, der schönste Klipper, der je gebaut wurde. Und die Klipper waren die schönsten Schiffe, die je über die Weltmeere segelten.«

»Ob wohl Rans Vorfahre, der Kapitän, solche Schiffe befehligte?«

Sue schnaubte.

»Sie liegen vollkommen schief. Der erste Klipper lief erst 1845 vom Stapel. Ich meine, der erste wirkliche Klipper. Die *Ann Mc Kim* war kein wirklicher Klipper, denn sie war auf allen drei Masten vollgetakelt, und ihrem Grundriß zufolge ein Schiff, kein Klipper, auch wenn Sie mir widersprechen ...«

»Ich sage überhaupt nichts«, unterbrach ich sie beeindruckt. »Sie wissen aber eine Menge über Schiffe.«

»Das muß ich wohl; meine Familie kommt aus Bath. In diesem Teil der Welt wurden die meisten Vermögen durch den Schiffsbau und durch den Ostindienhandel gemacht. Wenn man Bostoner reden hört, könnte man glauben, daß ausschließlich Schiffe aus Massachusetts den Pazifik überquert haben. Damit prahlt man jedenfalls in Massachusetts. Die Kapitäne aus Maine kannten vor anderthalb Jahrhunderten Kanton genausogut wie Portland. He — da fällt mir etwas ein.«

Sie duckte sich und verschwand hinter einem Ladentisch. Gemurmel und Scharren folgten, und dann tauchte sie mit staubigen Haaren und lächelndem Gesicht wieder auf.

»Sehen Sie sich das einmal an.«

Es war eine quadratische Kassette mit einer Seitenlänge von etwa sechzehn Zentimentern und einer Höhe von zwölf Zentimetern. Sie war aus hellrotem Holz und zur Gänze mit Flachreliefschnitzereien bedeckt. Drachen, Blumen, verschlungene Reben, Schmetterlinge, Schlangen, Käfer — fast jede Gestalt bis auf die menschliche war vertreten. Die Schachtel stand auf vier kleinen Füßen mit geschnitzten Klauen, hatte Griffe und war mit einer Spange aus einem angelaufenen silbrigen Material verschlossen.

»Chinesisch?« fragte ich. »Sie ist bezaubernd. Gehört sie zu den Dingen, die die Kapitäne aus Maine aus Kanton mitbrachten?«

»Nicht irgendein Kapitän aus Maine — das ist einer

von Hezekiahs Schätzen. Ich habe Ihnen und Mary ja erzählt, daß die alten Damen mir Verschiedenes verkauft haben.«

»Richtig, das hatte ich vergessen. Aber woher wissen Sie, daß diese Schachtel Hezekiah gehört hat?«

»Er war der einzige Kapitän in der Familie. Hat Ran Ihnen nicht von ihm erzählt? Sein Sohn ist nicht in seine Fußstapfen getreten, sondern hat die Firma der Familie übernommen, und seither sind die Fraser Geschäftsleute. Deshalb nehme ich an, daß es sich um einen Import von Hezekiah handelt. Sein Treiben im Orient ist zur lokalen Legende geworden.«

»Davon habe ich gehört. Er muß dort draußen einen richtigen Harem gehabt haben.«

»Das weiß ich nicht, aber ich weiß, daß diese Schachtel mir Sorgen bereitet hat. Hinten stehen ein paar Stühle und ein eingelegter Tisch, und ich werde mich freuen, wenn Ran vorbeikommt und sie sich ansieht. Aber diese Schachtel — ich könnte mir vorstellen, daß Ran sie haben möchte, wenn sie tatsächlich eines der Andenken an den Kapitän ist. Außerdem ist es eine hübsche Arbeit. Können Sie sie gleich mitnehmen, oder ist sie Ihnen zu schwer?«

»Nein.« Ich hob die Schachtel versuchsweise hoch. »Sie ist nicht schwer, und der Wagen dürfte ein Stück weiter unten an der Straße stehen. Kein Problem. Ran wird demnächst vorbeikommen und Ihnen Ihre Auslagen zurückerstatten.«

»Ich will nur das, was ich dafür bezahlt habe.« Sue lächelte. »Plus vier Prozent. Ich bin Geschäftsfrau.«

»Und ein nettes Mädchen.« Ich griff nach der Schachtel. »Ich muß mich auf den Weg machen.«

Sue schaute durch das Schaufenster hinaus.

»Ist das dort drüben nicht Ran, der Sie sucht? Es ist so schwer, bei dem Nebel etwas zu erkennen ... Nein, es ist nicht Ran, sondern Will Graham.«

»Wahrscheinlich ist er zu Ran unterwegs. Keiner von

beiden weiß, daß ich bei Ihnen bin, deshalb muß ich jetzt laufen.«

Sie legte mir die Hand auf den Arm.

»Noch etwas, Jo.«

Ich sah sie an. Sie grinste über das ganze Gesicht.

»Um was geht es?«

»Sie haben von Will und mir gehört? Nein, seien Sie nicht höflich. Ich weiß, daß Sie Bescheid wissen.«

»Soviel ich weiß, waren Sie miteinander verlobt.«

»Und ich habe ihm das Herz gebrochen?«

»Ja, also ...«

»Also wirklich, die Leute in dieser Stadt.« Sie seufzte. »Und Will ist der schlimmste im Pack. Die Wahrheit ist, daß er mich hat sitzen lassen. Sie kennen Will — oder vielleicht doch nicht. Er hat mich sehr gern gehabt, und ich glaube, daß er mich noch immer mag. Aber ihm war klar geworden, daß eine Ehe zwischen uns schiefgehen muß, und er ist nicht der Typ, der hilflos in etwas zum Scheitern Verurteiltes hineinstolpert. Um in der Stadt mein Gesicht zu wahren, erzählte er den Leuten, daß ich die Verlobung gelöst hatte. Es ist besser, daß man als hartherzig und leichtfertig gilt, statt als Frau, die niemand haben will.«

»Aber ... so wie er sich aufführt ...«

»Aufführt ist das richtige Wort. Zum Teil hat es auch mit seinem Gewissen zu tun; der verdammte Idiot fühlt sich noch immer schuldig.«

»Das muß er gar nicht sein.« Ich war meiner Sache plötzlich sehr sicher.

»Stimmt. Natürlich war ich eine Zeitlang nicht gerade glücklich, aber ich sah auch ein, daß er recht hatte. Ich bin zu eigensinnig und unabhängig, um mich mit einem so despotischen Mann wie Will zu vertragen. Ich weiß nicht einmal mehr, ob ich überhaupt heiraten will. Ich genieße meine Freiheit. Aber es wäre schön, wenn Will und ich wieder Freunde sein könnten. Ich würde mich gern von Zeit zu Zeit mit ihm unterhalten.«

»Ich verstehe Sie. Manchmal habe ich den Eindruck, daß die Männer eine eigene Spezies sind. Sie kommen auf die merkwürdigsten Ideen ... Natürlich mit Ausnahme von Jed.«

»Jed Willard? Wenn ich nicht Angst vor Bertha hätte, würde ich ihm sofort einen Antrag machen.«

»Ich auch. Er ist ein fantastischer Mensch.«

»In dreißig Jahren wird Will genauso sein wie er«, behauptete Sue.

Jetzt erst glaubte ich ihr, was sie in bezug auf ihre Gefühle für Will behauptet hatte. Frauen sind die geborenen Kupplerinnen — warum eigentlich? —, aber keine Frau wird ihrem ehemaligen Freund eine neue Freundin zuschanzen, wenn sie nicht wirklich mit ihm fertig ist.

Ich schaute durch das Schaufenster hinaus. »Will besitzt nicht Jeds olympische Ruhe. Sehen Sie nur, er geht auf und ab wie ein werdender Vater. Ran hat ihm gesagt, daß wir ihn im Drugstore treffen werden, und er ist wahrscheinlich wütend, weil wir noch nicht da sind. Ich muß wirklich gehen.«

Ran wartete bereits, als ich den Drugstore betrat. Es war meine Unpünktlichkeit, die Will in Weißglut gebracht hatte. Ich ließ ihn ein paar Minuten lang toben, dann sagte ich: »Hören Sie schon auf. Ich habe Sie gesehen; Sie sind vor nicht ganz fünf Minuten eingetroffen.«

»Wo sind Sie gewesen?« Sein Blick fiel auf die Kassette, die ich auf die Theke gestellt hatte, und die kaum zu übersehen war. »Sie haben *Einkäufe* gemacht?«

»Bei Ihnen klingt das, als wäre ich auf Kopfjagd gegangen.« Ich drehte mich zu Ran um. »Das hat mir Sue für dich mitgegeben. Sie hat es von deinen Tanten gekauft.«

Ich erzählte ihm die ganze Geschichte, und er war sichtlich belustigt.

»Das sieht Sue ähnlich. Sie war immer übertrieben gewissenhaft. Ich werde mir das übrige Zeug ansehen und ihr den gesamten Betrag zurückzahlen. Wahrscheinlich hat sie es nur gemacht, um meinen Tanten taktvoll ein Darlehen zu geben. Wer sollte denn sonst so etwas Scheußliches wollen?«

Er plapperte weiter und vermied ostentativ, Will dabei anzusehen. Meine Geduld mit den beiden war am Ende. So ein Getue um eine Liebesgeschichte zwischen einem Jungen und einem Mädchen, die schon vor Jahren eines natürlichen Todes gestorben war. Aber ich konnte ihm die Verunglimpfung der chinesischen Kassette nicht durchgehen lassen, weil sie mir wirklich gefiel.

»Sie ist nicht scheußlich«, widersprach ich. »Ich verstehe nichts von chinesischer Kunst, deshalb kann ich nicht beurteilen, ob sie überhaupt etwas wert ist. Aber eins weiß ich — sie ist sehr attraktiv. Wenn das Metall nicht Silber ist, dann esse ich mein Diplom. Und die Schnitzereien finde ich hübsch. Schaut euch das Schloß an, so etwas habe ich noch nie gesehen. Wie funktioniert es?«

Genaugenommen war es kein Schloß; es gab jedenfalls kein Schlüsselloch. In der Mitte am vorderen Rand des Deckels befand sich ein grotesker Tierkopf. Aus seinem offenen Maul ragte eine angelaufene silberne Zunge hervor, die auf die Vorderseite der Schachtel hinunterreichte. Logischerweise beinhaltete dieses Beiwerk irgendeine Sperre, aber meine Finger glitten darauf hinauf und hinunter, ohne etwas zu bewirken. Rans Interesse erwachte.

»Laß es mich versuchen. Es muß dieses metallene Dings sein. Drück darauf ... Nein, das bringt auch nichts. Es bewegt sich überhaupt nicht.«

»Ich hätte Sue fragen sollen. Es wäre jammerschade, wenn wir es aufbrechen müßten.«

»Vielleicht ist sie leer. Warte einmal.« Sein Daumennagel fand eine winzige Spalte unter der Spitze der Zunge. »Von wegen orientalischer Spitzfindigkeit«, stellte er triumphierend fest. »Man muß es einfach hochziehen.«

Er ließ seinen Worten die Tat folgen, hob die silberne Zunge hoch und öffnete den Deckel der Schachtel.

Volle dreißig Sekunden lang starrten wir sprachlos hinein.

Die Schachtel war mit rotem, jetzt abgenütztem, staubigem Samt ausgeschlagen. In ihr befand sich ein einziger Gegenstand. Es war eine Miniatur in einem ovalen Goldrahmen — ein Porträt des Kopfes und der Schultern einer Frau. Um die Schultern lag ein heller Stoff wie bei einem altmodischen Abendkleid, und der Hals war bis auf ein Medaillon an einer Kette nackt. Doch das Gesicht war das gleiche, das aus dem Schatten im Turmzimmer Gestalt angenommen hatte.

NEUNTES KAPITEL

1

Ran bewegte sich als erster. Er schlug den Deckel der Kassette zu, als wäre der Inhalt lebendig und könnte entkommen.

»Verschwinden wir.« Er klemmte sich die Schachtel unter den Arm und steuerte auf die Tür zu.

Wir drängten uns in seinen Wagen, den er am Gehsteigrand geparkt hatte. Ran schaltete die Innenbeleuchtung ein, und der Nebel verhüllte die Fenster wie Vorhänge; hier waren wir wesentlich ungestörter als im Laden. Ich verstand Rans Bedürfnis nach Ungestörtheit — es war vielleicht unser erster Durchbruch. Außerdem war es auf merkwürdige Weise zermürbend. Will faßte seine Gefühle in Worte:

»Ich möchte eine Erklärung abgeben.« Er starrte das Gesicht auf der Miniatur wie hypnotisiert an. »Ich lege mein Amt als Oberskeptiker zurück. Ist euch klar, daß das beinahe einen legalen Beweis darstellt? Sue wird bezeugen, daß sich die Schachtel und ihr Inhalt in ihrem Besitz befunden haben, seit die alten Damen sie ihr verkauft haben. Jo konnte sie vor dem heutigen Tag unmöglich gesehen haben. Mary hat sie nicht gesehen. Wieso konnte Jo dann ein Porträt dieser Frau anfertigen?«

»Irgendwie finde ich die Unterschiede zwischen den beiden Porträts noch überzeugender als die Ähnlichkeiten«, sagte Ran. »Es ist nicht das gleiche Kleid, und auch die Frisur ist anders. Das Gesicht ist jünger und glücklicher, und trotzdem ist es zweifelsfrei die gleiche Frau.«

Er hatte die wesentlichen Unterschiede mit zwei Worten wiedergegeben: jünger und glücklicher. Das Mädchen konnte nicht älter als zwanzig gewesen sein. Das lächelnde Gesicht zeigte noch die Weichheit der Jugend, und das dunkle Haar war zu lockeren Löckchen gekämmt. Der Unterschied zwischen diesem Gesicht und dem verhärmten Antlitz, das ich gezeichnet hatte, war gravierend, und dennoch waren die beiden absolut identisch. Meine Zeichnung stellte dieses Mädchen Jahre später dar — unglückliche Jahre. Wie Will gesagt hatte, war es ein beinahe schlüssiger Beweis, zumindest für uns, die wußten, daß die Beteiligten nicht im betrügerischen Einverständnis handelten.

»Sie war schön«, murmelte ich. »Sieh auf der Rückseite nach, Ran, vielleicht steht dort der Name.«

Doch auf der Rückseite stand nichts, denn dort erwartete uns eine noch größere Überraschung — ein weiteres Porträt. Das Gesicht eines kleinen Kindes.

Das Gesicht hatte nichts Besonderes an sich. Es ist sehr schwierig, gute Porträts von Kleinkindern anzufertigen. Infolge der runden Gesichter, der Knopfnasen und der hellen, glatten Haut sehen sie alle gewissermaßen gleich aus. Sie haben noch nicht so lange gelebt, daß die Erfahrung ihre Gesichter geformt hätte. Es war das typische, ausdruckslose Gesicht eines Babies mit goldenen Locken und einem Rosenknospenmund, mit denen die Maler des neunzehnten Jahrhunderts ihre Cherubime ausstatteten. Aber es war das Gesicht eines Kleinkindes, das genügte, damit mir der Atem stockte.

Ran drehte die Miniatur immer wieder um, als wolle er sie sezieren.

»Das ist beinahe schlimmer als nichts«, stieß er zwischen zusammengebissenen Zähnen hervor. »Wer waren diese Leute? Es gibt keinen Namen, nicht einmal ein Datum.«

»Ja, aber es ist ein Beweis«, warf ich eifrig ein. »Die Frau und das Kind gehören doch zusammen, nicht wahr? So etwas hätte eine Frau für ihren Mann, den Vater des Kindes, malen lassen.«

»Oder ein Vater hat seine beiden Kinder malen lassen«, wandte Will ein. »Sie ziehen schon wieder voreilige Schlüsse, Jo. Das Mädchen ist ungefähr sechzehn, das Baby ein oder zwei Jahre alt. Sie könnten die Kinder des gleichen Vaters sein.«

»Sie sind ein hoffnungsloser Fall«, erklärte ich. »Schau nicht so entmutigt drein, Ran. Wenn du damit in ein Stadtmuseum gehst — in Portland müßte es eines geben —, kann dir ein Fachmann bestimmt eine Menge darüber erzählen. Das Datum, vielleicht sogar den Namen des Malers, wenn der Stil eindeutig ist.«

»Das mache ich gleich morgen«, sagte Ran hoffnungsvoll und schloß die Kassette. »Wir müssen zurück, es ist Zeit für den Lunch, und Mary soll nicht glauben, daß wir ihr davongelaufen sind.«

»Ich komme später nach.« Will griff nach seiner Arzttasche. »Ich muß heute nachmittag einen Patienten ins Krankenhaus bringen. Ich bin nur vorbeigekommen, um es euch zu sagen und dich zu fragen, Ran, ob du im Museum Erfolg gehabt hast.«

»Ich habe nichts Spektakuläres gefunden, und ihr werdet vielleicht sogar sagen, daß ich überhaupt nichts entdeckt habe — bis auf eine seltsame Kleinigkeit, die ich Hezekiahs Nachruf entnommen habe. Er ist durch einen Sturz ums Leben gekommen; er ist eine Treppe hinuntergerasselt und hat sich den Kopf eingeschlagen.«

»Was ist daran so merkwürdig?« fragte ich. »Er war wahrscheinlich betrunken.«

Will war nachdenklich geworden.

»Nein, Jo, das ist schon seltsam. Der Schädel eines Mannes in seinem Alter und mit seiner Konstitution bricht nicht so leicht. Es muß ein gewaltiger Sturz gewesen sein. Schließlich ist die Treppe im Haus breit, flach und mit einem Teppich belegt, und obwohl die Ständer des Geländers schwer sind, bestehen sie nur aus Holz und haben keine vorspringenden Ecken und Kanten. Es sei denn ...«

»Toll«, unterbrach ich ihn. »Womöglich ... Sie haben nicht angegeben, welche Treppe er hinuntergefallen ist?«

»Ich hatte den Eindruck, daß er bei dem Sturz nicht zu Hause war, denn sie haben eine Eisentreppe erwähnt. Im Haus gibt es nichts Derartiges.«

»Doch, es gibt eine«, widersprach ich. »Oben im Turm, im Kinderzimmer habe ich sie vergangene Nacht gesehen.«

»Ich habe zwar keine Treppe bemerkt«, meinte Will, »aber ich konnte auch gar nicht richtig hineinsehen; ich habe nur Jo geschnappt und bin gegangen. Du mußt dich doch an diese Treppe erinnern, Ran.«

»Ich glaube nicht, daß ich die Räume im Turm jemals gesehen habe«, antwortete Ran. »Während meiner Kindheit waren die oberen Räume im Turm immer versperrt. Ich weiß noch, daß ich einmal versucht habe, das Schloß im dritten Stock aufzubekommen. Ich war neugierig wie jedes Kind, und eine versperrte Tür war eine Herausforderung. Es gelang mir jedoch nicht. Außerdem erwischte mich eine der Tanten dabei und verprügelte mich nach Strich und Faden. Ich kapierte: dieser Teil des Hauses war Sperrgebiet.«

»Ich kann verstehen, daß sie dich nicht dort haben wollten«, wandte ich ein. »Diese Treppe ist wirklich gefährlich, und ich begreife nicht, was sie in einem Kinderzimmer zu suchen hatte.«

»Warum bezeichnest du das Turmzimmer immer wieder als Kinderzimmer?« fragte Ran. »Ich kann mich sehr gut an die alten Kinderzimmer erinnern. Jedesmal, wenn ich hinauf kam, dankte ich Gott dafür, daß ich nicht in ihnen leben mußte.«

»Das Turmzimmer war auch ein Kinderzimmer«, beharrte ich. »Die Fenster sind vergittert wie in dem Kinderzimmer im Haupthaus, und außerdem steht in ihm ein Schaukelpferd.«

»Ein Schaukelpferd?« Ran starrte mich an. »Als ich

ein Kind war, gab es im ganzen Haus keines, das weiß ich genau. Wenn wir zurückkommen, sehe ich mir das Turmzimmer an.«

»Allmählich kristallisiert sich ein Muster heraus«, stellte Will fest, »und zwar ein interessantes Muster. Es ist noch undeutlich, aber …«

»Es ist verdammt undeutlich«, widersprach ich. »Nichts, was wir finden, gibt uns Antwort auf unsere Fragen; es wirft nur neue Fragen auf. Ich hoffe immer noch, daß wir etwas Eindeutiges finden werden, zum Beispiel ein Tagebuch.«

»Wäre das nicht praktisch«, spottete Ran. »Im Museum befindet sich jedenfalls nichts Brauchbares; die meisten Papiere könnte man als öffentliche Urkunden bezeichnen. Die Tanten haben bestimmt keine privaten Papiere aus der Hand gegeben, vor allem dann nicht, wenn sie ein schiefes Licht auf die geheiligten Fraser warfen. He — du hast doch die Truhe durchgesehen, Jo. Ich nehme an, daß du nichts gefunden hast.«

»Nein. Nur vierzig Haushaltsbücher von Mrs. Hezekiah. Waren die vielleicht langweilig.«

»Langweilig?« Will fuhr herum und sah mich an; ich saß auf dem Rücksitz, und er auf dem Vordersitz neben Ran. »Sie haben offensichtlich nie historische Forschungen betrieben. Wie detailliert waren die Haushaltsbücher?«

»Detailliert ist nicht das richtige Wort. Die alte Schachtel hat jeden Cent aufgeschrieben, den sie ausgegeben hat.«

»Sie scheinen etwas gegen die Dame zu haben.«

»Ich hasse Leute, die Haushaltsbücher führen. Sie war wirklich ein Eisberg. Ich habe mir die Bücher nicht genau angesehen, sondern nur eines überflogen, aber ich werde eine der Eintragungen nie vergessen. Sie hatte neun Kinder, von denen vier gestorben sind. Die Frau hat die Ausgaben für die Begräbnisse bis hinunter zu den Kosten für die schwarzen Trauerflore der Diener angeführt. Ich bekomme jetzt noch eine Gänsehaut, wenn ich an Eintragungen wie ›Kosten für Sarg Baby Jonathan vier Dollar‹ denke.«

»Mein Gott«, sagte Ran. »Ich verstehe dich sehr gut, Jo.«

»Du bist nicht fair«, wandte Will ein. »Neuengländer sind stolz auf ihre Seelenstärke. Du kannst mir glauben, daß man diese Eigenschaft schätzt, wenn man erst einmal ein paar hypochondrische Patienten gehabt hat, die wegen eines Kratzers auf dem Knie Schreikrämpfe bekommen. Vielleicht hat es Mrs. Hezekiah das Herz zerrissen, aber das ging niemanden etwas an, auch nicht das Haushaltsbuch.«

»Mir tun ihre armen Kinder trotzdem leid.«

»Wie haben sie geheißen?«

»Jeremia, Jonathan, Patience ... kein Kevin darunter. In dieser Hinsicht bin ich sicher; ich habe einen Stammbaum gefunden.«

Will fluchte.

»Ein Stammbaum, Rechnungsbücher, und Sie behaupten, daß Sie nichts gefunden haben! Sie sind die unmöglichste ... Wenn ich mich nicht um eine hysterische Mutter und ihr krankes Kind kümmern müßte, würde ich jetzt mit Ihnen zurückfahren und diese Bücher Seite für Seite durchgehen. Begreifen Sie denn nicht, daß solche Bücher eine Goldgrube an Information sind — unparteiische, ungefärbte Information, weil man nicht versuchen muß, einen Leser irrezuführen. Schlagen Sie das Todesjahr von Hezekiah nach. Suchen Sie die Namen der Diener und ihre Löhne. Was das Porträt bedeutet, ist mir nicht klar, aber alle anderen Hinweise, die wir besitzen, deuten darauf hin, daß die Frau eine Haushälterin oder Gouvernante war. Man hat ihr ja Lohn bezahlt, nicht wahr? Wenn ich an die Zeit denke, die Sie vergeudet haben ...«

»Genau die habe ich nicht vergeudet«, unterbrach ich ihn kühl. »Wir haben einfach nicht genug Zeit. Können

Sie sich vorstellen, wieviel Zeit man braucht, um eines dieser verdammten Bücher durchzusehen?«

»Es ist mir gleich, wie lange es dauert.« Will öffnete die Wagentür, und ein langer Nebelstreif glitt herein wie ein tastender Arm. »Ich komme so schnell wie möglich zurück; auf jeden Fall rechtzeitig zum Abendessen ...«

Ich unterbrach ihn wieder. »Das habe ich erwartet.«

Während der Heimfahrt war Ran aufgeregt und aufgekratzt. Ich antwortete im gleichen Ton, weil ich ihm die Stimmung nicht verderben wollte. So war wenigstens einer von uns glücklich. Doch was ich vorher gesagt hatte, war wahr; statt unsere Probleme zu lösen, standen wir vor immer neuen. Wir hatten nur Theorien, die vielleicht gar nicht so unvernünftig waren, uns aber nicht weiterhalfen.

Der Rest des Tages verlief chaotisch. Mir sind nur einzelne Zwischenfälle im Gedächtnis geblieben, zwischen denen ich ziellos im Haus herumging. Der Nebel machte es auch nicht gerade besser.

Sehr genau erinnere ich mich an das Gespräch, das ich nach dem Mittagessen mit Anne führte — jetzt habe ich gute Gründe dafür, mich daran zu erinnern.

Als Ran und ich nach Hause kamen, saßen Anne und Mary in der Bibliothek und hatten ein riesiges Puzzle auf dem Tisch ausgebreitet. Puzzles gehörten zu Marys Lieblingsbeschäftigungen bei Schlechtwetter. Ich weiß nicht, wie Anne das herausbekommen hatte, aber es war ihr gelungen, und die beiden waren eifrig an der Arbeit und schienen sich glänzend zu verstehen. Rans Gesicht leuchtete bei dem Anblick auf. Jedesmal, wenn es Mary anscheinend besser ging, rührte mich sein Ausdruck zutiefst. Nach dem Lunch lud er sie zu einer gemeinsamen Stunde mit dem Puzzle ein. Sie schwebten Arm in Arm aus dem Zimmer, und Ran warf mir einen vielsagenden Blick zu. Ich nickte beruhigend. Dann bat ich Anne, mit mir hinaufzukommen, weil ich ihr etwas zeigen wollte.

Ran und ich hatten uns auf der Heimfahrt darauf geeinigt, daß wir Anne über die neuesten Entdeckungen unterrichten mußten. Er fand, daß wir es ihr schuldig waren, und ich glaubte, daß es keine Rolle spielte, deshalb erklärte ich mich bereit, ihr die Miniatur zu zeigen.

Sie war beeindruckt. Ich mußte ihr nichts sagen, sie erkannte das Porträt sofort und hörte schweigend zu, als ich ihr erzählte, wie wir es entdeckt hatten.

»Natürlich ist es kein so stichhaltiger Beweis, wie Will findet«, meinte ich. »Ich könnte irgendwo im Haus ein weiteres derartiges Porträt gesehen haben, obwohl keiner der Bewohner sich an ein solches Bild erinnert. Ich könnte mit Sue unter einer Decke stecken. Dagegen spricht allerdings, daß ich keinen Grund habe, mir diese Mühe zu machen, und daß ich wahrscheinlich Sue nie zu einer solchen Manipulation überreden könnte. Ihnen wird es vielleicht leichterfallen, so etwas anzunehmen; statt die einzige andere Möglichkeit zu akzeptieren.«

»Nein«, widersprach Anne. »Ich weiß, daß Sie mich nicht mögen, Jo, aber ein bißchen Intelligenz müssen Sie mir schon zubilligen: Diese Entdeckung hat mich ziemlich schwer getroffen.«

Sie trug wieder ein einmaliges Kleid — einen weiten, langen, an den Seiten geschlitzten Rock über schwarzen Stretchhosen, und dazu einen schwarzen Pulli. Aber ihr Gesicht sah alt aus — alt und trotzdem weicher. Mein sentimentales Herz siegte, und sie tat mir leid.

»Ich habe nichts gegen Sie«, widersprach ich, »es tut mir leid, wenn ich diesen Eindruck erweckt habe.«

»Es ist vollkommen natürlich, daß Sie mir feindselig gegenüberstehen. Sie müssen das Gefühl haben, daß ich Sie aus Marys Herz verdrängen will. Natürlich möchte ich Marys Vertrauen gewinnen, aber Mary lehnt Sie aus eigenem Antrieb ab. Sie haben bestimmt bemerkt, daß sie Ihnen aus dem Weg geht.«

»Ja, und ich habe keine Ahnung, warum.«

Das stimmte nicht, denn ich konnte mir den Grund

vorstellen, und der wäre entsetzlich gewesen. Wenn Anne nicht als erste gesprochen hätte, wäre ich wahrscheinlich damit herausgeplatzt. »Tatsächlich? Aber es ist doch ganz klar. Mary steht Ihnen feindselig gegenüber, weil Sie sie daran hindern, das einzige zu bekommen, was sie wirklich will.«

»Was will sie also?« fragte ich mit plötzlich aufflammendem Zorn. »Sie kann nicht wirklich glauben, daß das — das Ding —, das nachts draußen weint, eine menschliche Seele ist. Wenn sie ein Kind geboren hätte, und dieses Kind wäre gestorben, dann könnte ich verstehen, daß sie sich an diese Vorstellung klammert, auch wenn sie noch so schrecklich ist. Aber selbst in diesem Fall — was will sie von ihm? Sie kann doch nicht vorhaben, es zurückzuholen.«

»Jetzt sind Sie unlogisch«, meinte Anne. Auf ihren Wangen standen hektische rote Flecken. »Von einer Frau in Marys Zustand kann man doch keine Logik erwarten. Trotzdem liegt in ihrer Einstellung eine gewisse Logik, auch wenn sie nicht imstande ist, sie in Worte zu fassen. Was immer nachts da draußen weint — es ist unglücklich. Sie will, daß es aufhört zu weinen, daß es Glück und Frieden findet. So einfach ist das.«

Ihre Stimme schwankte. Ich war überrascht und erfreut; es war beruhigend, daß sie mit einem Patienten so intensiv mitfühlen konnte. Vielleicht war sie kein so harter Mensch, wie ich glaubte.

»Aber das wollen wir doch alle«, sagte ich. »Genau das will ich erreichen.«

Anne lehnte sich zurück. Aus der Tasche in ihrem Rock zog sie ihre Zigaretten und ein schlankes silbernes Feuerzeug heraus.

»Sie wollen also eine Séance noch immer nicht in Betracht ziehen?« fragte sie, während sie sich mit ihrer Zigarette beschäftigte.

»Ganz bestimmt nicht. Auch Sie würden es nicht vorschlagen, wenn Sie wirklich daran glaubten.«

»Ich wage nicht, daran zu glauben«, antwortete sie mit seltsam gedämpfter Stimme. »Sie können nicht wissen, was es für mich bedeuten würde, zuzugeben ...«

Ich habe heute noch den Ton im Ohr, in dem sie das sagte. Wenn ich nur genügend Mitgefühl gehabt hätte oder intelligent genug gewesen wäre, um darauf einzugehen. Aber ich war zu sehr mit meinen eigenen Gefühlen beschäftigt.

»Ich weiß«, sagte ich. »Es ist auch mir nicht leichtgefallen. Ich hatte mich immer für rational gehalten. Bleiben Sie noch über Nacht hier? Bei einem solchen Nebel würde ich lieber nicht mit dem Wagen fahren.«

»Laut dem Radio herrscht an der ganzen Küste dichter Nebel.« Ihre Stimme klang wieder vollkommen normal. »Ich werde es heute abend lieber nicht riskieren. Ich sollte morgen am späteren Nachmittag wieder zu Hause sein, da habe ich eine wichtige Verabredung. Wir werden ja sehen, wie das Wetter morgen früh ist.«

»Ich fürchte, daß es ein langweiliger Nachmittag wird.«

»Ich habe ohnehin einige Briefe zu schreiben. Am besten erledige ich es jetzt, während meine Gastgeber ruhen. Jo ... danke, daß Sie es mir gezeigt haben.«

»Nicht der Rede wert.« Ich hatte sie schon aus meinen Gedanken verbannt, weil ich es nicht erwarten konnte, zu meinen Haushaltsbüchern zurückzukehren.

Schon nach ein paar Stunden legte sich meine Begeisterung. Ich hatte mit dem ersten Buch begonnen, um nichts zu übersehen. Es war schrecklich anstrengend, die winzige Handschrift zu entziffern und herauszubekommen, was manche Worte bedeuteten. Wenn ich nur eine ganz bestimmte Information gesucht hätte, wäre es vielleicht nicht so schwierig gewesen. Ich suchte zwar eine Miss Smith, aber das war nicht alles, was ich herausfinden wollte, und nach Wills Rüffel achtete ich darauf, keine einzige Eintragung zu übersehen.

Ich kam bis zum Jahr 1834, ohne das geringste zu finden. Ich schielte schon und mußte eine Pause einlegen. Im Haus herrschte die typische Sonntagnachmittagsstille, die für viele Leute ein Grund ist, ein Nickerchen zu machen. Anne schrieb wahrscheinlich noch Briefe; ihre Tür war zu, und aus dem Zimmer drang kein Geräusch. Ich warf einen Blick in die Bibliothek, Ran und Mary schliefen vor dem Fernsehapparat. Ich ging also in die Küche. Mrs. Willard knackte Nüsse und rekrutierte mich sofort als Hilfskraft. Ich hatte mich kaum hingesetzt, als Jed in die Küche kam. An seinen Haaren hingen Wassertropfen. »Der richtige Tag für Enten«, sagte er. »Der Nebel ist praktisch Wasser. Was gibt es Neues, Jo?«

»Ich bin gekommen, um Bericht zu erstatten«, sagte ich. »Sehen Sie mal, was wir gefunden haben.«

Ich hatte Kassette und Porträt bereits Mrs. Willard gezeigt. Sie nahm an, daß sie beides schon einmal gesehen hatte und daß das wahrscheinlich der Grund war, warum sie sich an das Gesicht erinnerte. Jed stimmte ihr zu.

»Ich bin sicher, daß ich dieses Porträt kenne, obwohl ich es seit Jahren nicht mehr gesehen habe. Ich erinnere mich auch an den Rahmen und an das allgemeine Aussehen des Bildes. Aber es muß zehn, fünfzehn Jahre her sein, glaubst du nicht auch, Bertha? Seither war es verschwunden. An das Gesicht des Kindes kann ich mich überhaupt nicht erinnern. Das Bild muß irgendwo im Haus in einer Schublade gelegen haben, bis die alten Damen es verkauften.«

»Nein«, widersprach Mrs. Willard entschieden. »Es befand sich immer in dieser Kassette. Ich habe mich sofort an sie erinnert. ›Scheußliches Ding‹, habe ich damals gedacht. Sie stand jahrelang in einem der unbenützten Schlafzimmer auf einem Regal.«

»Das ist ja recht interessant«, meinte ich verzagt, »aber das bringt uns nicht weiter. Wir wissen noch immer nicht, wer diese Leute waren. Lauter einzelne Fakten und keine Möglichkeit, sie miteinander in Verbindung zu bringen. Wie Marys Puzzle.«

»Sie passen trotzdem zusammen«, wandte Jed ein. »Sie haben nur das entscheidende Teilchen noch nicht gefunden. Was hat Ran herausgebracht?«

Ich erzählte ihm von Hezekiahs Tod. Diese Neuigkeit und die damit zusammenhängenden Tatsachen rüttelten ihn aus seiner üblichen Gelassenheit auf.

»Das ist merkwürdig. Ich bin bestimmt ein halbes Dutzend Mal in diesem Raum gewesen, habe aber nie über die Treppe nachgedacht. Sie ist mir gar nicht aufgefallen — und trotzdem ist es eine seltsame Konstruktion. Ist Ihnen klar, daß diese beiden oberen Räume eine abgeschlossene Einheit bilden? Wenn man die äußere Tür versperrt, kann niemand hinein oder heraus. Und die Gitter vor den Fenstern ...«

»Wenn es ein Kinderzimmer war, dann erklärt das die Gitter. Was mir nicht gefällt, ist die andere Seite der Geschichte. Wenn Hezekiah in diesem Raum gestorben ist, und Miss Smith mich dorthin gerufen hat ...«

»Sie gerufen hat? Es ist interessant, daß Sie es so ausdrücken. Ich habe schon darüber nachgedacht. Sie sind diejenige, die diese Frau sieht, Jo. Warum gerade Sie? Was will sie von Ihnen?«

»Verdammt!« Ich ließ die Nuß fallen, die ich gerade in der Hand hielt. »Es tut mir leid, Mrs. Willard, ich wollte nicht fluchen, es ist mir nur so herausgerutscht ... Es ist eine schreckliche Vorstellung, Jed. Warum sollte sie etwas von mir wollen?«

»Schließlich kommt sie Ihnen immer näher«, meinte Jed beinahe entschuldigend.

»Das letztemal ist sie mir für meinen Geschmack zu nahe gekommen. Womöglich kommt sie einmal in mein Zimmer ... oder berührt mich ... dann würde ich den Verstand verlieren, Jed.«

»Beruhigen Sie sich«, fuhr er mich an. »Begreifen Sie nicht, Jo, daß das der einzige Schaden ist, den so ein Ding anrichten kann? Es besitzt keinen Körper; seine einzige Waffe ist die Angst. Wenn Sie darauf vorbereitet sind, werden Sie nicht in Panik geraten, und es wird Ihnen nichts geschehen. Sie sind jung und gesund, und deshalb mache ich mir wegen Mary mehr Sorgen. Ich möchte wissen, was sie gesehen und gehört hat.«

»Sie hat das Weinen gehört wie wir alle.«

»Das stimmt. Aber sie muß mehr gehört haben.«

»Warum?«

»Wieso wüßte sie sonst, daß er Kevin heißt?«

Das war eine der Tatsachen, über die keiner von uns bis jetzt gesprochen hatte. Ich bedauerte, daß Jed es getan hatte. Mir gefielen die Bilder nicht, mit denen ich diese Worte in Verbindung brachte.

»Sie meinen, daß es zu ihr spricht?«

»Muß wohl so sein.«

»Du großer Gott!« Ich stützte den Kopf in die Hände, ohne mich zu entschuldigen, und Mrs. Willard tadelte mich nicht, weil ich den Namen des Herrn eitel genannt hatte.

»Sie sehen, worin das Problem besteht«, fuhr Jed fort. »Trotz all dieser Manifestationen — Geräusche, Erscheinungen und Gefühle — können wir nicht herausbekommen, womit wir es zu tun haben. Ist es eine Erscheinung, oder sind es zwei? Ist die feindliche Entität, die wir Miss Smith nennen, für das jämmerliche Weinen verantwortlich, das Mary nachts aus ihrem Bett treibt und in erhebliche Gefahr bringt? Oder gibt es zwei Gespenster?«

»Es gibt zwei Bilder«, sagte ich.

»Das hat überhaupt nichts zu bedeuten. Ich werde mir den Raum im Turm noch einmal ansehen.«

»Das hat Ran ebenfalls vor. Ich habe allerdings nicht das Bedürfnis, ihn wiederzusehen, und werde deshalb zu meinen kostbaren Haushaltsbüchern zurückkehren.«

Bevor ich hinaufging, sah ich zur Vordertür hinaus. Die Bewohner von San Francisco prahlen mit ihrem Nebel, aber so etwas hatte ich noch nie erlebt. Vielleicht wirkte er dichter, weil wir uns auf dem Land befanden und es rings um uns weder Lichter noch Häuser gab. Jenseits der Veranda konnte ich überhaupt nichts erkennen; die Welt hätte dort genausogut zu Ende sein können. Ich versuchte, das weißliche Grau mit den Blicken zu durchdringen, und fürchtete mich gleichzeitig vor dem, was ich vielleicht sehen würde. Jed war auf seine stille Art ein Meister des Makabren. Seine Andeutungen genügten, damit mir jede Lust auf Schlaf verging. Was war, wenn ich aufwachte und sie neben meinem Bett stand — so nahe, daß sie mich berühren konnte? Der Nachmittag schien achtundvierzig Stunden zu dauern. Als Jed an meine Tür klopfte, war ich über dem nächsten Rechnungsbuch schon beinahe eingenickt. Sein Gesichtsausdruck sorgte dafür, daß ich sofort hellwach war.

»Ich bin oben gewesen«, begann er ohne lange Einleitung. »Es ist ein komischer Ort, Jo, mir war nie klar, wie komisch. Wissen Sie, daß beinahe die gesamte Einrichtung des ersten Stocks verkauft oder irgendwo gelagert wurde? Die Turmzimmer hingegen sind noch immer eingerichtet. Das obere ist eine Art Schlafzimmer. Dort stehen ein Messingbett, einige Schränke und eine Kommode. Ich kann mir nicht vorstellen, wie man sie über diese Treppe hinaufgebracht hat, aber sie sind jedenfalls dort.«

»Das haben Sie nicht gewußt?«

»Natürlich habe ich es gewußt, aber ich habe nie darüber nachgedacht. Warum sollte ich auch? Nichts von alldem, was wir gefunden haben, wäre für uns wichtig, wenn wir nicht einen Grund hätten, uns damit zu befassen.« Er klang wütend, weil er sich über sich selbst ärgerte.

»Sie haben vollkommen recht«, stellte ich beruhigend fest. »Was halten Sie in der Hand?«

Er hatte eine Hand auf dem Rücken verborgen und begann jetzt zu lächeln.

»Etwas, das Sie wahrscheinlich überraschen wird. In

einem der Schränke lagen Bücher. Sehen Sie sich dieses einmal an.«

Es war ein altmodisches Lesebuch, eine Fibel. Ich beachtete das Buch an sich kaum, weil mich die Innenseite des Deckels, die mir Jed vor die Nase hielt, faszinierte. Auf sie hatte jemand einen Namen mit großen, beschwipsten Buchstaben hingekritzelt, wie die Schrift eines kleinen Kindes, das gerade schreiben lernt. Der Name war Kevin.

»Du heiliger Strohsack.« Es war ein unzulänglicher Ausdruck für meine Gefühle.

»Ja. Wir kommen der Lösung näher, Jo. Es geht zwar langsam, aber wir machen Fortschritte.«

»Also hat ein Kind namens Kevin in diesem Raum gelebt. Warum nicht in den anderen Kinderzimmern? Und wer war er? Er war keines von Hezekiahs Kindern, denn deren Namen kennen wir. Warten Sie einen Augenblick.«

Ich hob den Stammbaum auf, den ich auf den Boden geworfen hatte, und wir studierten ihn gemeinsam. Jed brummte zufrieden vor sich hin.

»Der Name Kevin kommt vor 1840 in der Familie häufig vor. Eine irische Vorfahrin muß ihn mitgebracht haben, noch bevor die Fraser auswanderten. Ja, eins, zwei, drei — fünf Mal. Der Großvater des Kapitäns hieß Kevin. Nach ihm kommt dieser Name nie mehr vor.«

»Wir werden die Person, die wir suchen, nicht in den frühen Jahren finden«, bemerkte ich. »Die Fraser haben erst seit Hezekiahs Zeit in dem Haus gewohnt. Das Copyright im Buch lautet 1830.«

»Nein, wir haben den richtigen Kevin noch nicht gefunden«, bestätigte Jed. »Aber wir werden es schaffen. Vertiefen Sie sich wieder in Ihre Bücher, Jo. Bis wohin sind Sie gekommen?«

»1839«, stöhnte ich.

Im Rechnungsbuch von 1840 fand ich ihn. Der Name schien mir von der vergilbten Seite entgegenzuspringen.

»Miss Smith Lohn.«

Ich lehnte mich zurück und rieb mir die Augen. Ja, da war er; ich hatte schon geglaubt, daß ich ihn nie mehr finden würde.

Und dann mogelte ich. Statt weiterhin eine Eintragung nach der anderen durchzusehen, übersprang ich die Seiten. Miss Smith hatte im September 1840 zum erstenmal Lohn erhalten. Ich sah in dem gleichen Monat in den darauffolgenden Jahren nach und fand regelmäßig die gleichen Eintragungen. ›Miss Smith' Lohn.‹ 1842 bekam sie eine Gehaltserhöhung von fünfzig auf fünfundfünfzig Dollar. Ab 1846 erschien ihr Name nicht mehr. Ich erinnerte mich an das Datum auf dem Grabstein und blätterte zurück. Das ging viel schneller, weil ich mich auf etwas ganz Bestimmtes konzentrierte, und die Suche dauerte nur Minuten.

»Sarg für Miss Smith. An Sexton, den Totengräber. An Reverend Brown für den Gottesdienst.«

An ihrem Grab waren also die gehörigen Worte gesprochen worden, obwohl es an einer ungehörigen Stelle lag. Keinen Trauerflor. Die Familie trauerte nicht wegen einer Dienerin.

Wir hatten richtig überlegt. Sie war eine Angestellte gewesen, die Lohn erhielt, und da man weder ein Dienstmädchen noch eine Köchin als ›Miss‹ bezeichnet hätte, mußte sie eine Haushälterin oder Gouvernante gewesen sein.

Wir besaßen noch immer keinen Beweis dafür, daß zwischen Miss Smith und der Frau auf der Miniatur eine Verbindung bestand.

Ich setzte mich auf die Fersen und rieb mir die schmerzenden Augen. Es war ein Rätsel — kein Puzzle, sondern eine Denkaufgabe: »Mr. Smith lebt im grünen Haus. Das braune Haus steht neben dem blauen Haus. Der Franzose trinkt Scotch.« Jeder von uns kennt solche Rätsel. Sie treiben mich zum Wahnsinn, weil ich nie auf die Lösung komme — und trotzdem faszinieren sie mich. Für gewöhnlich schaffe ich es bis zur Mitte, und dann bleibe ich stecken. Ich bekomme nie heraus, wer im roten Haus wohnt, oder was der Kanadier trinkt.

Ich hatte das Gefühl, daß unser Rätsel genauso mit Logik gelöst werden konnte, und daß mich nur mein mangelhaftes Denkvermögen daran hinderte, die Lösung zu finden. Die Frau auf der Miniatur war die Frau im schwarzen Kleid. Die Frau im schwarzen Kleid war Miss Smith. Das klang gut, nur war die zweite Feststellung keine Tatsache, sondern eine Annahme. Miss Smith war eine Gouvernante oder Haushälterin. Die Frau in Schwarz war in einem der Fälle in einem Kinderzimmer erschienen. Die Frau auf der Miniatur hing mit einem Kind zusammen. Hezekiah war über die Treppe im Turmzimmer zu Tode gestürzt. Das Turmzimmer war der Raum, in dem die Frau in Schwarz erschienen war.

Es war genau wie das Rätsel mit den Häusern. Allerdings wußte ich nicht sicher, ob ich über alle erforderlichen Angaben verfügte.

Ich hörte im Korridor Stimmen und sah auf die Uhr. Es war viel später, als ich angenommen hatte. Die anderen waren wahrscheinlich im Begriff hinunterzugehen. Ich stand müde auf, verstreute dabei Rechnungsbücher in alle Richtungen und ging ins Badezimmer, um mir die staubigen Hände zu waschen.

Es klopfte. Nach dem Geräusch mußte es Mary sein, und ich war mit einem Satz bei der Tür. Ich wollte nicht, daß sie die Bücher und die Truhe sah.

»Was hast du den ganzen Nachmittag getan?« fragte Mary. »Du siehst wie ein schmutziger Gassenjunge aus.«

»Du bist schön genug für uns beide.« Ich betrachtete ihr langes rotes Kleid bewundernd. »Soll ich mich umziehen? Wer wird beim Abendessen anwesend sein?«

»Will jedenfalls nicht, sein alter Wagen ist endgültig zusammengebrochen. Er hat gerade angerufen und gefragt, ob Ran ihn von der Fähre abholen kann. Sie läuft um zwanzig Uhr dreißig ein.«

»Aha. Also schön, ich säubere mich und komme dann hinunter. An einem so trostlosen Tag kann ich einen Drink vertragen.«

»Ich möchte dir zuerst etwas zeigen.«

»Was denn?«

»Ich habe Hezekiah gefunden.«

Wären es meine dritten Zähne gewesen, so wären sie mir in diesem Augenblick aus dem Mund gefallen. Es gelang mir zwar recht gut, mich zu beherrschen, aber ich quäkte beinahe, als ich fragte:

»Wo?«

»In einem der Gästezimmer. Es ist ein interessantes Bild, aber Ran behauptet, daß seine Tanten es nicht ausstehen konnten. Deshalb hängt es im Gästezimmer, und nicht im Salon.«

Am Ende des Korridors bogen wir in den Quergang ein und gingen zwei Stufen in den Ostflügel hinunter. Als Mary die Tür eines Gästezimmers öffnete, begriff ich, warum ich Hezekiahs Porträt am ersten Tag beim Rundgang durch das Haus nicht bemerkt hatte. Die alten Damen hatten ihn wirklich nicht gemocht; er hing unauffällig an der Seitenwand, praktisch hinter der Tür.

Künstlerisch gesehen war das Bild nichts Besonderes. Es war steif und hölzern, und ihm fehlte der Charme eines echten Primitiven. Es war einfach eine schlechte Arbeit von einem schlechten Maler. Außerdem mußte es gereinigt werden. Der Lack war so stark nachgedunkelt, daß man kaum die Einzelheiten der Gestalt ausmachen konnte. Es war ein Brustbild vor einem Hintergrund, der das Meer, einen Dreimaster, eine Pagode und eine Palme zeigte.

Während wir noch vor dem Bild standen, rief jemand Marys Namen.

»Das ist Ran«, sagte sie. »Wahrscheinlich hat er einen Knopf oder einen Socken oder sonst etwas verloren.

Wenn du dieses attraktive Gesicht noch länger betrachten willst, Jo, lasse ich dich allein, bevor Ran eine Ader platzt. Er ist wie alle Männer, er hat keine Geduld. Wenn du fertig bist, schalte bitte das Licht aus und schließe die Tür.«

»Okay.« Auf den zweiten und dritten Blick war das Bild interessanter, als ich angenommen hatte. Der Maler hatte die groben Züge gut wiedergegeben. Das Gesicht wirkte beinahe quadratisch, weil Kiefer und Kinn so breit waren. Die Nase hatte der Maler nicht gut getroffen; sie sah wie ein Klumpen Modellierton aus. Aber dafür war der Mund so hart und verkniffen, wie ich mir Hezekiah vorstellte. Die Augen unter den dichten, struppigen Brauen waren mißglückt; sie sind auch das Schwierigste an einem Gesicht. Alles in allem entsprach es der Vorstellung, die ich mir vom Kapitän gemacht hatte. Doch man konnte es bestimmt nicht als lebensecht bezeichnen; deshalb war das, was mir jetzt widerfuhr, noch unerklärlicher.

Ich wollte mich gerade abwenden, als die Luft um mich dunkler wurde. Es war kein Stromausfall; die gemalten Gesichtszüge leuchteten, als wären sie selbst eine Lichtquelle. Durch die Dunkelheit drang das Geräusch von schweren Flügelschlägen, und dann bewegte sich zu meinem Entsetzen die gemalte Gestalt. Die Züge verzerrten sich schmerzgequält, aber geräuschlos, der Mund öffnete sich zu einem stummen Schrei. Ich vernahm die Worte nur in meinem Kopf:

»Geh fort ... schnell ... schnell ... bevor es zu spät ist.«

ZEHNTES KAPITEL

1

Ich weiß nicht mehr, wie ich aus dem Zimmer gelangte. Als ich wieder zur Besinnung kam, hatte ich schon die halbe Treppe hinter mir. Ich blieb stehen, klammerte mich an das Treppengeländer und versuchte, wieder zu Atem zu kommen. Oben hörte ich Stimmen; Ran und Mary waren noch in ihrem Zimmer. Ich konnte also in den Salon gehen und dort zusammenbrechen, denn ich wollte nicht, daß Mary mich sah, bevor ich mich gefaßt hatte.

Doch im Salon befand sich jemand. Anne stand am Fenster und blickte hinaus. Ihr Profil war vor dem dunklen Hintergrund so scharf umrissen wie ein Gesicht auf einer römischen Münze. Es kam mir plötzlich bekannt vor, und ich dachte kurz darüber nach, an wen sie mich erinnerte. Doch ich verdrängte den Gedanken wieder, denn im Augenblick stellten meine Nerven mein größtes Problem dar.

Als ich mich schwer in einen Stuhl fallen ließ, drehte sie sich um.

»Um Himmels willen, Jo, was ist geschehen?«

Ich erzählte es ihr.

Sie sagte überhaupt nichts. Ich hielt ihr Stillschweigen für absolut verständliche Skepsis und sagte müde: »Sie halten mich wahrscheinlich für genauso verrückt wie meine Schwester. Manchmal frage ich mich selbst... Vielleicht habe ich mir diese letzte Episode nur eingebildet. Ich befinde mich in einem Zustand, in dem ich nicht mehr weiß, was ich sehe.«

Ihr Gesichtsausdruck war weder skeptisch noch feindselig, sondern geistesabwesend, als denke sie an etwas anderes.

»Ich habe mit Ran gesprochen«, sagte sie unvermittelt.

»Worüber?«

»Über Ihre Nachforschungen, worüber sonst? Sie waren alle äußerst findig.«

»Und naiv?«

»Überhaupt nicht. Sie haben es jedenfalls mit einem netten kleinen Familiengeheimnis zu tun. Das praktisch anonyme Grab gibt mir am meisten zu denken.«

»Das ist noch nicht alles.« Ich erzählte ihr, was Jed und ich am Nachmittag herausgefunden hatten. Falls es sie nicht wirklich interessierte, dann war sie eine gute Schauspielerin.

»Das ist wirklich merkwürdig«, bestätigte sie. »Ihnen ist doch klar, daß es für all das eine vollkommen harmlose Erklärung geben kann? Und daß vielleicht überhaupt kein Zusammenhang mit den gespenstischen Phänomenen besteht?«

»Das ist mir bewußt. Unser Problem besteht ja darin, daß wir nicht mehr Fakten finden.«

Sie wandte sich ab und griff nach einer Zigarette. Sie rauchte entschieden zu viel, aber das ging mich nichts an.

»Es gibt eine Informationsquelle, die Sie bis jetzt noch nicht in Betracht gezogen haben«, meinte sie.

»Und zwar?«

»Die Zeitungen. Sie befassen sich nicht mit der Geschichte des alten Babylon; um 1846 muß es eine Lokalzeitung gegeben haben.«

»Natürlich!« rief ich. »Wieso haben wir nicht daran gedacht? Ich bin sicher, daß es in der örtlichen Bibliothek die alten Zeitungen gibt. Wir werden morgen nachsehen.«

»Es ist schade, daß Sie nicht heute abend nachsehen können.«

»Warum?«

Sie blickte weg.

»Jetzt sind Sie mit der Skepsis an der Reihe. Vielleicht beeinflußt mich die Atmosphäre ... aber ich habe das Gefühl, daß uns die Zeit davonläuft, und je schneller Sie zu einem Schluß gelangen können, desto besser ist es.«

»Aber Anne ...«

»Seien Sie nicht beunruhigt«, unterbrach sie mich. »Ich sage das nicht, weil sich Marys Zustand drastisch verändert hätte, trotzdem ... Das ist mein letzter Abend hier; ich habe heute meine Sekretärin angerufen und festgestellt, daß ich morgen nachmittag in Boston sein muß — ob Nebel, Schnee oder Sturm. Ich kann zumindest ein guter Wachhund sein, während Sie und die anderen Ihre Nachforschungen fortsetzen. Anscheinend ist es meine einzige Möglichkeit, Ihnen zu helfen.«

Diesem letzten Satz hätte ich widersprechen müssen, und wenn es nur aus Höflichkeit gewesen wäre, aber sie klang nicht bitter, sondern nur seltsam belustigt. Und bevor mir etwas Passendes einfiel, kamen Mary und Ran herein.

Das Abendessen verlief überraschend angenehm. Deshalb überraschend, weil mir trotz des Gelächters und Geplauders Annes Bemerkung nicht aus dem Kopf ging. Sie hatte zwar gesagt, daß sich Marys Zustand nicht verschlechtert hatte, aber das konnte ich ihr nicht recht abnehmen. Warum machte sie sich wegen der uns zur Verfügung stehenden Zeit Sorgen, wenn sie keine Krise erwartete? Ich hatte ebenfalls das Gefühl, daß uns die Zeit davonlief, daß wir rasch handeln mußten, obwohl ich wußte, daß dieses Gefühl unlogisch war. Mary sah an diesem Abend besser, fröhlicher, aufgeschlossener und glücklicher aus.

Genau das hätte mich warnen müssen. Es war ihr schon einige Male besser gegangen, und darauf war jedesmal eine katastrophale Nacht gefolgt. Doch daran dachte ich an diesem Abend nicht, denn ich zerbrach mir den Kopf darüber, wie ich das Haus nach dem Abendessen verlassen konnte. Ich hatte mit Ran kurz unter vier Augen gesprochen, und Annes Bemerkung über die Zeitungen hatte ihm genauso eingeleuchtet wie mir. Er war davon überzeugt, daß er von der Bibliothekarin die Schlüssel zur Bibliothek erhalten würde. Er mußte Will von der Fähre abholen und hatte dadurch einen Grund, ins Dorf zu fahren. Ich war entschlossen, ihn zu begleiten, wußte jedoch noch nicht, wie ich es schaffen würde, fortzukommen.

Es war einfach. So einfach, daß sich mein Mißtrauen sofort hätte melden müssen.

Wir waren mit dem Dessert fertig und tranken Kaffee. Ran warf einen Blick auf die Uhr und erhob sich.

»Ich werde mich auf den Weg machen. Möchtest du mitkommen, Jo?«

»Ich weiß nicht recht ...« Ich sah zu Mary hinüber.

»Fahr nur. Bei diesem Wetter wird die Fähre wahrscheinlich Verspätung haben. Ihr könnt im Gasthaus an der Bar sitzen und euch einen Drink genehmigen, bis sie eintrifft. Dann weiß ich wenigstens, daß Ran nicht den Verführungskünsten einer örtlichen Sirene erliegt.«

»Wenn du sicher bist ...«

»Natürlich bin ich sicher. Es tut mir leid, daß es hier so langweilig ist, Jo. Für dich ist es nicht sehr lustig, wenn du die ganze Zeit im Haus herumsitzen mußt. Es gibt in der Stadt auch ein Kino, du könntest unseren Gast zu einem Krimi einladen, Ran.«

»Wir können ja nachsehen, was sie spielen«, meinte Ran. »Wahrscheinlich wird Will direkt nach Hause fahren wollen, aber — du machst dir ja keine Sorgen, wenn wir erst später zurückkommen?«

»Ich mache mir bestimmt keine Sorgen.«

Während wir die Straße entlangfuhren, war mir gar nicht wohl zumute, und das hatte nichts mit Mary zu tun. Der Nebel war stärker geworden. Vielleicht wirkte er auch nur nachts dichter, aber ich sah jedenfalls nichts. Ran saß lässig am Steuer und pfiff sogar leise vor sich hin. Nach einer Weile beruhigte ich mich. Mir war erst jetzt bewußt, was für eine gespannte Atmosphäre im Haus herrschte; der Nebel war geradezu eine angenehme Abwechslung.

Während der Fahrt sprachen wir noch einmal über die Schlüsse, zu denen wir gelangt waren. Ich erzählte Ran von meinem Erlebnis mit dem Porträt und von meinen neuesten Entdeckungen.

»Wir haben es also mit zwei Hauptfragen zu tun«, überlegte er. »Erstens, wer ist das Kind, der Junge namens Kevin? Zweitens ...«

»Was soll das heißen, wer er ist? Wir wissen nicht einmal, ob er wirklich existiert. Wenn der Junge, der seinen Namen in dieses Buch geschrieben hat ...«

»Verdammt, Jo, hör auf, so dogmatisch zu sein. Wir haben für etliche dieser Punkte keine konkreten Beweise, und wir werden sie höchstwahrscheinlich nie bekommen. Ich bin soweit, daß ich eine solide, begründete Vermutung als Beweis akzeptiere. Wir haben einen Namen in einem Buch, das Bild eines blonden Kindes, die Stimme eines weinenden Kindes — und den Namen, den Mary dieser Stimme gegeben hat. Ich nehme an, daß all das zu der gleichen Person gehört. Und daß sein Name Kevin war — ist. Wir sind also wieder bei der Frage, wer er war. Er war keines von Hezekiahs Kindern, gehört aber offenbar in diese Zeit. Zwischen ihm und der Frau besteht eine Beziehung, nicht nur wegen der Miniaturen, sondern weil das Weinen und die Frau in Schwarz gleichzeitig auftreten. Gehen wir also bei Miss Smith genauso vor wie bei Kevin und nehmem wir an, daß die Frau in dem schwarzen Umhang Miss Smith ist, und daß das auch für die Frau auf dem Porträt gilt.

Damit kommen wir zur Frage Nummer zwei. Was war Miss Smith außer einer Gouvernante? Die Miniatur ist nicht das Porträt einer Gouvernante, sondern das Porträt einer Frau, die über das Vermögen und die soziale Stellung verfügt, um ein solches Werk in Auftrag zu geben — oder die unter dem Schutz eines Mannes steht, der über diese Stellung verfügt. In dieser Eigenschaft hängt sie mit dem Kind zusammen. Trotzdem gehört Miss Smith zweifellos zum Personal von Hezekiahs Haushalt. Ich frage noch einmal: Was war sie außer Gouvernante?«

»Also gut, ich weiß, was du denkst. Die beiden Miniaturen deuten zweifellos auf Mutter und Kind hin. Wenn Miss Smith die Mutter war, wer war dann der Vater? Der Name Kevin kommt in der Familie Fraser häufig vor...«

»Und es ist allgemein bekannt, daß Hezekiah ein Lüstling war. Ich will dir etwas verraten, meine kleine, ahnungslose Schwägerin: Wenn ich in meinem Haus den ganzen Tag mit einem Mädchen wie dem auf dem Porträt zusammen wäre, weiß ich, was ich tun würde. Hezekiah hatte ganz bestimmt weniger Skrupel als ich.«

»Hmmm«, sagte ich beeindruckt. »Ja, Ran — aber keine Frau, und schon gar nicht eine halsstarrige Bostonerin wie Mrs. Hezekiah, würde die Geliebte ihres Mannes und deren uneheliches Kind in ihrem Haus dulden. Wenn wir voll den Beweisen glauben, hat sich der Junge im Turmzimmer aufgehalten; und Miss Smith lebte bestimmt bis zu Hezekiahs Todesjahr im Haus.«

»Du unterschätzt den alten Knaben und die damalige Geisteshaltung. Es war die gute alte Zeit, in der die Frauen noch wußten, wohin sie gehören.«

Wir befanden uns jetzt in den Außenbezirken der Stadt, und ich erblickte gelegentlich erleuchtete Fenster und Lichtreklamen. Der Nebel wirkte dadurch weniger dicht. Als Ran den Wagen anhielt und die Tür öffnete, vernahm ich eines der melancholischsten Geräusche der Welt — das leise, traurige Heulen eines Nebelhorns draußen auf See.

»Wo sind wir?« fragte ich und blickte zu den nassen Fenstern hinaus. Wir standen in einer ruhigen Wohnstraße, in der eine einsame Straßenlampe tapfer gegen den Nebel ankämpfte.

»Ich will versuchen, den Schlüssel zur Bibliothek zu bekommen. Du hast doch keine Angst, allein im Auto zu bleiben? Das ist eine der sichersten Städte des Landes, und wenn du mitkommst, dauert es länger, weil ich euch einander vorstellen und dann noch höfliche Konversation machen muß. Die Fähre muß in fünf Minuten einlaufen.«

»Ich bleibe im Auto.« Ich sah ihm noch nach, als er den Gehsteig hinunterging und mit dem Nebel verschmolz.

Es kam mir länger vor, als es tatsächlich war. Obwohl Fenster und Türen geschlossen waren, vernahm ich durch die nebelverhangene Dunkelheit noch immer das Nebelhorn. In einem der Stücke von O'Neill heult während des gesamten zweiten Akts ein Nebelhorn zermürbend eintönig — das ist ein sehr wirkungsvoller Effekt, um eine zutiefst deprimierende Stimmung zu schaffen.

Ran kam nach nicht einmal zehn Minuten zurück, und ich merkte schon an seinem Gang, daß er Erfolg gehabt hatte. Er stieg ein und fuhr sofort los.

Eigentlich rechnete ich nicht damit, daß Will kommen würde, denn ich konnte mir nicht vorstellen, daß jemand so wahnsinnig war, bei diesem Nebel auszulaufen. Doch die Fähre verkehrte nicht nur, sie traf sogar zu früh ein. Als wir das Ende der Hauptstraße erreichten, an dem der Kai begann, leuchteten die Lichter der Fähre durch den Nebel. Will wartete schon.

Er blinzelte, als er in den Scheinwerferkegel geriet. In dem grellen Licht verschwammen seine Gesichtszüge, dafür sah man an den ungekämmten Haaren und dem zerknitterten alten Regenmantel deutlich, wie nachlässig er war. Er sah schlimmer aus, als ich ihn je erlebt hatte, und ich war so froh, daß er da war, daß ich am liebsten ausgestiegen und ihm entgegengelaufen wäre. Das Gefühl war nicht neu und mir seit längerer Zeit bewußt, aber es hatte keinen Sinn, ihm nachzugeben. Neben der attraktiven Sue und der beeindruckenden Anne standen meine Chancen nicht sehr gut.

Will ließ sich in den Rücksitz fallen, und ich dachte: Siehst du, er will nicht einmal neben dir sitzen.

»Ist alles in Ordnung?« fragte er.

Ran wollte zu sprechen beginnen, aber ich unterbrach ihn. »Wie geht es dem Jungen — Ihrem Patienten?«

»Er wird durchkommen.« Will lachte; es klang merkwürdig — verzweifelt und gleichzeitig triumphierend. »Diese verdammte Frau hatte recht, es war kein Virus, sondern Blinddarmentzündung. Wir haben ihn gerade noch rechtzeitig in den Operationssaal gebracht. Sie hat das erstemal seit zehn Jahren recht gehabt und wird es mir bis an mein Lebensende vorhalten.«

»Sie müssen erschöpft sein.«

Will sah mich merkwürdig an.

»Ich bin nicht ein bißchen müde. Was war heute nachmittag los?«

»Wir haben einiges herausgefunden«, antwortete Ran. »Wie wäre es mit einem Drink und einem Steak im Gasthaus, während wir dir berichten? Wenn du noch eine Stunde durchhalten kannst, möchte ich in der Stadt etwas erledigen, bevor ich nach Hause fahre. Aber wenn du erschöpft bist ...«

»Verdammt, nein«, widersprach Will empört. »Aber gegen das Steak habe ich nichts einzuwenden.«

Während der nächsten fünf Minuten verhielt er sich mir gegenüber entschieden kühl. Ich hatte gewagt anzudeuten, daß ihn vier oder fünf Stunden Arbeit und Sorgen ermüden konnten, und wurde dafür bestraft. Doch er stürzte sich genauso auf das Steak wie Heinrich VIII.

auf sein Brathuhn. Allerdings waren Wills Tischsitten besser.

Ran sprach die ganze Zeit. Als Will endlich soweit war, daß er langsamer aß, bemerkte er: »Ihr scheint besser voranzukommen, wenn ich nicht dabei bin ... Wenn ich die Dame in Schwarz nicht selbst gesehen hätte, würde ich anfangen, mir über Sie Gedanken zu machen, Jo. Wie kommt es, daß die Gespenster ihre ganze Aufmerksamkeit Ihnen widmen?«

»Das hat sich auch Jed gefragt, und keine der möglichen Antworten gefällt mir. Und was Hezekiahs Porträt betrifft ...«

»Ja, was ist mit Hezekiah?« fragte Will. »Ich war schon davon überzeugt, daß er der Bösewicht ist, aber jetzt sieht es aus, als wäre er das Opfer gewesen.«

»Ich bin nicht so sicher, Will«, widersprach ich. »Die Sache mit dem Bild ... das ist eine klassische Halluzination, nicht wahr?«

»Ja.«

»Vielleicht war es nicht mehr. Vielleicht sind psychische Phänomene dadurch in Verruf geraten. Die Menschen erleben eine echte Manifestation, und das erschüttert sie so sehr, daß sie sich weitere Erscheinungen einbilden. Natürlich kann man die falschen Manifestationen leicht widerlegen, und damit ist das Thema abgewertet.«

Will grinste.

»Die spiritistische Gesellschaft wäre von Ihrer Schilderung begeistert. Ich anerkenne Ihre Ehrlichkeit, Jo, aber diesmal werde ich die Rolle des Verteidigers übernehmen. Sie hatten nicht den Eindruck, daß Sie bedroht werden, sondern daß man Sie warnt, richtig? Das paßt nicht zu Ihrer vorgefaßten Meinung über Hezekiah, denn auch Sie haben ihn für einen Bösewicht gehalten. Wenn Sie sich den Zwischenfall nur eingebildet hätten, dann hätte er die Zähne gefletscht und nach Ihnen gegriffen.«

Ran wurde unruhig.

»Ich will dich nicht drängen, Will, aber wenn wir noch in die Bibliothek wollen ...«

Für mich sind Bibliotheken freundliche, angenehme Einrichtungen. Aber wenn sich in einer nebligen Nacht nur drei Leute in den leeren Räumen herumtreiben, können sie ganz schön gespenstisch wirken. Der Nebel drang sogar durch die geschlossenen Fenster herein und trieb in langen, blassen Streifen durch die Gänge zwischen den Regalen, in denen unsere Schritte widerhallten. In dieser düsteren Atmosphäre weckte der staubige, modrige Geruch der Bücher, den ich sonst mag, ganz neue Assoziationen.

1840 hatte es auf der Insel keine eigene Zeitung gegeben, aber in Richmond, der nächstgelegenen Stadt auf dem Festland, erschien ein Wochenblatt. Ran erklärte uns, daß wir dort die größten Aussichten auf Erfolg hatten. Die Zeitung in Portland hatte wahrscheinlich Hezekiahs Nachruf gebracht, weil er ein prominenter Bürger war, aber es war nicht anzunehmen, daß sie weniger wichtige Meldungen abdrucken würden, und schon gar nicht die Nachricht vom Tod einer Bediensteten.

Wir suchten Miss Smiths Nachruf. Ran hatte bereits die Meldung über Hezekiahs Tod gelesen, denn dieser Zeitungsausschnitt befand sich bei den Familienpapieren im Museum.

»Ich hätte damals schon an die Zeitungen denken müssen«, gab er zu. »Aber auf dem Ausschnitt war nicht einmal der Name des Blattes angeführt.«

Wir arbeiteten nicht mit den Originalen, sondern mit Mikrofilmen, aber sobald Ran den Druck und das Layout sah, war er davon überzeugt, daß der Ausschnitt aus dieser Zeitung stammte. Wir mußten das ganze Jahr 1846 durchsehen, um den Monat zu erreichen, in dem Miss Smith gestorben war. Als Will, der das Lesegerät bediente, Hezekiahs Nachruf fand, hielt er die Maschine an, damit Ran seine Annahme überprüfen konnte. Will und ich überflogen ebenfalls hastig den Text. Will liest schneller als ich, deshalb war ich noch bei den Namen der beim Begräbnis anwesenden Honoratioren, als Will gotteslästerlich fluchte. Im nächsten Augenblick hatte auch ich es gefunden.

Am Ende der Kolumne zählte der Herausgeber die Namen der überlebenden Verwandten auf. Es gab einen Bruder in Ohio und eine Schwester auf Rhode Island. Dann folgten die Namen von Hezekiahs Frau und seinen Kindern. Der letzte Name auf der Liste war an Wills Ausbruch schuld: »Und sein Adoptivsohn Kevin.«

»Ich schwöre, daß das da nicht vorhanden war«, erklärte Ran verwirrt. »Der Ausschnitt, den ich gesehen habe, hat hier aufgehört.« Er zeigte hin. »Dritte Zeile von unten.«

»Jemand hat die letzten Zeilen abgeschnitten«, schloß ich. »Aber warum? Adoptivsohn — daran haben wir nie gedacht.«

»Es klingt logisch«, stellte Will fest. Das Mikrofilm-Lesegerät war noch eingeschaltet und warf seltsame Schatten auf sein Gesicht. »Miss Smith ist zum erstenmal 1840 aufgetaucht. Nehmen wir an, daß das Kind kurz zuvor auf die Welt gekommen ist. Hezekiah adoptiert es und nimmt es nach Hause mit. Und weil er ein vorausschauender Mann ist, bringt er auch das Kindermädchen und die Gouvernante in einer Person mit.«

»Das kann ich nicht glauben«, widersprach ich verärgert. »Nicht einmal Hezekiah konnte etwas so Schmutziges tun. Es ist widerlich, und es gibt nicht den Schatten eines Beweises dafür.«

»Zum Teufel mit Beweisen; Menschen sind aufgrund von viel weniger stichhaltigen Beweisen gehängt worden. Such weiter, Will, wir haben Miss Smith noch immer nicht gefunden.«

Will griff nach dem Schalter, und die Seiten glitten weiter. Der nächste Hinweis erschien wenige Wochen später, aber es war nicht der Nachruf auf Miss Smith: Will übersah ihn beinahe, weil in der Überschrift kein Name genannt war.

»Hoffnung auf Wiederauffinden des verschwundenen Erben aufgegeben.«

Ran packte Will am Arm. »Warte.«

Wir lasen den Artikel in gebanntem Schweigen.

»Man nimmt jetzt an, daß der seit Freitagabend vermißte Kevin Fraser in das Meer hinausgerissen wurde, nachdem er von den Klippen in der Nähe des Fraser-Hauses gestürzt war. Der junge Fraser wurde zum letztenmal am Freitagvormittag gesehen, als er zu den Klippen unterwegs war. Eine Suchmannschaft unter der Führung von Joshua Beale fand die einzige Spur des Jungen — seine Mütze, die an einem Busch unterhalb des Klippenrandes hing. Kevin war der Adoptivsohn von Kapitän Hezekiah Fraser, der vor nicht einmal einem Monat durch einen Unfall ums Leben kam. Der Kapitän hatte den Jungen in seinem Testament als einen der beiden Haupterben eingesetzt.«

»Das Wort ›Unfall‹ klingt etwas anzüglich, findet ihr nicht?« fragte Will.

Ran war beeindruckt.

»Der arme kleine Teufel ... Sie müssen ihn so sehr gehaßt haben, daß sie sogar versucht haben, die Erinnerung an ihn auszulöschen.«

»Mit ›sie‹ meinst du wahrscheinlich deine Vorfahren«, sagte ich. »Mercy, ihren Sohn Jeremiah und die übrigen. Ist dir klar, Ran, was du damit andeutest?«

»Es paßt«, sagte Ran, »es paßt nur zu gut.« In dem reflektierenden Licht wirkte sein Gesicht verstört. »Er erbt einen großen Brocken vom Besitz des Kapitäns, und einen Monat später verschwindet er. Wenn das kein Motiv für einen Mord ist ...«

»Ganz zu schweigen von einem Motiv für ein spukendes Gespenst«, fügte ich hinzu. »Rache? Nein, bestimmt nicht bei einem Kind. Also Gerechtigkeit? Will er das? Kein Wunder, daß er weint. Wie kann man nach einem Jahrhundert einen Mörder vor Gericht bringen, selbst wenn man ihn identifizieren könnte?«

Will schaltete das Lesegerät wieder ein.

»Das war jetzt etwas melodramatisch«, stellte er trokken fest, ohne aufzublicken. »Wenn Sie bereit sind, einen körperlosen Geist zu akzeptieren, der nach dem Tod weiterlebt, dann sollten Sie auch zugeben, daß es möglicherweise ein Gericht gibt, das Sünden viel besser bestrafen kann als jede menschliche Institution.«

»Und das sich nicht täuschen läßt«, fügte Ran hinzu.

»Also gut.« Ich hob die Hände. »Vielleicht will das Kind nur Frieden finden. Es heißt doch, daß der Tod für den Geist eine dramatische Erfahrung ist. Und in der Ewigkeit verliert die Zeit ihre Bedeutung. Vielleicht steht er noch unter Schock und hat sich verirrt.«

»Das ist der Grund, aus dem ich mich vom Spiritismus lossage«, erklärte Will. »Wenn der gütige Schöpfer ein Opfer diesen Qualen so viele Jahre lang aussetzt ...«

»Sie verlangen Logik«, unterbrach ich ihn zornig. »Es gibt keine. Hier ergibt nichts einen Sinn. Aber es muß einen Punkt geben ...«

»Richtig. Und den haben wir bis jetzt nicht gefunden. Wir haben nicht einmal ... doch, da ist sie.«

»Eine Woche, nachdem der Junge verschwunden ist«, stellte Ran fest. »Es ist wie ein Fluch. Schlägt der Tod einem alten Aberglauben zufolge nicht dreimal zu?«

»Jetzt bist du melodramatisch«, stellte ich fest. »Es klingt dumm, aber für mich ist gerade das beruhigend. Sie muß mit dem Jungen sehr eng verbunden gewesen sein, ganz gleich, ob sie seine Mutter war oder nicht.

Und sie muß nicht nur um ihn getrauert, sondern sich auch schuldig gefühlt haben. Sie war für ihn verantwortlich; sie hätte ein so kleines Kind besser beaufsichtigen müssen.«

»Wie kommen Sie auf die Idee, daß es Selbstmord war?« fragte Will.

»Drei Unfälle innerhalb eines Monats im gleichen Haus nimmt Ihnen niemand ab. Wie heißt es in der Zeitung? Da ist es ja. Auf dem Tisch neben ihr fand man ein leeres Glas und eine Flasche, die Laudanum enthalten hat. Das Urteil? Tod durch Unfall.«

»Jetzt warten Sie mal.« Will war mir einige Zeilen voraus. »Man fand keinen Abschiedsbrief, deshalb war man nachsichtig und nahm an, daß es ein Unfall gewesen war. Sonst hätte sie kein christliches Begräbnis bekommen.«

»Sie bezeichnen das Grab außerhalb des Friedhofs als ein christliches Begräbnis? Von mir aus. Sie stehen ja auf meiner Seite.«

»Ich weiß nicht mehr, auf wessen Seite ich stehe.« Will betrachtete die Zeitung düster. »Diese drei Todesfälle folgen zu dicht aufeinander. Es muß eine Verbindung zwischen ihnen geben.«

»In einem Kriminalroman wären alle drei Todesfälle Morde.« Ich täuschte eine Leichtfertigkeit vor, die ich keineswegs empfand. »In allen drei Fällen ist nämlich die Todesursache die gleiche — ein Unfall.«

Will versetzte mir einen warnenden Rippenstoß, und ich verstummte. Ran nahm unser Gerede offensichtlich ernst. Ihn störte wahrscheinlich am meisten die Rachsucht, mit der seine Familie alle Spuren des Kindes getilgt hatte. Es war bewußt geschehen, sonst hätte wenigstens ein Dokument überlebt.

»Wenn es euch nichts ausmacht, hören wir auf«, schlug Ran vor. »Ich halte heute abend nicht mehr viel aus. Außerdem waren wir lang genug fort. Ich lasse Mary ungern so spät noch allein.«

Will schaltete das Lesegerät ab.

»Wenn wir uns nicht sehr viel mehr Zeit nehmen — und die steht uns jetzt nicht zur Verfügung —, werden wir nichts mehr finden. Mary ist doch nicht allein?«

»Natürlich nicht, Anne ist bei ihr. Aber es ist nicht fair, sie allein mit Mary fertigwerden zu lassen, wenn sie einen Anfall bekommt.«

»Ich habe heute etwas Komisches erlebt«, meinte Will beiläufig, während Ran das Licht ausschaltete und die Tür versperrte. »Ich bin im Krankenhaus auf jemanden gestoßen, der Anne von der Universität her kannte. Er erkundigte sich nach ihrem Mann. Ich sagte, daß sie meines Wissens nicht verheiratet ist, und das wunderte ihn. Als er sie kannte, war sie mit einem Studenten verlobt, und es sah bei beiden wie die große Liebe aus.«

»Sie war verheiratet«, bestätigte Ran, während wir die Treppe hinunter und zum Wagen gingen. »Die Ehe dauerte nicht einmal ein Jahr. Der Freund, der sie mir empfahl, hat es mir erzählt. Ihr Mann fiel in Vietnam — oder war es damals Korea? Es hat sie schwer getroffen, und sie erlitt einen Nervenzusammenbruch. Das war auch der Grund, warum sie Psychiaterin geworden ist.«

In diesem Augenblick war ich zum erstenmal beunruhigt. Ich verstand nicht, was mit mir los war, aber wahrscheinlich hatte sich mein Unterbewußtsein mit unserem Problem befaßt. Mir fiel ein, daß es Anne gewesen war, die uns in die Bibliothek geschickt hatte. Ich erinnerte mich daran, wie bereitwillig, sogar eifrig Mary zugestimmt hatte. Ich erinnerte mich an verschiedenes, das gesagt worden war — und an Annes Gesichtsausdruck, als sie durch das Fenster in die einsetzende Dunkelheit hinausblickte. Und plötzlich wußte ich, warum Annes Gesicht mich an etwas erinnert hatte. Es war keine körperliche Ähnlichkeit gewesen, sondern der Ausdruck. Ich hatte den gleichen Ausdruck auf dem Gesicht meiner Schwester gesehen, als sie in die Dunkelheit hinausstarrte, in der sich das weinende Kind befand.

Als wir vor dem Haus der Bibliothekarin hielten, faßte ich Ran am Arm.

»Hat Anne dir gegenüber noch einmal erwähnt, daß wir eine Séance abhalten sollten?«

»Nein ... du meinst vor kurzem? Sie hat nicht mehr darüber gesprochen, nachdem wir uns beim erstenmal alle einig waren ...«

»Sie hat es mir gegenüber öfter erwähnt«, mischte sich Will ein. »Worum geht es, Jo?«

Ich bin wahrscheinlich überängstlich, aber sie war heute abend froh darüber, daß wir das Haus verließen. Sie sagte, daß es ihre letzte Nacht in dem Haus ist. Sie sagte — was sagte sie noch? ›Ich wage nicht, es zu glauben; Sie können sich nicht vorstellen, was es für mich bedeuten würde.‹ — Glauben Sie nicht, Will ...«

»Ich glaube, daß wir so rasch wie möglich nach Hause fahren sollten. Vergiß den Schlüssel, Ran, und sieh zu, daß wir weiterkommen.«

Ran fuhr wie ein Verrückter, und ich drängte ihn, noch schneller zu fahren. Im schwachen Licht des Armaturenbretts sah sein Gesicht wie eine Totenmaske aus. Er sprach kein Wort; dafür plapperte ich ununterbrochen. Ich hielt die Stille nicht aus.

»Es gibt noch eine Theorie, die wir noch nicht in Betracht gezogen haben. Was ist, wenn Miss Smith die Mörderin ist? Hezekiah ist in diesem Raum gestorben, weil er die Treppe hinuntergefallen ist. Ein Mann, der bei Sturm und Regen auf seinem Achterdeck herumgegangen ist, stolpert auf einer Treppe! Vielleicht hat sie ihn gestoßen. Vielleicht hat sie mit einem Schürhaken oder etwas Ähnlichem auf ihn eingeschlagen und dafür gesorgt, daß es wie ein Unfall aussieht? Das Kind hatte es vielleicht gewußt, und sie mußte es beseitigen, damit es nicht reden konnte. Gewissensbisse, Selbstmord —

oder vielleicht hat jemand von der Familie die Wahrheit herausgefunden und sich selbst zum Richter ernannt, um einen Skandal zu vermeiden. Ich könnte mir vorstellen, daß Mercy so gehandelt hat. Sie muß die Frau ohnehin gehaßt haben. Kannst du nicht schneller fahren, Ran?«

Uns kam ein einziger Wagen entgegen, der lang und erschrocken hupte, als wir an ihm vorbeifegten. Dann waren wir zwischen den Bäumen und fuhren die Privatstraße hinauf. Die Baumstämme tauchten wie riesige heidnische Säulen vor uns auf und blieben hinter uns zurück. Endlich, nach einer viel zu langen Zeitspanne, befanden wir uns vor dem Haus. Ran fuhr geradewegs über den Rasen. Er sprang aus dem Wagen, bevor der Motor verstummt war, und wir folgten ihm auf den Fersen.

Jed kam uns in der Halle entgegen, und sein ernstes Gesicht leuchtete bei Rans Anblick auf.

»Ich bin froh, daß Sie wieder da sind«, erklärte er. Es war eindeutig eine Untertreibung.

»Wo sind sie?« fragte Ran. »Wo ist Mary?«

»Sie sind vor einer Stunde hinaufgegangen, und ich habe geglaubt, daß sie zu Bett gehen«, antwortete Jed. »Aber Bertha hat vor kurzem nachgesehen, und keine von ihnen war in ihrem Zimmer. Ich befürchte ...«

Ran stieß einen unartikulierten Laut aus und rannte hinauf. Wir wußten alle, wohin wir zu gehen hatten.

Im dritten Stock war das Licht eingeschaltet. Das war der einzige Hinweis darauf, daß jemand hier gewesen war. Es herrschte vollkommene Stille, und die Tür zum Turm war geschlossen. Dann hörte ich eine Stimme — Annes Stimme, wie sich später herausstellte. Ich verstand die Worte nicht, aber sie sprach ruhig und gleichmäßig, beinahe als sage sie ein Gedicht auf. In diesem Augenblick überkam mich wieder die eisige Kälte, die ich schon einmal gespürt hatte, und mit ihr das Unbehagen, das nicht körperlich, sondern seelisch war.

Bisher schienen die anderen nicht so sehr betroffen zu sein wie ich. Aber jetzt wich Jed zurück, und auf Rans Gesicht stand Schweiß. Er drehte den Türknauf, aber die Tür ging nicht auf. Sie hatten sich von innen verbarrikadiert.

Sie hörten uns — oder etwas hörte uns ... Annes Stimme wurde lauter, und sie sprach schneller. Aus dem Raum kam ein krächzendes Stöhnen und dann ein Schluchzen — das langgezogene, schluchzende Jammern, das wir kannten.

Will sagte mit zusammengebissenen Zähnen etwas; ich verstand ihn nicht, aber Jed begriff. Er packte Ran, der wild an der Tür rüttelte, und zog ihn weg. Will wich einen Schritt zurück, hob den Fuß und trat gegen die Tür.

Ich weiß nicht, ob es Karate war, aber es war genauso wirkungsvoll wie ein Rammbock. Die Tür flog auf.

Das Geräusch, das aus der offenen Tür brach, war höllisch, und ich verwende dieses Wort in seinem buchstäblichen Sinn. Es war das Weinen, das wir gehört hatten, aber es war bis zur Unerträglichkeit verstärkt, wie eine auf höchste Lautstärke geschaltete HiFi-Anlage. Selbst die lieblichste Musik wird dadurch scheußlich verzerrt. Dieses Geräusch war nie lieblich gewesen und klang jetzt mehr wie ein gackerndes Lachen als wie Weinen.

Der Raum wurde von Kerzen erhellt — und einer anderen Lichtquelle.

Nicht vom Mondlicht; der Nebel verschleierte den Mond und drängte sich wie ein weißes Ungeheuer, das einbrechen will, an das vergitterte Fenster. Die zweite Lichtquelle war eine formlose Gestalt, die am unteren Ende der Eisentreppe kauerte.

Es war wie eine Wolke aus leuchtendem Gas oder wie ein phosphoreszierender Nebelfleck. In seinem widerwärtigen grauen Licht konnte man nahe Gegenstände deutlich erkennen. In dieser entsetzlichen Atmosphäre wirkte die weiße Masse des Schaukelpferds obszön und fehl am Platz. Das gemalte Maul schien zu grinsen, und ich hätte schwören können, daß es sich vor und zurück bewegte, als ritte jemand auf ihm.

Die beiden Frauen saßen nebeneinander an einem kleinen runden Tisch in der Mitte des Raums. Ich bemerkte Marys versteinertes Gesicht und konnte dann den Blick nicht von Annes Gesicht abwenden. Mary hatte diese oder eine ähnliche Szene bereits erlebt, aber die arme Anne ... halb glaubte sie, halb zweifelte sie, und sie hatte sich eingeredet, daß es sich nur um ein Experiment handelte, das Mary nicht schaden konnte, unabhängig davon, wie es ausging. Aber jener Teil von ihr, der daran glaubte, dachte an das angenehme Leben im Jenseits der Spiritisten, an Blumen, Gesang und glückliche Geister. Doch hier waren die Kälte, der Ekel und das Ding gekommen, das versuchte, gegen die Dunkelheit Gestalt anzunehmen.

Es war wie eine schwere Geburt. Das Wesen krümmte und wand sich und kämpfte gegen die Fesseln des Unsichtbaren. Und die ganze Zeit über stieß es das seelenlose Jammern aus. Töne üben einen direkten emotionellen Einfluß aus; Tiere geben bestimmte Geräusche von sich, um Sexualpartner — oder Beute — anzuziehen. Ich verstand nicht, daß ich diesen Ruf gehört und nicht erkannt hatte, daß er in diese Kategorie fiel — es war das bewußte Nachahmen eines weinenden Kindes, um eine bestimmte Beute anzulocken, so, wie ein Jäger den Ruf von Vögeln imitiert, um sie in Reichweite seiner Waffe zu bringen.

Das Ganze konnte nicht lang gedauert haben, schien aber eine Ewigkeit zu währen. Dann klickte etwas, ein knisternder Blitz wie bei einem Kurzschluß flammte auf, und das Ding nahm Gestalt an. Es war deutlich zu erkennen; etwas Derartiges hatte ich nicht erwartet.

Ich hatte bereits erlebt, daß ›Miss Smith‹ materialisiert hatte. Das war unangenehm gewesen, aber nicht annähernd so schlimm wie dieses Schauspiel. Doch ich hatte sie erwartet, weil das einzige andere Gesicht, auf das ich vielleicht gefaßt gewesen wäre, das Engelsgesicht des blondgelockten Kindes von der Miniatur war. Dieses Gesicht hätte zu dem hoffnungslosen Weinen gepaßt, während es gotteslästerlich gewesen wäre, es mit dieser frevelhaften Kakophonie in Verbindung zu bringen.

Das Ding, das wir sahen, war ein Mann; es war zumindest mannsgroß und von ungeschlachter Gestalt. Struppiges schwarzes Haar hing ihm über Stirn und Ohren. Der Mund war zu einem triumphierenden Gelächter geöffnet. Die Gestalt wirkte primitiv, aber das Aussehen war nicht das Schlimmste an ihr. Das Schlimmste war die von ihr ausgehende Ausstrahlung von etwas Abnormem.

Will behauptete später, daß ich mich auf seine Füße gestellt und versucht hatte, an ihm hinaufzuklettern. Das ist möglich. Ich weiß nicht mehr, was ich getan habe oder was die anderen gesagt und getan haben. Ich dachte nicht einmal an Mary. Die Menschen reden von Angst, ohne die geringste Ahnung zu haben, was Angst wirklich ist. Ich könnte mich jetzt einem angreifenden Tiger, einem Erdbeben oder einem mit einem Knüppel bewaffneten Irren stellen und sie als relativ harmlos empfinden.

Jemand begann zu beten. Dieser Jemand war ich. Das Gebet war ein wildes Gemisch aus Teilen des Vaterunser, des Ave Maria und der Liturgie. Ich behaupte nicht, daß die Worte eine bestimmte Bedeutung besaßen. Vielleicht wäre das kleine Einmaleins genauso wirkungsvoll gewesen — es mußte nur etwas Mechanisches sein, das ich auswendig konnte, das den Geist sammelt und ihm ermöglicht, wieder unabhängig zu denken.

Der Klang meiner Stimme durchbrach den Rhythmus des Jammerns, und das war vielleicht nützlich. Was uns aber vor dem Spuk rettete, konnte später niemand erklären. Die auf der anderen Seite des Raums dichter werdenden Schatten erregten meine Aufmerksamkeit erst, als die Materialisation beinahe beendet war. Vor mir stand die Frau in dem schwarzen Umhang, genauso, wie ich sie schon einmal gesehen hatte. Diesmal bewegte sie sich. Sie hob die Arme mit einer seltsam kreuzenden Bewegung; gleichzeitig durchschnitt ein starker, heller Strahl die Dunkelheit wie ein Schwert, und beide waren verschwunden. Der Raum war leer.

Das nächste Geräusch war ein dumpfes Poltern, als Anne ohnmächtig von ihrem Stuhl glitt. Jed richtete den Lichtstrahl auf sie. Er war als einziger so vernünftig gewesen, eine Taschenlampe mitzunehmen.

Mary rührte sich nicht. Ihr Gesicht war starr, weiß und regungslos wie Wachs. Ich hatte den Eindruck, daß ich es in die Hände nehmen und in jede beliebige Form bringen konnte.

Ran streckte die Hand aus und berührte ihren Arm. Sie bewegte sich nicht, wir wußten aber, daß sie atmete, weil ihre Brust sich hob und senkte. Ran hob sie hoch. Sie lag regungslos wie eine Holzfigur in seinen Armen, und in ihrem Gesicht zuckte kein Muskel. Er trug sie hinaus. Will schnappte sich ohne viel Umstände Anne und folgte ihm.

Ich drehte mich zu Jed um.

»Sie haben Glück gehabt«, krächzte ich. »Sie müssen niemanden tragen. Aber nur dann, wenn wir möglichst rasch abhauen.«

Er legte mir seinen Arm um die Schultern, und wir gingen zusammen die Treppe hinunter.

2

Den Rest der Nacht verbrachten wir in der Küche in einer Art Belagerungszustand. Niemand wollte allein sein.

Mary stand noch immer unter Schock, ihre Augen waren offen, aber sie reagierte auf überhaupt nichts. Will hielt ihren Zustand jedoch nicht für besorgniserregend; er hatte zumindest einen Namen dafür.

»Es sieht aus wie eine Form von Katatonie. Hör auf, hin und her zu gehen, Ran. Ich habe Vic angerufen, und er meint, daß er bei Tagesanbruch mit dem Hubschrauber herüberkommen kann. Der Nebel wird sich angeblich auflösen. In ein paar Stunden ist es soweit; es ist der schnellste Weg, glaub mir.«

Anne war aus härterem Holz geschnitzt, als ich erwartet hatte. Will pumpte sie mit Tranquilizern voll, aber sie hätte sich auch ohne sie sehr gut gehalten. Sie fühlte sich nicht einmal schuldig.

»Ich habe es unmöglich wissen können«, sagte sie ruhig. Infolge des Beruhigungsmittels strahlte ihr Gesicht eine fast orientalische Gelassenheit aus, aber sie dachte trotzdem logisch. »Was ich getan habe, war dumm und unverzeihlich, aber es hat keinen Sinn, wenn ich mir jetzt Vorwürfe mache. Sagen Sie mir nur eins — was war dieses Ding?«

»Ich weiß es nicht«, antwortete Will.

Ran beteiligte sich nicht an dem Gespräch. Er saß auf einem Stuhl neben dem Feldbett, das Jed für Mary hereingebracht hatte, hielt ihre Hand und ließ sie nicht aus den Augen.

»Wir haben das Kind gerufen«, erklärte Anne. »Wir wollten herausbekommen, wer es war und was es wollte. Wenn es nicht funktionierte, dann hätte sich Mary vielleicht damit abgefunden, daß es da draußen nichts gibt. Und wenn es funktioniert hätte ...«

Sie verzog gequält das Gesicht, und Will sagte rasch:

»Machen Sie sich nichts draus. Ich glaube nämlich, daß es funktioniert hat, und zwar besser, als Ihnen klar ist.«

Ich starrte ihn an. »Das war kein Kind, Will, sondern ein Mann. Aber es war nicht Hezekiah; sein Gesicht kenne ich.«

»Nein, es war nicht der Kapitän«, bestätigte Jed. Er saß am Tisch, hielt die chinesische Kassette in den Händen und drehte sie müßig hin und her. Jetzt klopfte er mit dem Finger darauf. »Sehen Sie sich das einmal an, Will; ich habe es heute nachmittag ausgemessen. Es gibt einen zwei Zentimeter breiten Raum, den ich mir nicht erklären kann. Hoffentlich macht es Ran nichts aus — ich habe das Futter herausgenommen.«

Jetzt war es nicht mehr schwierig, das Geheimnis der Kassette zu lösen. Einer der Nagelköpfe auf dem Boden war falsch. Als Jed darauf drückte, sprang eine Schublade heraus, in der ein einziges Blatt Papier lag.

Will studierte es. »Es ist eine Art Geburtsschein. Er ist nicht amtlich, aber in der Kolonie gab es einen Arzt, und der hat ihn ausgestellt. Ein männliches Kind ... Name der Mutter Georgianna Smith. Geboren in Macao. Das war die Sommerkolonie der Kaufleute von Hongkong. Ergibt es jetzt einen Sinn?«

»Sie gehörte zu dem Harem«, sagte ich. »Zu Hezekiahs Harem in Hongkong. Ihrem Namen nach war sie Engländerin — wie konnte ein Mädchen ...«

Will starrte das Dokument an.

»Sie gehörte wahrscheinlich zu den dem Untergang Geweihten. Den Waisen, den Verlassenen. Die Welt ist voll von ihnen. Sie ist vielleicht nach Indien oder einer anderen britischen Kolonie gereist; vielleicht sind ihre Eltern an Bord des Schiffes gestorben, wer kann das wissen? Wenn sie jung und allein war und an einen erfahrenen Verführer wie Hezekiah geraten ist ... Sie hat ihn wahrscheinlich geliebt, denn sie hat sich hierherbringen und als bezahlte Untergebene anstellen lassen.«

»Das kann ich nicht verstehen«, platzte ich heraus. »Diese kriecherische Unterwürfigkeit ...«

»Es war eine andere Welt«, unterbrach mich Will, »eine Welt, die zu den Frauen nicht sehr gut war. Sie kam 1840 hierher, nicht wahr? Der erste Opiumkrieg brach 1839 aus; sie und der Junge befanden sich bestimmt in Gefahr. Oder vielleicht hat sie es aus Mutterliebe getan. Wenn sie den Alten dazu brachte, den Jungen zu adoptieren, war er versorgt. Blieb ihr denn eine andere Wahl? Mich wundert nur, daß Hezekiah so anständig war. Vielleicht machte es ihm auch Spaß, seine legitime Familie zu ärgern.«

»Das kann ich mir vorstellen. Damit ist das Problem aber noch immer nicht gelöst, Will. Was war das kretinöse Ding, das wir dort oben gesehen haben? Es kann unmöglich ...«

Wills Gesichtsausdruck veranlaßte mich, nicht weiter zu reden.

»Es war nicht kretinös«, widersprach er. »Wir haben eine falsche Spur verfolgt, Jo. Alle unsere Überlegungen waren falsch. Hören Sie zu: Der Raum dort oben, die vergitterten Fenster, das Schaukelpferd, das Buch mit dem infantilen Gekritzel ... Gibt es in dem Raum einen Hinweis auf ein anderes Kind oder auf einen Jugendlichen?«

»Natürlich nicht. Es war nicht ...«

»Keine Wiege«, murmelte Will. »Ein normales Bett und die dazu passenden Möbel. Überlegen Sie, Jo. Die Kälte, der Widerwille. Als sie ›Miss Smith‹ auf dem Friedhof sahen, hatten Sie Angst; aber haben Sie damals auch die Kälte gespürt?«

»Nein«, antwortete ich ohne Zögern. »Aber es war ja im Freien.«

»Sie haben sich bei Tag dort aufgehalten. Das Weinen hörte man aber nur in der Nacht, und auch die Kälte kam bei Nacht. Die Frau ist ebenfalls manchmal nachts erschienen, aber das bedeutet nicht, daß die Kälte, das

Entsetzen mit ihr zusammenhängen. Was ist, wenn eine Verbindung mit dem Weinen besteht? Wegen unserer diversen vorgefaßten Meinungen neigten wir zu der Theorie, daß die Frau und das Kind die Fraser heimsuchen, weil eine Generation der Fraser an ihrem Tod schuld war. Aber das erklärt die jetzige Erscheinung nicht. Es gibt eine andere Erklärung, die den Kapitän auch nicht freispricht, weil er in gewisser Weise an der ganzen Tragödie schuld war. Doch er konnte nicht vorhersehen, was geschehen würde. Er war ständig unterwegs … Und die Symptome haben sich vielleicht erst lange nachdem er die beiden hierhergebracht hatte, eingestellt.«

»Unter der Schublade ist etwas eingeklemmt«, unterbrach ihn Jed und zog das Papier vorsichtig heraus. Er überflog es und sah dann Will an.

»Sie hat doch einen Abschiedsbrief hinterlassen.« Dann las er ihn vor:

»Sie sagen, daß er seine Seele dem Satan verkauft hat. Er war Satans Kind und die Frucht der Sünde. Die Sünden der Väter werden an den Kindern heimgesucht; aber an wem werden die Sünden der Kinder heimgesucht? Abschaloms Verbrechen war sein Verbrechen, aber der Herr sandte Joab, um Maacah zu verschonen. Sie hat nicht so gesündigt, wie ich es getan habe. Die Strafe war gerecht, aber ich bin schwach. Deshalb sündige ich noch einmal, zum letztenmal, denn ich kann mit dem, was ich tun muß, nicht leben. Abschalom hat gesündigt, aber David hat um ihn geweint.«

Einen Augenblick lang herrschte Stille.

»Ich bin nicht mitgekommen«, gestand ich.

»Die Fürwörter bringen Sie durcheinander«, erklärte Will, der blaß geworden war. »Es gibt zwei ›er‹ — ihren Sohn und ihren Geliebten. Wie gut kennen Sie die Bibel?«

»Ich weiß über Abschalom Bescheid. Er hat sich gegen seinen Vater aufgelehnt — war das seine Sünde? Er wurde getötet, aber David hat trotzdem um ihn geweint. ›O Abschalom, mein Sohn, mein Sohn.‹ Aber ich kenne Joab nicht.«

»›Und er nahm drei Spieße in die Hand und stieß sie dem Abschalom ins Herz‹.«

Diese Worte sprach Mrs. Willard. Sie saß neben Ran an Marys Bett und blickte jetzt auf.

»Maacah«, fuhr sie unbeteiligt fort, »war Abschaloms Mutter.«

Ich begriff allmählich und wurde jetzt ebenfalls blaß. »Das ist doch nicht möglich, Will. Sie hat den Jungen getötet, weil er seinen Vater getötet hat?«

»Er war Satans Kind«, zitierte Jed. »Das ist der Junge, von dem sie spricht. Die Sünden der Kinder ... ja, ich würde sagen, daß es eindeutig ist.«

»Dieser kleine Junge?«

»Wie alt war er Ihrer Meinung nach?« fragte Will. »Fünf oder sechs Jahre.«

»Das ist eine der vorgefaßten Meinungen, von denen ich gesprochen habe. Überlegen Sie doch, Jo; haben wir irgendeinen Hinweis auf das Alter des Jungen gefunden?« Will hob den Geburtsschein des Kindes hoch. »Er kam 1832 zur Welt.«

Ich starrte ihn entsetzt an, weil mir die Wahrheit dämmerte.

»Er war vierzehn Jahre alt«, ergänzte Jed. »Und er geriet seinem Vater nach. Ein kräftiger Körper und ein gewalttätiges Temperament. Haben Sie heute abend nicht gesehen, daß er dem Alten ähnlich war?«

3

Will stand auf. »Ich gehe hinauf.«
»Ich komme mit«, sagte Jed.
»Nehmt die Bibel mit«, ermahnte sie Mrs. Willard.
Ich hatte das verrückte Bedürfnis zu lachen.
»Was soll das für einen Sinn haben?« fragte ich. »Anne! Sie wollen doch nicht auch mitgehen?«
Sie stand schwankend und blaß auf, war aber vollkommen ruhig.
»Doch. Ich weiß nicht, wie ich mich fühlen werde, wenn die Wirkung der Injektion nachläßt, aber solange ich dazu imstande bin, möchte ich etwas Mut beweisen.«
»Verdammt«, sagte ich. »Also gut. Aber ihr seid alle verrückt.«
Will drehte sich an der Tür um und sah mich wütend an.
»Wohin gehen Sie?«
»Ich komme auch mit. Ich bin genauso neugierig wie Sie alle.«
»Nein, Sie kommen nicht mit. Sie sind weiß Gott neugierig genug. Wahrscheinlich hat die arme alte Miss Smith Sie deshalb als Kontaktperson ausgesucht.«
»Sie glauben, daß sie mich warnen wollte?«
»Ja. Leider hat sie Sie zu Tode erschreckt; das ist die unvermeidliche Folge einer Materialisation.«
»Dann komme ich als Dolmetsch mit.«
»Jo.« Er faßte mich an den Schultern, und als ich seinen Gesichtsausdruck sah, erfüllte mich reine, egoistische Freude. »Lassen Sie es bleiben. Ich mache mir Sorgen um Sie. Sie verfügen über keine Spur von Selbsterhaltungstrieb.«
»Ich komme mit.«
»Das habe ich mir gedacht. Also schön, für den Fall, daß wir nicht zurückkommen.«
Er küßte mich. Als mir nicht mehr schwindlig war, folgte ich ihnen.

Diesmal hatte Jed für jeden von uns eine Taschenlampe mit. Wir blieben in der Tür stehen, leuchteten in den Raum hinein, und ich fragte gereizt: »Warum warten wir nicht, bis es hell ist? Der Raum wirkt nur durch die Finsternis so schrecklich.«

»Wir können nur Gewißheit erlangen, wenn wir nachts herkommen«, erklärte Will.

»Wartet einen Augenblick.« Ich gab Anne meine Taschenlampe. »Ich möchte etwas versuchen.«

Will griff nach mir, aber er kam zu spät; ich ging in die Mitte des Raums und blieb dort stehen. Es war das Tapferste, was ich jemals getan habe, und ich bin heute noch sehr stolz auf mich. Ich zitterte wie Sülze, vor allem, als ich an der schrecklichen Eisentreppe vorbeikam.

Ich sagte nichts. Alles, was mir einfiel, war theatralisch und kitschig. Ich stand nur dort und dachte an die arme Frau. Sie war ein blutjunges Mädchen gewesen, als sie an Hezekiah geriet: Doch sie war nicht so sehr ein Opfer des Kapitäns als ein Opfer ihrer Zeit gewesen, einer Zeit, die Frauen zu einer einzigen Rolle in der Gesellschaft verurteilte, und sie für alle Ewigkeit verdammte, wenn sie die Rolle ohne das magische Stückchen Papier übernahmen, das sie legalisierte. Wenn es so etwas wie ein psychotisches Gespenst geben kann, dann war sie es — sie war in der tückischen Falle des Schuldbewußtseins gefangen, das ihre Kultur ihr eingeredet hatte.

Ich blieb etwa eineinhalb Minuten dort stehen; das ist eine lange Zeit, wenn man vor Angst und Mitleid zittert. Ich sah nichts, jedenfalls nicht mit Sicherheit. Ich bildete mir ein, daß sich die Schatten in der Ecke verdichteten. Ich spürte keine Kälte, keine Angst; ich vernahm nur einen langen, gehauchten Seufzer, und dann herrschte Stille. Der Raum war leer, und irgendwie wußte ich, daß er von nun an leer bleiben würde.

Als ich zur Tür zurückkehrte, packte mich Will und

drückte mich so fest an sich, daß ich einige Zeit lang keine Luft bekam.

»Wir sollten uns auf die Beine machen«, sagte er. »Es wird bald hell. Sie und Bertha werden doch keine Angst haben, Jed, wenn Sie allein hierbleiben?«

»Wir waren jahrelang allein«, antwortete Jed ruhig. »Und irgendwann werden Sie alle zurückkommen.«

»Sie glauben, daß es vorbei ist?«

»Allerdings. Aber ich will trotzdem etwas tun, und zwar werde ich alle Bücher und alle beweglichen Gegenstände aus diesen beiden Räumen entfernen und im Hof verbrennen. Ich fange sofort damit an.«

Will antwortete nicht, sondern schnappte sich einfach ein Möbelstück. Als wir hinuntergingen, war jeder von uns beladen. Jed und Will marschierten unaufhörlich zwischen Turm und Hof hin und her, während Anne schweigend auf einem Stuhl saß und ihre Hände anstarrte. Als der vollbesetzte Hubschrauber startete, blickte ich hinunter und sah eine große Flammenzunge, die aus dem Hof emporstieg wie ein Leuchtfeuer oder eine Fahne.

EPILOG

Mary geht es gut. Sie und Ran befinden sich jetzt in der Schweiz. Nächste Woche stoßen Will und ich zu ihnen, weil wir unsere Flitterwochen dort verbringen wollen. Wir werden in Zürich heiraten. Mir tut es leid, daß die Willards nicht dabei sein können, aber nach unserer Rückkehr werden wir ja oft mit ihnen zusammenkommen.

Mary hat keine Erinnerung an die Ereignisse im Haus. Sie glaubt, daß sie einen normalen Nervenzusammenbruch erlitten hat, und schämt sich deshalb. Irgendwann werden wir es ihr erzählen. Wir halten nicht viel von Lügen, weil dabei immer die Gefahr besteht, daß man ertappt wird.

Ich habe einen neuen Küchentisch gekauft. Wenn wir zurückkommen, werde ich den grünen Kunststoffhorror in den Schuppen verbannen. Als nächstes werde ich ein paar neue Schallplatten für Wills Sammlung kaufen — Beatles und so. Er wird sich daran gewöhnen.

Seit jener Nacht ist es zu keiner Manifestation gekommen. Wir sind uns nicht darüber einig, worauf dieser Erfolg zurückzuführen ist. Will glaubt, daß das Freudenfeuer daran schuld war; er ist im Grunde seines Herzens ein Materialist. Ich bin davon überzeugt, daß mein Mut und meine Sensibilität bei der Kommunikation mit ›Miss Smith‹ ihr die Kraft verliehen haben, sich und ihren unglücklichen Sprößling aus dem Muster zu lösen, in dem die beiden gefangen waren. Mrs. Willard behauptet, daß das Unsinn ist und daß ihre Gebete und die Bibel dafür verantwortlich sind.

»Es war einfach«, meinte Jed auf seine ruhige Art »Wir mußten nur die Wahrheit herausfinden.«

Wenn man ihm zusetzt, geht er manchmal näher auf seine Theorie ein.

Ich erinnere mich daran, daß wir einmal in der Küche saßen und Pfannkuchen aßen, und zwar schneller, als Mrs. Willard sie backen konnte. Will war gerade mit dem letzten Haushaltsbuch fertig geworden. Er hatte mich nicht auf den Arm genommen, als er behauptete, daß er eine Schwäche für trockene geschichtliche Fakten hat; es machte ihm tatsächlich Spaß, die Haushaltsbücher zu lesen. An diesem Tag erzählte er uns von bestimmten Eintragungen, die seiner Meinung nach seine Theorie über Kevin Frasers Krankheit erhärteten.

»Mir kam die Idee, als Jo das Wort Kretinismus gebrauchte«, erklärte er. »Es handelte sich zwar nicht darum, aber der Ausdruck erinnerte mich an eine körperliche Krankheit, und dann fiel mir auf, daß alle Anzeichen da waren — hohe Stirn, Sattelnase, strahlenförmige Narben um den Mund, gekrümmte Schienbeine. Sogar die Zähne wiesen die charakteristische Form auf. Man sieht es heutzutage nur noch selten, weil ein rechtzeitiges Erkennen gute Erfolge zeitigt. Die Krankheit kann verhütet werden, wenn die Mutter während der Schwangerschaft behandelt wird. Aber erst nach 1910 gelang Ehrlich der wesentliche Durchbruch. Mitte des neunzehnten Jahrhunderts wurde die Krankheit vielleicht noch gar nicht erkannt. Aber wenn man davon spricht, daß die Sünden der Väter an den Kindern heimgesucht werden ...«

»Und es führt letzten Endes zum Wahnsinn?« fragte ich.

»Eine der möglichen Folgen ist partielle Lähmung«, antwortete Will. »In diesem Fall kommt es zu einer allgemeinen Verschlechterung der Gehirnfunktionen; und mir fiel schließlich auf, daß der Raum für jemanden gedacht war, der körperlich reif, aber geistig zurückgeblieben war. Im letzten Stadium wird das Gehirn buchstäblich zerstört: Zu den Symptomen gehören heftige Wutanfälle. Das ist natürlich alles Theorie; ich habe noch nie versucht, eine Diagnose bei einem Geist zu stellen. Doch alles weist auf irgendeine Form von Geisteskrankheit hin. Die Bestätigung dafür habe ich in dem Haushaltsbuch des Jahres 1845 gefunden. In diesem Jahr wurde Kevin dreizehn, die Räume im Turm wurden eingerichtet und die Fenster vergittert. Offenbar hatte man seinen Zustand bis zu diesem Zeitpunkt nicht für gemeingefährlich gehalten.«

»Armes Kind.« Mich fröstelte.

»Weißt du, was merkwürdig ist?« fragte Will. »Mercy erwähnt nie seinen Namen. Es werden Gegenstände für ›das Kind‹ gekauft, aber sie hat den Namen Kevin kein einziges Mal niedergeschrieben.«

»Das ist kein Wunder«, murmelte Jed. »Nehmen Sie an, daß sie die Papiere und die Miniatur in die Schachtel gelegt hat?«

»Allerdings. Sie war bestimmt die erste, die man herbeiholte, als Georgiannas Leiche gefunden wurde; sie wollte auf keinen Fall, daß der Brief in der Öffentlichkeit bekannt wurde. Aber sie hat ihn auch nicht vernichtet. Sie hat diese Dokumente und die Miniatur in die Schachtel gelegt, und da sind sie geblieben. Ein schönes Beispiel dafür, wie das Gewissen bei den Neuengländern funktioniert: Vermeide einen Skandal, aber zerstöre nie die Wahrheit.«

»Das klingt wie ein Ausspruch von Jed«, meinte ich lächelnd.

Er nickte ernst.

»Wissen Sie noch, Jo, daß ich Ihnen einmal gesagt habe, daß diese Wesen niemand körperlichen Schaden zufügen können? Sie können nur die Menschen erschrekken. Ein Großteil der Angst ist die Folge von Unwissenheit. Über diese Art von Störungen — Spuk, wenn es Ihnen lieber ist — ist eine Menge Unsinn im Umlauf. Aber es geht immer um das gleiche. Wenn der verlorene Schatz entdeckt wurde oder der Mörder vor Gericht gestellt wird, oder die Wahrheit ans Tageslicht kommt, dann hören die Schwierigkeiten auf. Deshalb sage ich, daß das Ganze für immer vorbei ist. Es ist eher eine antike griechische Tragödie gewesen als ein Kriminalroman mit einem Bösewicht, der entdeckt und bestraft werden muß. In unserer Geschichte gibt es keine Bösewichte — nicht einmal Hezekiah ist einer, obwohl dieser Ausdruck noch am ehesten auf ihn zutrifft. Doch auch er war vom Zeitgeist und von seiner Stellung im Leben geprägt. Er verhielt sich nicht schlechter als eine ganze Menge anderer Männer, und schließlich erhielt er zweifellos seine gerechte Strafe. Der Junge? Man kann ein armseliges Wesen wie ihn nicht dafür verantwortlich machen, was sein Vater unwissentlich aus ihm gemacht hat. Und die Frau ist die eigentlich tragische Gestalt in dem Stück.«

»Es ist nicht so sehr eine griechische Tragödie als eine der grimmigen biblischen Geschichten von Rache und Vernichtung. Die Sünden der Väter... Dieser Spruch geht mir nicht aus dem Kopf.«

»Wenn man ihn als Warnung, und nicht als Drohung auffaßt, ist er gar nicht so schrecklich«, meinte Jed. »Er trifft in viel mehr Fällen zu, als uns lieb ist. Aber in der Bibel gibt es noch viele andere Sprüche, und einer von ihnen geht mir nicht aus dem Kopf.«

»Ich weiß«, warf ich ein. »Ich weiß, welchen Sie meinen: ›Du sollst die Wahrheit erfahren ...‹«

»›... und die Wahrheit wird dich frei machen.‹«